华夏之旅丛书

一片繁华海上头

吉狄马加 主编

广西师范大学出版社
·桂林·

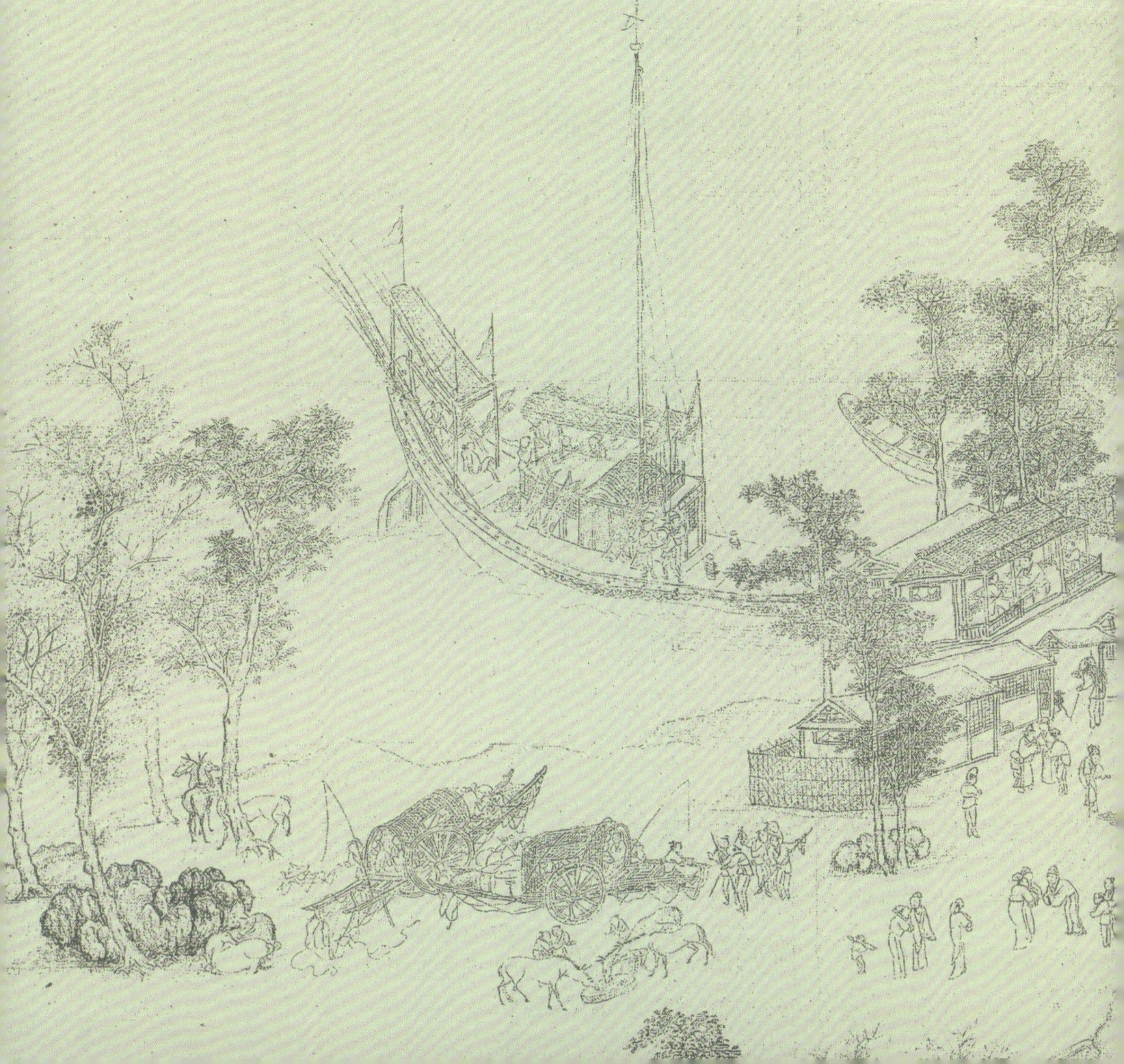

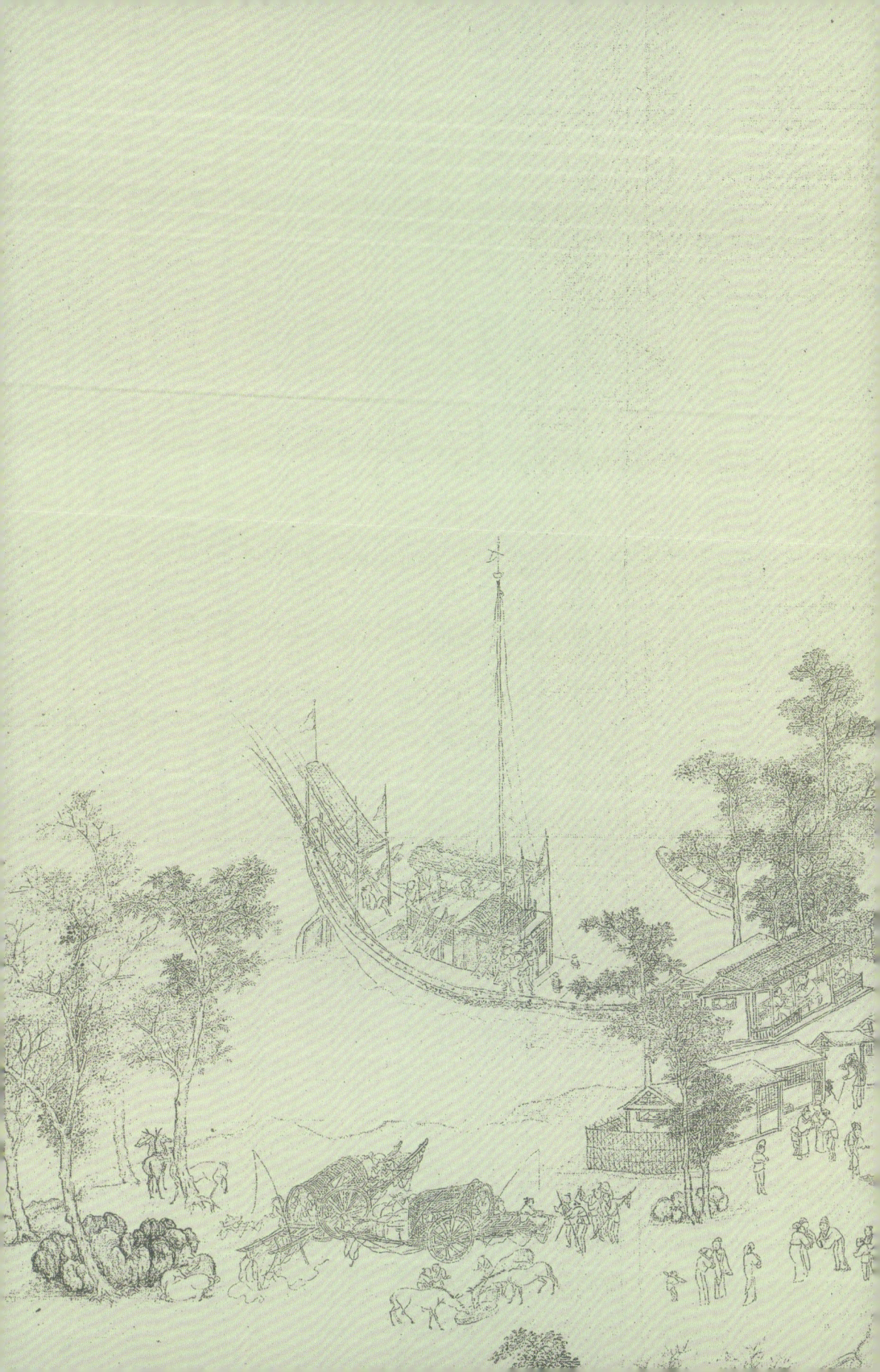

《一片繁华海上头》编委会

主任

施艾珠

副主任

朱启来　盛一杰　陆梅

杨雷　杨明明

成员

陈靓秋　金建树　曹凌云　陈怀沙

林唯敏　郑海华　金晓敏

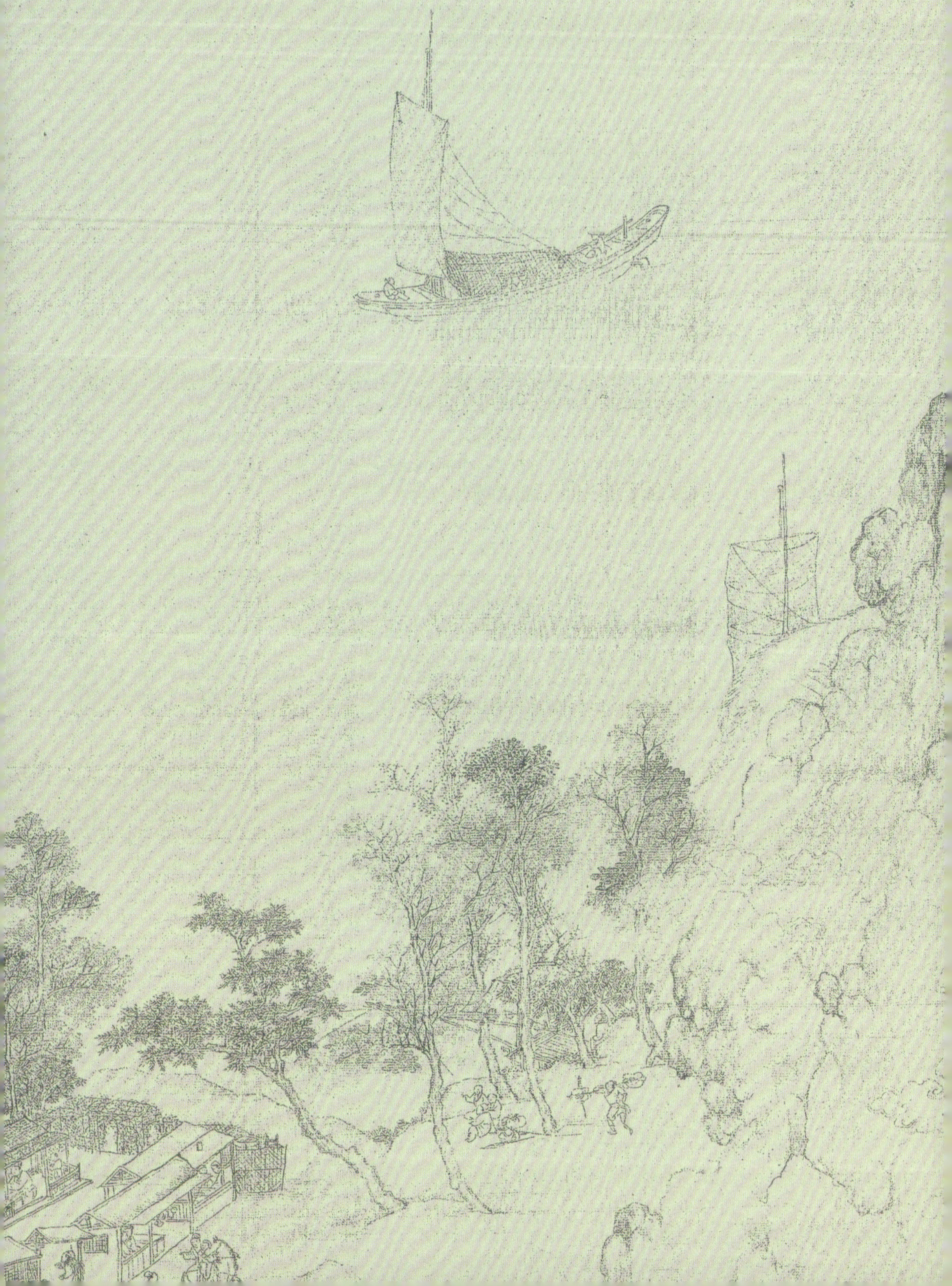

致温州（代序）

吉狄马加

你是时光之舟上盛开的花朵
结出的果实，如同沉甸甸的现实
你一直在旅途中跋涉
已经走过了五千年的路程
你是一个不知疲倦的行者
你累了吗？没有！因为直到今天
我们从你的身上仍然能感受到
这个国家最具活力的部分
在这里不仅传说的火炉还在燃烧
古老的石窟，依旧还在绽放出
让我们惊叹的奇迹
在这里一代代民间的艺人
照旧把金属的银饰和想象
塑造雕刻成一种绝对的美
并将东方的剪纸，毫不迟疑地
置放于这个时代的天空
在这里龙舟承载的神话
在现代性的十字路口上
为传统与未来的连接，树立起了
一个新的令人瞩目的坐标
在这里江心屿仍然活着
那些埋在地下的城池还在呼吸
刘伯温的预言越过了
若干世纪的火焰与门槛

赵师秀闲敲的棋子以亘古的回响

在今天所有的广场踏出新的节奏

从这里可以从一个入口

通向世界的任何一个地方

凡是有海水和盐的地方

就能听到他们熟悉的乡音

在这个星球上，没有一个

纯粹的民间组织

能让一个以温州人命名的大会

把一个星罗棋布的世界

变得更像一个完整的个体

毫无疑问，丝绸之路

穿越过它的肋骨和心脏

这条路还会延续下去，时间的拐弯

也绝不会中断它

呼啸的血流和心的律动

在今天的中国

或者说在当下这个世界

温州作为一个地名，温州人作为一种精神

都无可争议地成为

任何一本词典里都需要解释的

一个内涵极为丰富的词条

2023 年 10 月 30 日

目录

辑一 雁山瓯水

山影奔腾　张锐锋 / 3

在温州遭遇谢灵运　范稳 / 15

温州五日，亲爱的时光　高兴 / 27

山和人　冯秋子 / 47

雁荡胜画　石厉 / 51

山·水·诗　计文君 / 62

由天空和山海所孕育——温州杂记　黑陶 / 73

温州行记　胡弦 / 87

温州：比美梦还温润　庞余亮 / 99

温州记　萧耳 / 121

辑二 温润如玉

关于温州的两篇随笔　黄亚洲／137

在温州的朱自清先生踪迹　叶兆言／149

温州：温润如玉　陈世旭／157

诗·岛·人　沈苇／165

则诚的琵琶　陆春祥／183

洗心来　冉正万／189

在大学传承非遗　南翔／195

黄昏中的玉海楼　红孩／209

辑三 水韵温州

我的名字叫苍南　黄传会／215

水城念想　刘文起／221

夜读《孤屿志》　马叙／229

温州　程绍国／240

朱自清《绿》之爱　钟求是／244

水韵温州　杨鸥／249

看温州　王在恩／261

一片繁华海上头　曹凌云／269

东瓯五题　林新荣／275

江与湖与海与温州　哲贵／289

山水精神，流通世界（代后记）　郑周明／301

元·王振鹏《江山胜览图》

辑一 雁山瓯水

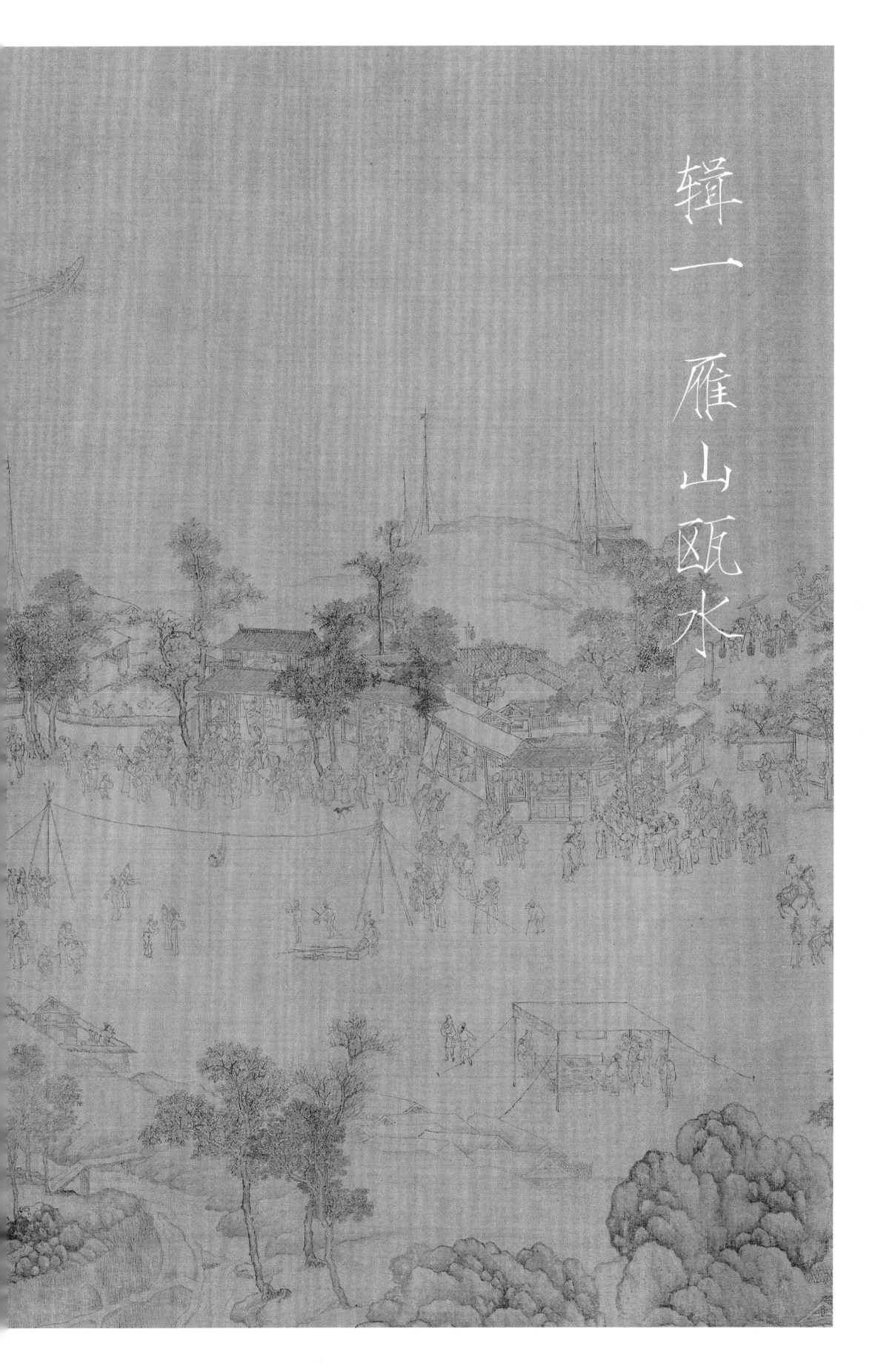

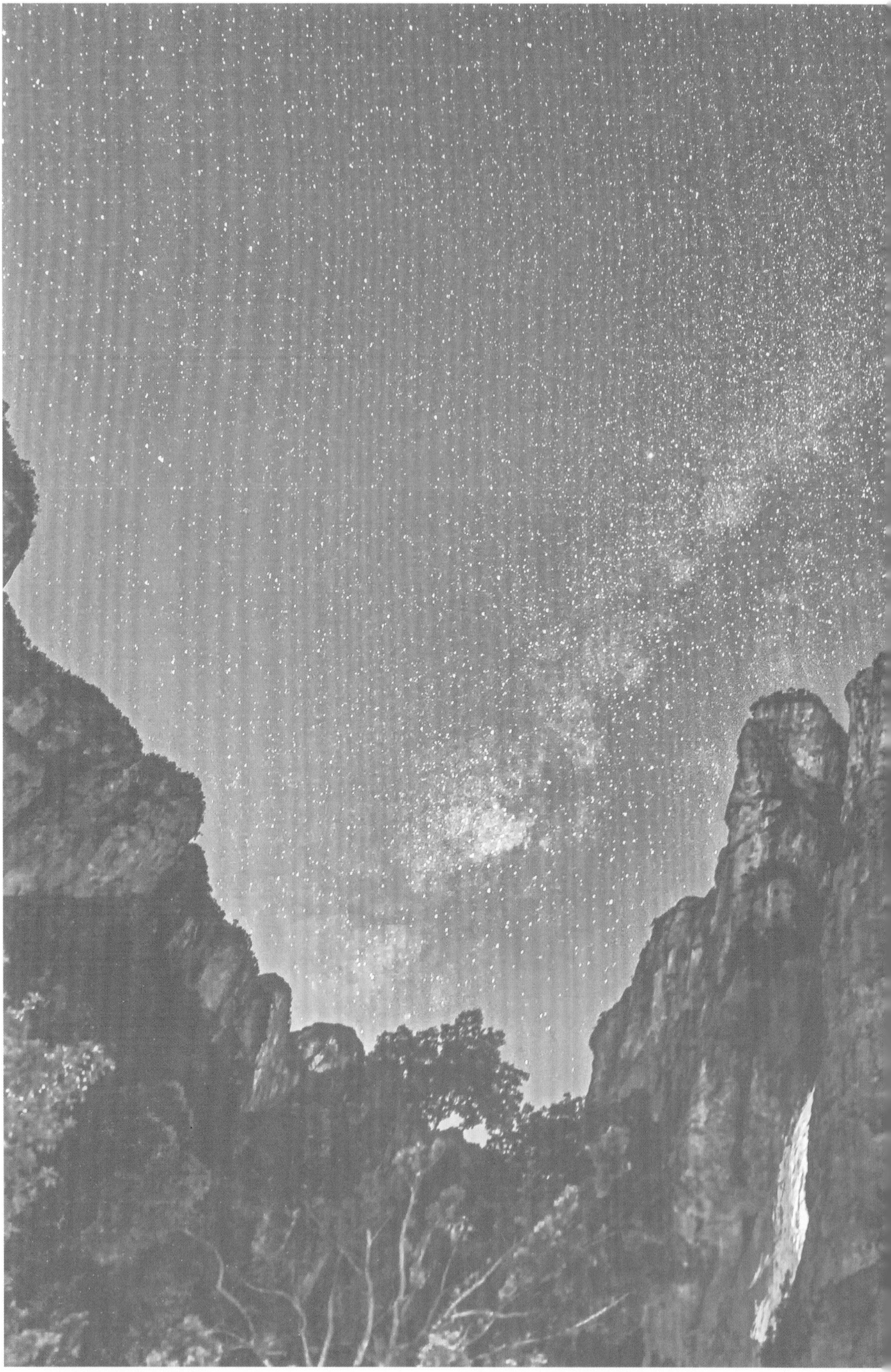

张锐锋

山影奔腾

雁荡山夫妻峰夜景（干夏翔 摄）

一片繁华海上头

巨大的山鹰从地上起飞，它有不可阻挡的力量，翅膀张开，尖利的鹰喙撕开了夜空，它的影子的轮廓线上被银辉包围，银辉好像来自它自身，实际上来自另一面大海的反光。一颗佛头露出了群山，他从高处俯瞰人世，却看不见他的面孔。他不是来自遥远的佛国，而是来自人间，来自巨石的阴影，同样是大海的反光，雕刻着他的形象，让他的暗影边沿镶嵌了一圈光晕。这里的每一座山都有着自己独特的样貌，都有着对人间的事物的暗指，有着大自然深邃的寓意。它们在夜晚的星空下排列，似乎呈现各自的灵魂。这些山峰奇特、奇异、奇绝，我们从它们的身边走过，石头铺筑的走道不断提醒人们要抬头仰望，仰望不断出现的身边的山的奇迹。

　　是的，它们一直保持着沉默，却用另一种声音发声，用另一种眼光审视世界。它们有着各种树木的喧哗，有着草木的沙沙沙的波动，有着星光下的晦暗不明的深沉，有着一种用巨大的形象组合起来的无边力量。天空被连峰分割，似乎群山不安于地上的生活，要用这样的幻象般的姿态从夜晚飞向白日，白日是灿烂的、明亮的、充满了斑斓的色彩，但现在的夜晚用深情挽留它们，用手牢牢地抓住了它们的脚踝，并用鲜花的香气诱惑它们，让这里的一座座山峰在这暗夜的香气中翩翩起舞。仔细观看它们的每一个舞姿，都带着地上的欢欣或忧伤，带着几千万年、几亿年前的痛苦的孕育中的彷徨，也带着最原始的大自然的巫术一样的有力扭动和自我祝愿。一切都在变化中生成，又在变化中成长。

　　山峰连着山峰，它们都不是笔直的，而是微微倾斜，这在夜色中尤其明显。这样的倾斜赋予了山峰以运动的姿态，它们都是奔跑者，从一个基座上向着自己的方向奔跑，而山脊线上的辉光将这样的动感进一步推向极致。它们有着同样的幽暗服饰，却有着完全不同的身姿。它们自动形成了一定的间隔，好像彼此为了同行而彼此靠拢，甚至在很多时候几座山峰的身影叠加在一起，我们只有从着身影的浓淡中分辨它们的层次，确认它们不是同一座山峰。山峰之间的间隙被夜空填充，它们共同构建了一个有界而无限的宇宙，类似于物理学家对宇宙的理解。因为山峰的形象，广袤的夜空也有了自己的形象，它不仅点燃无数的亮星，也用一弯残月装饰着黑暗，这样，一个完满辉煌的天穹完成了与大地山影的拼合对接。

山影奔腾

它们完全是梦幻组合，奇特的夜景在可能与不可能之间，就像一幅构思精妙的木版画，没有豪华的彩色，却能够引发观赏者无限的遐思。它似乎违反我们的日常经验，颠覆了我们对山的认知，却在真实和虚幻之间建立起不朽的连接。它的层次错落和高峻挺拔，它的变化莫测和惊险陡峭，它的穹崖巨壑和奇峰飞扬，它的超绝大气和平地惊雷般的撼人心魄，它的高低比例中蕴含的视觉风暴和美学合理性，乃是出于大自然的精心缔造。它的非凡的哲学暗示和丰富寓意，它的对人世的俯瞰身姿，它的层层构筑的边沿光感，乃是人间圣者光辉的显耀。它的一切一切，消解了我们内心所有的主观判断和雄浑主题，却将所有可能的判断和宏巨的或微小的主题尽收其中。

　　这是古代书法家怀素曾来过的雁荡山，他是不是发现了自己的狂草原型？山势蜿蜒、山峰飞动、连峰奔呼、草木飞扬、飞瀑流畅而雄奇、流水日夜喧哗、奇石旁逸迭出，这不是他所追求的自由吗？这不是他所向往的狂放不羁吗？这是旅行家沈括曾来过的雁荡山，他发现了深藏不露的奇峰，发现了飞奔的河流，他发现了万山回应自己的声音——雁荡经行云漠漠，龙湫宴坐雨蒙蒙，瞰望大海而背靠大地，山巅雁湖而芦苇丛生。诗人谢灵运不曾见过的奇山奇景，他看见了。谷中大水冲击而沙土尽去，唯有巨石岿然挺立，他的目光里，无论是大小龙湫，还是水帘初月，无论是水凿之穴还是高岩峭壁，都被深谷林莽遮蔽。古人不曾看见的，他看见了。他是一个真正的观赏大自然的美学家，是一个用双眼扫视大自然的伟大旅行家，一个在大自然中独享自由的人。有大自然的美景相伴，还有什么寂寞和孤独？还有什么惆怅和虚无？

　　这是清代思想家黄宗羲曾来过的雁荡山。他思考土地和税赋，思考朝代的兴衰，思考经史和地理，思考圣人之说和人民的权利，也思考天文历算和教育，却在这里找到了置身于世外桃源的人生审美理想。盈天地皆心也。他也意识到大自然和人的心性之间的联系。他写道：千峰瀑底挂残灯，雾障云封不计层，咒赞模糊昏课毕，乱敲铜钵迎归僧。他看着瀑布和残灯，云雾挡住了远眺的视线，晚间的佛课已经完毕，归去的僧众敲打着铜钵，这是一种怎样超然的生活！然而这样的生活不能代替世间的生活，真正的生活仍需要思考。但是在这样的环境中，人间的一切似乎变得遥远和渺茫，而大自然给予的启示录却将转化为人间的智慧和思想的源泉。

这是无数人来过的雁荡山。因为它意味着地球演化和漫长历史的在场。它包含着过去、现在和未来。中国近代文学家和翻译家林纾精于文辞，以文言文意译域外小说著称于世。他还是一位山水画家，其画作精细灵秀而美趣淋漓。他在《记雁宕三绝》中以一个画家的细腻观察记录了他眼中的雁荡山。他用自己熟悉的古色古香的言辞写下了雁荡山的惊险和雄浑，他笔下雁荡山乃是绝壁四合、天地纯绿的雁荡山；是空立而隆、危云积雨、行客惊骇、万竹梗道而不知所穷的雁荡山。是连云叠嶂、龙湫云横、涧水寒碧、石亭久圮的雁荡山。而同样的景观在著名思想家和政治家的康有为看来，则有另一番趣味。他毕竟有着更大的视野架构，先历数自己所见的印度的须弥山、美国的洛基山以及欧洲的比利牛斯山和阿尔卑斯山等山岳，然后将雁荡山放到了世界山景的坐标系中，以做比较认定。他的结论是——上则群峰峭壁，与青天白云相摩。耳不绝于奔泉之声，目相接于奇石之色、丘壑之美，以吾足迹所到，全球无比，奚独中国也。而另一位著名学者、教育家蔡元培也得出了同样的结论——域中山岳之至奇者，尽于此矣！

　　1934年4月，黄炎培从天台经临海到海门，坐长途汽车行半个小时到黄岩的路桥，又乘坐汽船经过两个多小时的行程抵达温岭的大溪，还要坐轿三个小时到乐清的大荆。他夜宿大荆，第二天经灵峰到灵岩寺，接着经马鞍岭观看大龙湫……他写下了一副对联：未必道可道，来寻山外山。这一对联说出了山与道的联系，也许没有道可以说出，但却可以找到山外山。因为山外有山的景象说出了变化和无穷，那么真正的道也在这变化和无穷之中。许多山看起来是相似的，但却有着各种不同的差别。没有完全一样的山，就像没有两片相同的树叶，甚至没有完全相同的两片雪花。有一本书中统计了两千四百多种雪花，但这也仅仅是一个更大数字中微不足道的一部分。当黄炎培用对联说出自己的感悟时，就已经告诉我们，宇宙的道也许就在我们眼前的山影中，尤其是雁荡山梦幻般的变化和静止、蜿蜒和精微、沉重与飘逸、风轻云淡和草木浩荡、单一和无穷、危石悬空和巧妙的平衡稳定，已经是道的显形。老子说水接近于道，而山又何其不是道的化身？

　　对才华横溢的现代作家郁达夫来说，印象最深的乃是雁荡山的秋月："海水似的月光，月光下又只是同神话中的巨人似的石壁，天色苍苍，只余一线，四周岑寂，远远地也听得见些断续的人声。奇异，神秘，幽寂，诡怪，当时的那一种感觉，我真不知道用些什么字才形容得出！起初我以为还在连续着做梦，这些月光，这些山影，仍旧是梦里的畸形。但摸着石栏，看着那枝谁也要被它威胁压倒的天柱石峰与峰头的一片残月，觉得又太明晰，太正确，绝不像似梦里的神情……"是的，郁达夫如痴如醉地望着雁荡山的秋月，"竟像疯子一样一个人在后面楼外的露台上呆对着月光峰影，坐到了天明，坐到了日出"。这一切，符合他的性格和气质，符合他的柔弱和刚强，符合他的忧郁和惆怅，也符合他面对大自然的心境。那么漫长的夜晚，那么寂寞的月光，他究竟对自己说什么呢？是失落的爱？是残月暧昧的暗示和意味深长的温柔和冷漠？是人世的虚无和命运的不测，还是融化于神奇诡异的梦里的幸福、愉悦和哀伤？这是内心充满了矛盾冲突的、剧情复杂的戏剧，是一个人独自与世界的对话，是自我的发现和重新理解，是被月光的一次完全的洗涤，是一次与熟悉的月亮和陌生的月亮的邂逅与重逢，也是一次与自我相约的会聚。平原上的秋月和山间的秋月是不同的，河边的秋月和乡村的秋月也不相同，林中的秋月和荒沙中的秋月有着更大的差异，同一轮秋月，在我们的眼里望去，将有完全不同的诗意和寓意。而此时的雁荡山的秋月，乃是郁达夫的秋月，他的心中的秋月和雁荡山的秋月完全重合了。

他在白天看见的，是大龙湫的壮丽——一幅珍珠帘，至上至地，有三四千丈高，百余尺阔……立在与日光斜射之处，无论何时都可以看得出一道虹影。凉风的飒爽，潭水的清澄，和四围山岭的重叠，是当然的事情了。更重要的是，他看见了瀑布近旁的摩崖石刻，但没有一副刻字题铭可以写出大龙湫的真景。是的，这样的瑰丽和生动，这样的雄浑和壮观，这样的变幻和震慑，什么样的诗句和语词可以概括和提炼呢？但这些摩崖石刻，毕竟代表了前人的观感，毕竟代表了一段消失了的时光，毕竟在追寻前人内心不朽的渴念。这是历史光阴的雕刻，是文人面孔的镶嵌，是诗情的突然爆发中的显现的灵感，然而这又怎能替代高山流水的真景？这时，他也和这瀑布所伴随的幽深的历史场景融为一体，和这瀑布旁边的铭刻融为一体，和高处落下的流水融为一体，感受到了瞬间的永恒。

文学家看到了远古以来的明月的忧愁和孤独，科学家看到了群山的巨大体量和山石的纹理精微，并试图从中发掘事物的原理，而在画家眼中，雁荡山乃是美的化身，它不仅是它自身，还是均衡、稳定、奇异、偏离、惊危、充满了变化的非凡、似梦非梦的真实、天然的布局严谨和线条隐含的力量以及不可能的可能。面对一座座高低参差的排列组合，面对四季变异的色彩，面对山顶的劲松和飞渡的烟云，也面对万涧激荡的奇景，胸中的波澜汹涌而起，大自然的笔墨远甚于宣纸上的人工画痕。

近现代画家黄宾虹曾居住在灵岩寺，他经常面对眼前的大山凝视。天柱峰、双鸾峰和展旗峰等众峰耸立、各呈姿态，又互相照拂、彼此辉映，他渐渐发现了静止中的运动，发现了山峰的变化之中含有生龙活虎的跳跃。他对别人说，我懂得了什么叫万壑奔腾。雁荡山的静中之动启发了他笔墨的变化。他在《雁荡仰天窝图卷》中充分展示了自然变化精髓，让笔墨酣畅淋漓地行走于构图之中，草木与农舍、奇石与山势的绝妙配置，远山的淡影和空白对距离的暗示，笔锋与浓墨的变化莫测和自由舒展，给我们呈现出画家激情四溢、难以抑制的感受以及中国画飞扬跋扈的精神延展于无限的审美盛景。而他的《雁荡山色图》同样用极少的笔墨展示了雁荡山的神奇。山岩的变化乃是在树影的变化之中，墨色的运作展示了奔放不羁的才华和造化的奇迹，这种静止中的飞动是对雁荡山神韵的非凡领悟。在画家看来，一切灵感和技巧都深藏于这些神奇的山影里，画家仅仅是用一支画笔将其从空白处挖掘出来。

黄宾虹在雁荡山居留期间，曾冒雨翻过谢公岭以观赏东外谷的老僧岩。明代诗人王守仁曾在老僧岩写下自己的感受：老僧岩下屋，绕屋皆松竹。朝闻春鸟啼，夜伴岩虎宿。这样的诗歌是朴素的，却说出了老僧岩的野性的环境和置身自然中惊险体验。可是对于画家来说，这正是寻求视觉冲击的好地方，只有这样原始的野性之中才有着能够捕捉绝世画稿的可能。为了能够找到孤绝的自然摹本，他的浑身被雨淋湿，却因看见了雨中的奇峰怪石而获得了内心超凡脱俗的欣悦。这是一次难得的观赏，他对大自然的虔敬之心，获得了山川神的入驻，并不断得到提升画境的秘诀。雁荡山让他痴迷，让他沉醉其中。一天夜里，黄宾虹独自走出寺院，很晚没有回来，寺院的僧人生怕在这深山出现意外，就去找寻他，结果看见他在夜路上一个人入迷地观看暗夜中的山影。

在这里，一个画家可以从千姿百态的山峰启示中看见绘画的局限。大自然的神工鬼斧和精微设计远胜于人在纸质平面上展现的笨拙的细腻和精工描画。可是人必须从自己的精神世界中获取属于自己的自然景象，也必须从一个二维世界里找到传导三维世界真实感的经验力量，这必定和一个真实的立体世界有着难以克服的差距，这就需要一个优秀的国画家运用充分的笔墨和色彩营造一种非凡的视

山影奔腾

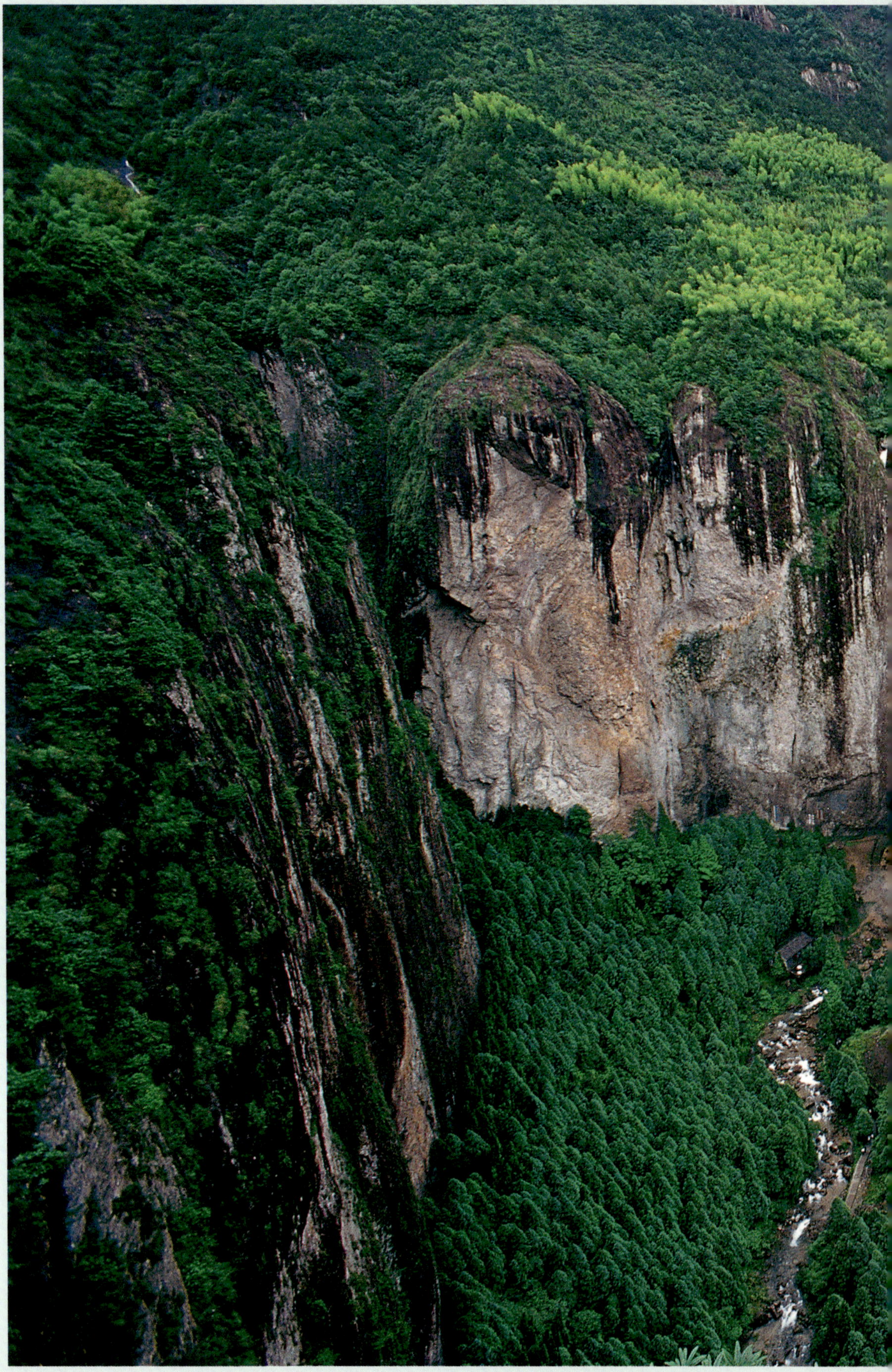

大龙湫（缪云飞 摄）

错觉效果，以便让阅读绘画的人从这样的视觉差中重建内心的真实。这一点，没有比在夜幕中感受的山影变化更接近我们的内心真实了。这些山影的模糊性增强了阅读的歧义，也触发了我们展开想象的逻辑枢纽。这些山影让我们看见了人间万象。一个个或远或近的影子里既有稳重厚实的性格力量，也有飞扬的、跃动、喧哗的青春气息。既有危险的倾斜，也有几座山峰之间的吸引和靠拢。既有双手合掌的祈祷也有抬头仰望的形象；既有万物狂奔的山巅幻象的奇迹，也有绝对的宁静和孤寂。总之，这些变化无穷的山影，处处充满了暗示，每一个形象都意味着一个寓言、一个故事，都和人世的一切相关。人们通过这些自然形象看见了自己，看见了自己的内心世界，看见了自己的追求、自己的审美理想和哲学思想，看见了自己已有的文化精神以及对自我的种种理解，并试图将这一切放在自己的绘画之中。这样的绘画之中，外貌的相似已经不是十分重要，重要的是精神意义上的描摹，是移步换景、昼夜交变、奇峰环拱和扑朔迷离的物象与自我的吻合，因为万物之貌中含有的乃是元气淋漓的自然之性和内涵之神，画家对自我灵魂的认知要从其中汲取。

　　一张 20 世纪 30 年代以雁荡山为背景的老照片中，一排八人的手持礼帽的游客中就有著名画家张大千先生。这是一群画家，他们都被奇诡的雁荡山峰迷醉，合掌峰、天柱峰、展旗峰拔地而起，直耸云霄，浑然天成的观音洞以及水铺珠帘、飞流直泻的大小龙湫，让画家们目光迷离、神魂颠倒。张大千凝视铁城嶂峰深褐色的横波水纹，对同行者说，我断定雁荡山在几千万年至一亿多年前原是火山地带，后来沉没海中，岩石受到海水的侵蚀，再后来逐渐露出海面，再再后来又遇到冰河期，遭到冰川洪水的侵袭，岩石又进一步崩解和剥蚀，形成了现在怪异巍峨的绮丽山貌。张大千不仅对雁荡山峰的形成做了科学的猜测，也在这瑰丽奇特的山景沉醉，饥渴般地将这纷繁复杂的山貌纳入记忆。这一次游山的成果之一，是同行者一起合作了一幅流彩飞逸、泼墨成影、丘壑跃动的《雁荡山色图》。其中方介堪飞刀刻章一方：东西南北人，对同行者的来历做了高度概括。这是一个优雅的赏山画山现代典故，一段绝美的雁荡山文人佳话，一个和雁荡奇峰相匹配的人间趣事。多少年后，方介堪根据记忆创作了一幅《雁荡山色图》，好友谢稚柳忆起当年同行共画雁荡的情节，题诗一首：曾揽浓光雁荡春，萍浮暂聚旧交亲。画图犹认当年屐，已散东西南北人。

民国名媛陆小曼的老师贺天健曾说，世界上有三个山水境地：一是人间的山水实境，一是唐宋历代诗里的山水境地，一是画里边的山水境地。在中国文化中，这三个境地何曾有过分割？实境乃是存在于虚境，虚境乃是实境的幻化，实境和虚境的叠加乃是山水诗的灵魂，山水诗的灵魂又在山水画中显现。著名画家潘天寿在20世纪50年代前往雁荡山写生，他试图将更多的民族性灌注到自己的山水画中，从而完成诗境到画境的转化和重生。雁荡山的景观和中国化的形式是多么契合。他的雁荡写生图将水墨晕染和轮廓勾勒进行了优雅的、有力的融合，在山水实境、诗境和画境之间完成了互相转换、彼此组合和互生，工笔与写意结合呼应，设色明媚而层次分明，景致清雅而浓淡相宜，传统笔墨的丰富性和真实景物之间的巨大张力，以及线条走势和苔草皴擦和前后景布设的气势神韵，在一气呵成之间再现了佛国山水浑然一体的古刹钟声、落花流水的自然禅意。

正如张大千的推断，雁荡山起源于几亿年前的地质变迁。那时洪荒时代的巨变在恐怖的意象中呼啸，海潮推起了一个个巨浪，雷霆在咆哮，闪电一次次从高不可攀的天穹贯穿了乌云，地火从岩层下突然升起，浓烟和火焰笼罩了大地，暴雨和飓风交相摩擦，漫长的时间沉浸于暗夜，星月晦暗，大地在翻天覆地的痛苦中叫喊，冰川在凝结、在消融、在运动、在漂移；河流在溶蚀、在冲刷、在奔腾；火焰在冷却、在冷凝、在重新提炼形象；岩石在形成、在崩解、在重新组合、在锻造诡异和奇景。一场颠覆乾坤的、伴随着阵痛的孕育和自我改造，席卷了世界。这一切，都是为了几亿年后诞生的人类，都是为了拥有灵魂的人类预备浩渺纷繁、山影变换和奇峰迭起的视觉盛宴。而尚未出现的诗人、画家、旅行家、游客、农夫、樵夫和所有的对雁荡山的渴望者，在遥远时光的另一端，耐心地等待。

山影奔腾

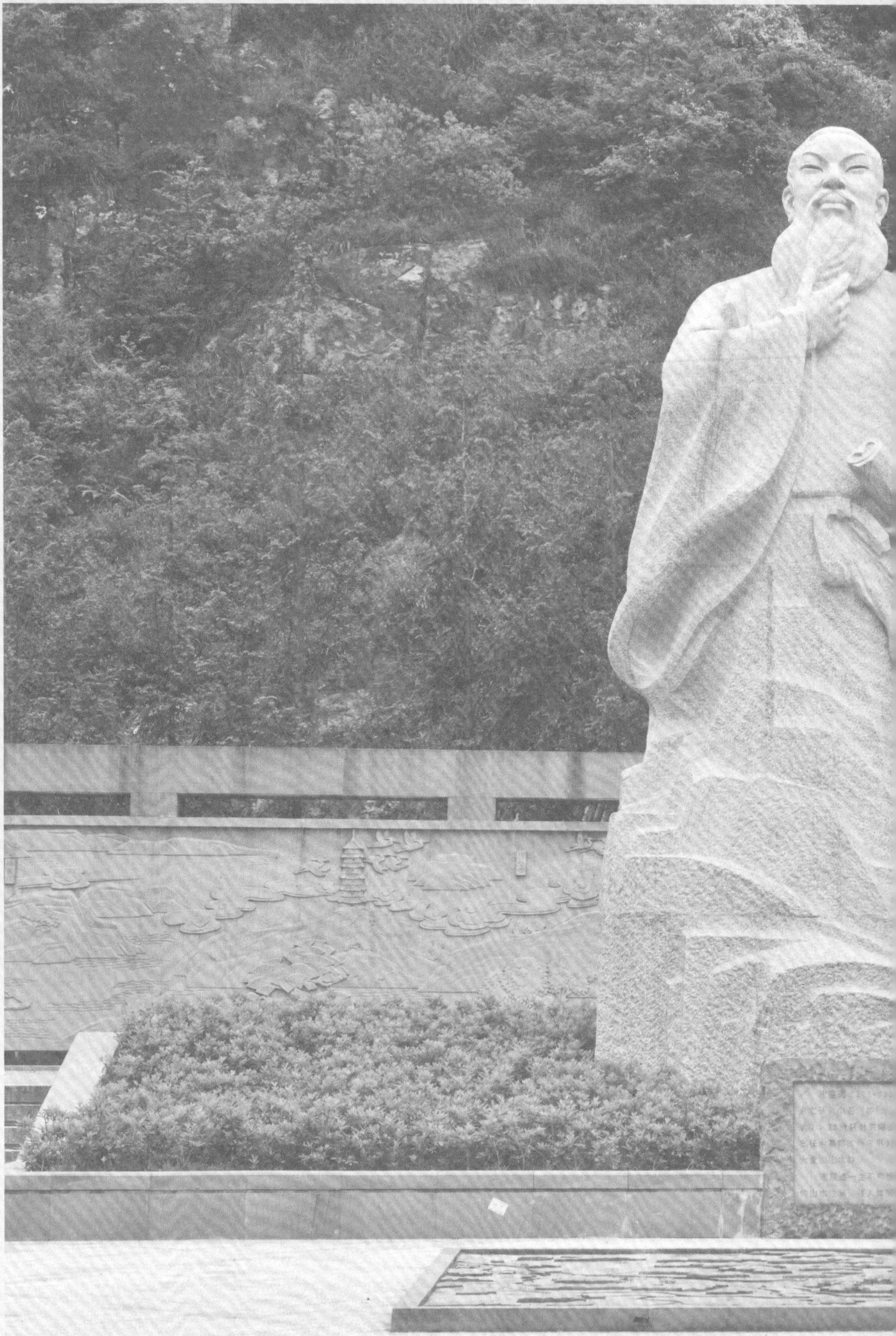

在温州遭遇谢灵运

范稳

谢灵运塑像（杨冰杰 摄）

一片繁华海上头

在我生活的昆明，离温州两三千公里。20世纪80年代中期大学毕业参加工作，国家改革开放正如火如荼。云南地处边疆，自然不能领风气之先，但在一个日渐开放的时代，也可感风气之实。就如潮起潮涌，冲到最前面的，总是一些晶莹剔透的浪花，给人带来大海充满激情的问候。印象中最先来到云南边地的是广东人，然后是浙江、福建一带的人。他们代表着财富、代表着投资，也代表着某种新潮时尚的风气，从做生意的理念到待人处事的方式，从头上的发式到脚下的旅游鞋。无论钱多钱少，他们是那个时代的老板一族。温州人给大家的感觉似乎朴实一些，在底层默默而勤奋打拼的人居多。我结交过跑单帮的温州人，开一间日杂小店的温州人。多年以后，他们要么不知所踪，要么就是大老板了。90年代时我常在藏族聚居区一带流连，那时虫草还不值钱，但雪山上的虫草汉族人又不会挖。温州的一些小老板便雇人背一背篓啤酒，跟在挖虫草的藏族人身后，他们挖出一把虫草递下来，这边就送上一瓶啤酒。藏族人挖一天虫草，就换了个醉。这是那个年代我听到的一个有关温州人的故事，不辨真伪，亦不无戏谑。在观念的先进和落后之间，在地域的开放与封闭之间，边地和沿海，虽然同处一片大陆，却像此岸与彼岸，隔着一条理念的"海峡"。

应感恩这个伟大的时代，高铁、高速公路和飞机，拉近了山与海的距离；四十多年的改革开放更是加快了内地与沿海的融合。尽管相距遥远，温州和温州人，已然成为一面旗帜，抑或一个符号。一个地方的形象往往会被一些简单易懂的表象或特色鲜明的文化符号所代表，比如，说到云南，因为它地处边疆，又民族众多，我们必然会提到它的民族文化和山水自然；而说到沿海一带，它就跟改革前沿，商贸发达，经济繁荣有关。还记得早在20世纪80年代，著名社会学家费孝通先生就提出了有名的"温州模式"，从家庭作坊式的小工业制造到遍及全国的温州产小商品。一个地区的经济模式影响了一个国家的发展思路，成为一个楷模。这是温州人的骄傲。

"温州模式"也容易将人导入一个误区：认为温州就是重商之地，温州人就是商人老板的代名词。在没有来到温州之前，我就是这样认为的。可是，在2023年莺飞草长、万木葱茏的春光里，一次紧凑而诗意的温州之行，既彻底颠覆了我对温州的既往印象，又填补了我许多知识空白。我看到了一个文化底蕴深厚的温州，一个充满开放活力和创新能力的温州，以及在传承悠久历史文化进程中不断弘扬光大的现代文明与文化。

与以往参加的作家采风不同的是，温州的主人并没有安排我们去参观规模宏大的工业基地、产业园区，介绍骄人的商圈港口、经济GDP，我们被引领到山水温州和人文温州的历史画卷中。你只有了解到一个地方的人文历史，才能了解到它当下的繁华富足与高楼大厦，是建立在一片怎样的沃土上。就像一个武功高强的人，他的绝技是让你看到深厚功力背后的文化蕴含。

首先和我们迎面相撞的是东晋时期的著名诗人谢灵运。我第一次知道谢灵运的名字，应是在高中的语文课本上，读李白的《梦游天姥吟留别》中一句，"脚著谢公屐，身登青云梯"。老师也搞不清"谢公屐"为何物，只笼统解释为一种登山的鞋子。但谢灵运的鞋子让两百多年后的诗仙羡慕并效仿，让一千多年以后的我们过目不忘，足见此鞋定有非凡之处。它是"专人定制"的一种鞋子，和诗有关，和山水相连。

听当地人谈起谢灵运，就像谈到一名刚刚离任的好官。似乎正是他，带给了这片土地灵秀与好运。事实上，温州人也将谢灵运的山水诗视为当地的文化标识。前人有诗云："自言官长如灵运，能使江山似永嘉。"相关资料上甚至称：正是因为谢灵运，让温州成为中国山水诗的发祥地。过去念书时对谢灵运认识不多，此番来温州，正可追寻谢灵运的足迹，感悟一片土地和一个诗人的关系。

让我们拉长目光，穿越漫长的时光隧道，让想象的翅膀停落在一千六百多年前。那时温州还被称为永嘉，刚刚设郡建城才一百来年。永嘉的山水尚未经谢灵运的如椽大笔描绘，它寂寂无名，藏在山海之间。谢灵运来了，在南朝宋永初三年（422年），他受贬发配到永嘉任郡守。谢灵运祖父为东晋名将，有开国之功，其父也官居朝廷秘书郎。因此谢灵运十八岁就继承了祖父的爵位，享受两千户食邑的待遇。锦衣玉食，富贵逼人，妥妥的一名"官三代"。谢灵运本来是在朝廷皇帝身边行走的人，担任过中书侍郎、谘议参军一类的职务，在上层社会里他依仗着名门之后，贵胄世家，又博览群书、聪慧过人，自是京都建安的风云人物。据说他的衣着打扮、言谈举止常常引领着社会舆论和社会风尚。因此，在那个时代，谢灵运绝对是一个"网红"级别的名士。但他恃才傲物，个性张扬，又生活奢靡、散淡浪漫，屡屡被官场所不容。他大约犯了中国文人士大夫常犯的老毛病，自以为有安邦定国之才，却不懂宫廷政治之残酷。弄文舞墨的文人和操弄权术的政客相比，前者是永远的输家。这几乎是封建专制体制下的一条铁律。谢灵运在宫廷争斗中失意，被贬谪永嘉郡。此番变故，是谢灵运人生命运之不幸，却是永嘉郡之大幸，尽管谢灵运根本就不把一郡之守当多大个事儿。史载谢太守经常不在岗而在山水之间，民情不顾，诉讼不理，贤能不举，奸佞不检。一出门游玩便数十日不归，只是一味呼朋引类，寄情山水，吟诗作赋，日子过得好不快活。中国的文人士大夫大多面对厄运多会做出这样的选择：官场失意，便回归自然。这天地之博大深厚，这山川之雄浑秀美，足可收留千百年来所有失败者的心灵。唐代诗人白居易，应是最为读懂谢灵运的人，他有《读谢灵运诗》一首，道尽庙堂之高和江湖之远的矛盾。可谓文人相惜，心灵相通，三观一致。白居易仿佛是在和谢灵运隔空恳谈，娓娓道来——"吾闻达士道，穷通顺冥数。通乃朝廷来，穷即江湖去。谢公才廓落，与世不相遇。壮志郁不用，须有所泄处。泄为山水诗，逸韵谐奇趣。大必笼天海，细不遗草树。岂惟玩景物，亦欲摅心素。往往即事中，未能忘兴谕。因知康乐作，不独在章句。"

两晋南北朝期间，五胡乱华，华夏大地战乱不已，文人才子和国家民族的命运一样，大多颠沛流离，命运多舛。和谢灵运同时代的陶渊明，不是也唱着"归去来兮，田园将芜胡不归"辞官回家，开创了田园诗派了吗？而谢灵运"与世不相遇"，在红尘佛面中"壮志郁不用，须有所泄处。泄为山水诗，逸韵谐奇趣"，终成山水诗之鼻祖。如果说陶渊明是一种"采菊东篱下"式的回归，谢灵运则是看破红尘、纵情山水，追求的是"诗和远方"式的发现。他是一个邀山水同乐的大玩家。与众不同的是，他玩出了风雅和品味，玩出了格调和诗意，更开创了一个流派。谢灵运的山水诗总是有所比兴，有所寄托。"岂惟玩景物，亦欲摅心素。往往即事中，未能忘兴谕。"正是由于有了谢灵运的发现，温州的山水从此与众不同，更让温州成为中国山水诗的滥觞之地。我相信在永嘉（温州）的历史上，尽职恪守的好太守也不乏其人，但能像谢灵运这样成为一个地方的文化名片，名垂青史，孰能胜之？

过去我们熟知的一句话是"上有天堂，下有苏杭"。说到江南景色，人们的目光总是集中到苏杭一带，那是中国人心目中至臻至美的人间天堂。温州地处浙南，似乎在聚焦点之外。是谢灵运发现了温州的山水之秀美，风光之绮丽。在人与自然的关系中，第一个层面是发现，第二个层面是欣赏，与山水同乐，第三也即最高的层面是艺术地表现。当山水风物被形象地艺术化为诗歌、美术、音乐等艺术形式时，它们就是灵性生动的、有历史文化感的、有情感色彩的、有生命力的山和水。恰如温州的山川景物，我们可以说，它是谢灵运的山水。

到温州第一个夜晚，主人安排夜游塘河。静静地躺在温州城怀抱中的塘河，极尽江南水乡之特色，垂柳拂岸，温婉娴静。电瓶船在夜色中悄然驶出，两岸灯火阑珊。忽而岸边有仙女下凡，衣袂飘飘，舞动一夜春色；忽而又有村妇或河边浣衣，或"莲动下渔舟"；也有河边读书人家，秉灯苦读，红袖添香；更有高人韵士，明月之下，玉笛横吹，怡然自得。这塘河两岸匠心独运的"情景再现"，参演者并不多，投资也不大，但却做得精致典雅，发人幽思，颇有不知今夕何夕之穿越感。船行到夜色浓处，但见一叶扁舟悄然驶来，一渔姑婷婷玉立于船头，远方更有一士大夫装扮之人，两人一问一答，来一段空灵缠绵的"渔樵问答"。他就是谢灵运吗？谢灵运有多少个夜晚，在这水乡泽国、荷塘月色中吟哦徘徊？又有多少永嘉的山水，抚慰了他那颗怀才不遇的心？我分明听见他在时间的尽头，吟诵那首《游赤石进帆海》——

首夏犹清和，芳草亦未歇。
水宿淹晨暮，阴霞屡兴没。
周览倦瀛壖，况乃陵穷发。
川后时安流，天吴静不发。
扬帆采石华，挂席拾海月。
溟涨无端倪，虚舟有超越。
仲连轻齐组，子牟眷魏阙。
矜名道不足，适己物可忽。
请附任公言，终然谢天伐。

在这春风沉醉、芳草未歇的"清和"之夜，我努力在想象谢灵运。这个山水之子，大自然的吟唱者，他在写"扬帆采石华，挂席拾海月"时，是一种怎样的心情？历代诗评家认为，谢灵运的山水诗，遥接建安文学，开创了中国山水文学的新境界。他在既往文学作品写景经验的积累之上，创造性地将多重艺术表现手法运用在其山水诗的创作中。在他的山水诗中，字里行间意象新奇，字词清丽，充满新鲜感和辽阔境界。其状物描写真实可触、如临其境，但又是超越了实景的诗化的"自然"。海上的那一轮明月是可以"拾"的吗？在诗人看来，是的。我们可以揽月入怀，也可以把它带回家。恰如我们夜游塘河，这水乡景致，这厚重古朴的人文历史，我们都想把它们带回家。

依偎在温州城之北的瓯江，江面宽阔，气势雄浑。这条与城相伴、与海相连的江河流淌的不仅有天上之水，还有人文之诗。一条大江如果蜿蜒曲折，是一种美，是江水对大地的雕塑；江心若有岛屿沙洲，那就是锦上添花，是大地与江水的守望。瓯江江心有一秀美岛屿，与温州故城相望万年，如早年从大海远行的游子，溯江来归，行到家门前，便驻足凝视，再也不走了。此岛名江心屿，其形如漫游在江心的蝌蚪，纤巧玲珑，灵动如诗。它拥有"中国诗之岛"之雅誉，很久以前就让我心仪。一座岛屿因诗而享有盛誉，必定与某个大诗人有关，且这个诗人，非谢灵运莫属。因为他是第一个登岛写诗的人，让江心屿像诗一样镌刻到时间的长河里。是山水成就了诗人，还是诗人点化了山水，这永远是一道无解之题。反正在一千多年前的某个"云日相辉映，空水共澄鲜"的日子里，谢灵运从江对岸踏波而来。正如吾辈后生，也在2023年的春天，追寻着谢灵运的足迹，渡江来到"中国四大名屿"之一的江心屿。

谢灵运当年乘一叶扁舟登上的江心屿，与我们今天所见有异。那时瓯江江心有两个挨着的小岛，江水从小岛中间穿过，其间还有两处礁石露出江面，被称为孤屿椒，它们只在潮水退落时才会浮出江面。潮涨潮落，岛礁出没变幻，自是别有一番情致与风韵。想必那时岛礁之间，颇有沧海横流之态，也比现在更为原生态。植物葳蕤，沙鸥翔聚，渔火点点，过尽千帆。岛礁摇动着江水，江水洗尽了岁月。谢灵运是见过大世面、大风景的人，瓯江中这几处玲珑剔透的小岛，不能不引得诗人诗兴大发。也许他是面对瓯江上的一轮朝日，诗意磅礴而出；也许他在一天的尽兴畅游之后，青灯之下，字字珠玑，如春水东流。《登江中孤屿》，一挥而就。诗曰：

江南倦历览，江北旷周旋。

怀新道转迥，寻异景不延。
乱流趋正绝，孤屿媚中川。
云日相辉映，空水共澄鲜。
表灵物莫赏，蕴真谁为传。
想象昆山姿，缅邈区中缘。
始信安期术，得尽养生年。

历代诗评家认为，谢灵运山水诗的成就，很大一部分有赖"雕琢"之功。后世评价："康乐一字百炼，乃出冶。"谢灵运山水诗的"雕琢"是对自然的一种细

致的拟态,"乱流趋正绝,孤屿媚中川。云日相辉映,空水共澄鲜",是千锤百炼的诗句,也是多种意向的结构组合。它让我们仿佛看到,大地之水与天上的云日唱和,江心孤傲的岛屿和澄澈的天空一色。这更是一种面对大自然,将生命托付给山水、物我两忘的赏爱。

  我们今天所登临的江心屿,已迥异于当年。南宋绍兴七年(1137年),高宗皇帝下诏从普陀山请来一个名清了的大禅师,在江心屿主持修建龙翔和兴庆两寺。为了增扩岛屿面积,清了禅师仿佛是一个眼光远大的建造师,他率众僧填塞了中川,修筑海塘,将东西双岛合二为一。僧侣们在填好的新基上建造梵宇,高宗赐名龙翔兴庆寺,即如今的江心寺。岛上有寺,不但利于僧侣修行、香火赓续,更让人

江心屿(苏巧将 摄)

远观则如一处远离尘世的蓬莱仙境。现今的江心屿，有山有寺，有湖有庙，绿树成荫，山道蜿蜒，庭院雅致。江心屿像漂浮在瓯江上的一艘时间之轮，承载了令人目不暇接的诗意和人文景观。谢灵运来过之后，历朝历代，中国诗坛的大腕巨擘纷至沓来。李白来过，杜甫也来了，孟浩然、韩愈等大诗人自然也不甘其后，都慕名而来。他们留下诗篇，让江心屿入诗入画，成为文人骚客的风雅之地。一座有文化积淀的岛屿，有诗意像江水一般日益流淌，当不负谢灵运的一片诗心矣。

温州倚山面海，是山海相拥的洞天福地。如果有一座山被称为"海上名山，寰中绝胜"，那就非雁荡山莫属了。不知从什么时候起，雁荡山这个名字便烙入我记忆深处。就像一个久远的梦，终于在这个春天被打捞出来。让梦境真实地再现，是人生幸事。畅游雁荡，便是圆梦之旅，可当我走进雁荡山中，我又仿佛回到了梦里。主人特意安排我们夜游雁荡，说是夜色中的雁荡山，自有一种风韵。我开初以为将会是一场大山中的灯光秀，让奇峰异石，绝壁巉岩，在灯光的映射下一展山姿。这样的景致我见识过，不过是让山穿上光的霓虹羽衣，光在变幻，山始终无言。而待我们走进雁荡山，才发现雁荡山的光源自大海之光的映射。海本身会发光吗？这个问题问得比较傻，但要请大海原谅，请雁荡山不要发笑。我是个地道的内陆人，生活在离大海三千公里远的云贵高原，大海从来就是我的"诗和远方"。在夜色中的雁荡山里，我没有看到大海，大海却真实地让我看到了它浩瀚的柔情。那是我此生从未见到过的银色光芒，比月色更厚重，比灯火更均匀。它来自山那边的大海，像海潮一样无声地遍洒大地，将雁荡山装扮出梦幻般的色感。大海是一面大地的镜子，夜空是一面天上的镜子，两面镜子交相辉映，雁荡山就成了大海与夜空共同打扮出的宠儿，沐浴在这神奇诗意的朦胧之光中，映射出雁荡山雄奇万状、千姿百态的浪漫和多情。我很想再问大海一个傻傻的问题：山海相依的地方多得是，为什么独独雁荡山有幸享有你神奇的海光？

雁荡山不仅有梦幻海光，更有奇峰绝壁、飞瀑流泉、古寺高塔、雁湖灵岩。如此洞天福地，当然逃不过谢灵运的"法眼"。史载谢灵运游山，必定要探寻最为险峻幽深的地方，即便山峦叠嶂、沟壑纵横，都不能阻挡他的脚步。他经常选择一些奇险、陡峻的山峰作为自己的探险目标。他是那个时代的暴走族、探险家、攀岩好手，是个要让自己的脚底永远高过山峰的人。"谢公屐"是一种前后有齿钉、可拆卸的木制钉鞋，那可能是世界上第一双"登山鞋"。谢灵运当年进到雁荡山时，当然不像我们今天有公路，有步道、栈道、吊桥等交通设施，他需要逢山开路、遇水搭桥，他更需要借助绳索木梯等工具，攀缘巉岩绝壁，探寻岩洞深涧。雁荡山的精华大龙湫景区，也是谢灵运曾经游历过的地方。在筋竹涧，瀑、潭、峡、溪、峰相映连壁，形成了与其他景区风光迥异的水景特色。尤其是被称为大龙湫的高瀑，以单级落差197米的高度列中国瀑布之冠，同时也跻身中国四大名瀑。谢灵运有一首《从斤竹涧越岭溪行》的诗，诗人写道——

猿鸣诚知曙，谷幽光未显。
岩下云方合，花上露犹泫。
逶迤傍隈隩，迢递陟陉岘。
过涧既厉急，登栈亦陵缅。
川渚屡径复，乘流玩回转。
苹萍泛沉深，菰蒲冒清浅。
企石挹飞泉，攀林摘叶卷。
想见山阿人，薜萝若在眼。
握兰勤徒结，折麻心莫展。
情用赏为美，事昧竟谁辨。
观此遗物虑，一悟得所遣。

我来到大龙湫瀑布下时，一股清泉正从近200米高的悬崖上跌下，瀑布并不太大，在空中便被山风吹成了水花。瀑布成了一条飞舞的小白龙，摇曳在半空中。密集的水珠砸在绝壁前的深潭里，大珠小珠落玉盘般清脆悦耳。这就是谢灵运诗中的"飞泉"了吧？它在大自然中跌落了千万年，在谢诗里也灵动了上千年。

在碧绿的龙潭边，我掬一捧甘洌的泉水，一口喝下。我想象当年的谢灵运，应该也会喝下一口大龙湫瀑布下的泉水罢。我希望能借助这"飞泉"之水，承接山水诗人的灵气。正可谓"情用赏为美，事昧竟谁辨。观此遗物虑，一悟得所遣"。也如我们此番温州之行，一路走来，风光无限，总有一个大师先贤，在前方远远地向我们召唤。

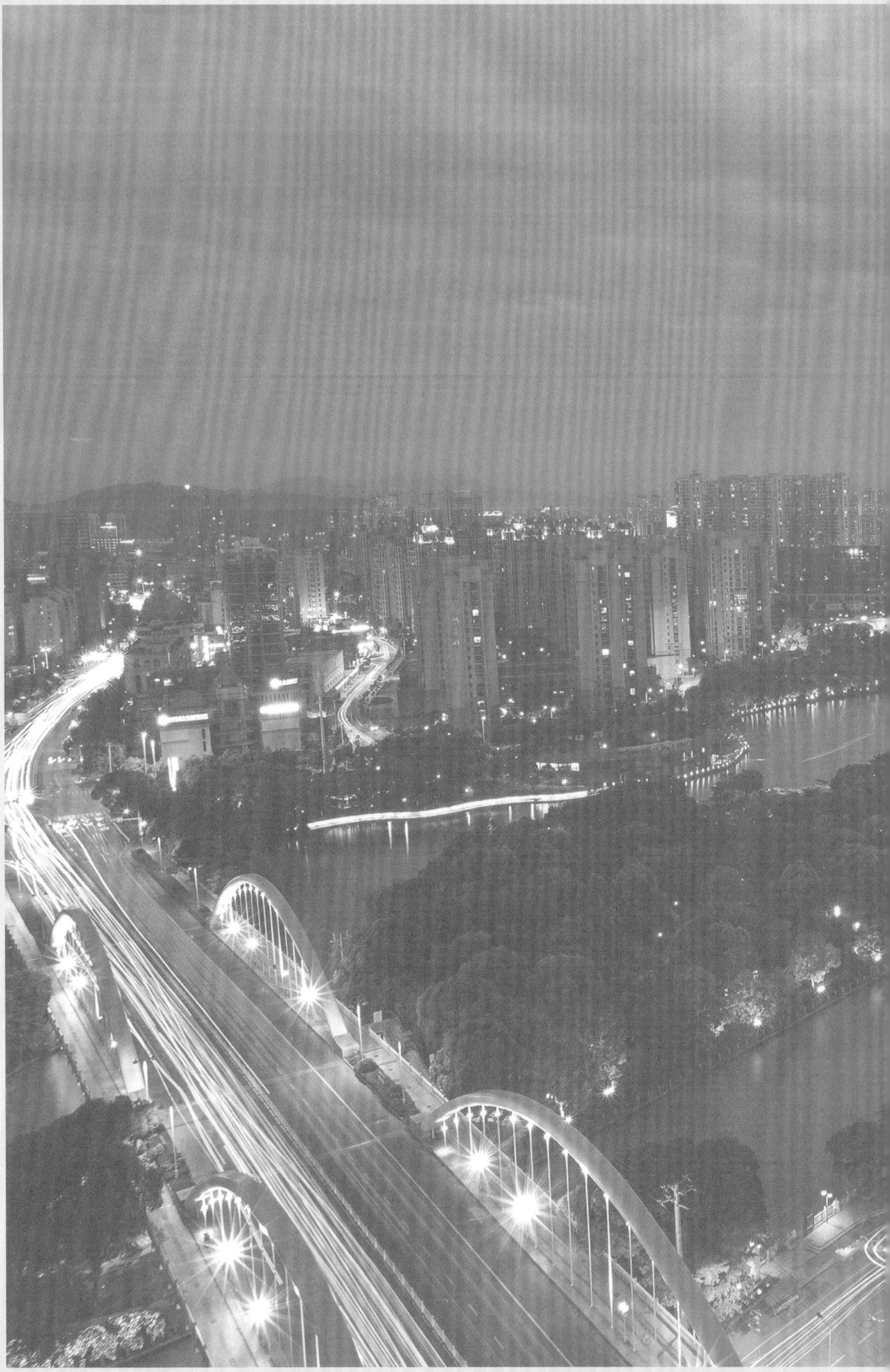

温州五日，亲爱的时光

高兴

南塘夜色（严艳影 摄）

一片繁华海上头

在刚刚过去的三年，我们失去了太多可敬可爱的外国文学翻译和研究前辈。戴骢、郑克鲁、叶廷芳、刘星灿、易丽君、罗新璋、沈萼梅、柳鸣九、智量、唐月梅、郭宏安、李文俊、杨苡、严永兴、黄宝生等等，这是一份长得让人伤心欲绝的名单。他们的离去意味着怎样的失去，唯有读者明白，唯有我们明白。

一份义不容辞的义务敲击我的内心。于是，今年春天，我带着《世界文学》团队，来到江南，办了一场又一场活动，纪念这些可敬可爱的前辈。这些前辈大多是江南人士，或者江南热爱者，因此，江南是纪念他们的最好所在。姑苏城外，宝石山下，富春江畔，当我们朗读起前辈作品和译文的时刻，我们明显感到了他们刺人心肠的缺席，同时又明显感到了他们引人注目的存在。他们分明以另一种方式存在着，在文字中，在读者的心中，在超越物质的另一重时空。

就这样，连续几个月，一直处于纪念状态。纪念状态其实也就是悲伤状态。我甚至不愿回北方，而是久久地停留于江南，停留于某种特别的场域中。友人和同事担心我的状态，觉得应该改变一下。

而这时，恰恰就在这时，来自温州的邀约在耳畔响起，如此及时，如此诚恳，像安抚，更似救援。

第一日　春天里的一场行为艺术

关键词：春芹，高兴，行为艺术，夜游塘河

高铁，从苏州到温州，熟悉的景致，亲切的口音，三个多小时不知不觉。一种奇妙的感觉：我分明是在从一个家乡，游历到另一个家乡。家乡的概念，是既可以缩小，也可以放大的，半个多世纪的人生阅历告诉我。当我长时间在北方生活和做事时，整个江南都是我的家乡。而当我在海外游历或工作时，只要听到同胞说话，不管是普通话、河南话、浙江话、上海话还是广东话，都会心头一热，激动不已。这些绝对都是乡音，真真切切的乡音。记得在美国印第安纳大学访学的那段时间，一有空，就会去镇上的温州酒家用餐，其实就是想和同胞说说话，其实就是想听一听乡音。

忽然被乡音包围。抬头一看，温州南站已到。出站口，我看到一位短发姑娘，美丽、秀气、阳光，略显羞涩，举着写有"高兴"两字的牌子，静静地站着，吸引了不少旅人好奇的目光。这像极了春天里的一场行为艺术，以别致的方式表达了温州对四方来宾的真挚欢迎。

我轻轻走到她的身边，轻轻唤了一声："你好，春芹！"

春芹，终于放下牌子，热情回应，灿烂地笑。她的相貌，她的举止，她的语音语调，不禁让我想起几十年的好友王晓乐，活脱脱就是王晓乐的青春版。对了，晓乐正是温州人，虽然她早已定居杭州。一股说不出的亲切感顿时涌上我的心头。

曾经来过温州，又仿佛从未到过温州。每一次来临，都仿佛是第一次到访，永远有一种充满诗意和美好的陌生感和新鲜感。这源于它的日新月异，源于它的始终追求，源于它的勤劳务实和奋发向上。这也恰恰是它能永葆魅力的秘诀所在。对时间的珍惜，对生活的热爱，构成温州和温州人永不停歇、永在进步的内在动力。下榻宾馆后，我预感，春天的夜晚，绝对会有温馨的安排。这是温州方式。

果然。

温州之行，以夜游塘河正式拉开帷幕。

在温州，你会不断听人谈及塘河，你也会不断遭遇塘河。温州城内似乎处处可见塘河，可感塘河。"虽远坊曲巷，皆有轻舟至其下。"（叶适）随着岁月的流逝，除了轻舟，又有一座又一座石桥出现在塘河的不同水域，贯通起温州的不同区域。八卦桥、东安桥、祠堂桥、地藏桥、漫水桥、望海桥、通济桥，等等，等等。如此，塘河的各种水脉更加通畅，更加灵便，贴近千家万户；如此，它自然而然成为温州人日常生活的一部分，成为温州名副其实的母亲河。我相信，温润之州，源于塘河，一定的。正如大明湖之于济南，玄武湖之于南京，珠江之于广州，湘江之于长沙……因了塘河，温州有了养分，有了灵气，有了曲线，有了丰韵，有了生计的重要路径，也有了文化的源泉和心灵的依托。

一片繁华海上头

有零星雨点，但不用撑伞，微风吹拂，仿佛一只只无形之手在摩挲，旅途的倦意顿时消弭。我们三三两两，以悠闲的姿态，从酒店出发，步行几分钟，就来到了码头，就坐在了船上。夜晚的塘河隐约，朦胧，半遮着面容，有几分神秘感和梦幻感。游船缓缓启动，几乎无声无息，仿佛怕惊扰了塘河的静谧。正要穿过一座桥时，忽然，一道被彩灯照亮的水帘腾空掀起，只见一位古装打扮的"官人"，站在桥头，频频拱手作揖，显然代表一方民众，欢迎我们的来临。

　　这一下将我们带入某种场景，某种氛围。

　　游船徐徐前行。时不时，河两岸会亮起一处又一处灯光。灯光中，或有宫女在翩翩起舞，或有书生在苦读经书，或有武士在舞刀弄剑。也不知什么时候，几只渔船悄悄靠上前来，姑娘和小伙，站在各自船头，就在我们面前，对起了情歌。歌词火辣，机智，生动，又接地气。欢声笑语在湖面上响起。

　　不禁想起明代政治家黄淮所描绘的塘河：

　　天宇澄妍，徜徉乎近境；岸草汀花，前迎后拥，足以悦吾目；渔唱棹歌，交响互答，足以充吾耳。耳目各有所适，气舒神畅，其乐陶然。

　　我想象着一位具有文人情怀的古代政治家，无论仕途得意或失意，都会来到塘河边，登上船桅，泛游河上，与山水对话，交流。历经沧桑的古老的塘河有可能最能懂他了……

　　就这样，我一直默默地看着，听着，想着，以现代的姿态，感受着古时的情趣和意蕴，并竭力想象着古时的水上生活情形。目之所见，显然是一幅理想化的浪漫情景，还有某种恋古和怀旧的成分。而具体的生活，总是单调的，艰辛的。正因单调和艰辛，才会呼唤理想和浪漫。诗歌，文学，艺术，才会出现，且绵延不绝。

　　夜游塘河，恍若梦境。心情明显轻松了许多。我就在对梦境的回味中，关上灯盏，期望着潜入另一场梦境……

　　晚安，塘河！晚安，温州！

温州五日，亲爱的时光

第二日　窗玻璃是一幅天然的山水画

关键词：江心屿，青灯石刻艺术博物馆，瓯戏

兴许，是一道晨光，透过窗帘缝隙，照进房间，唤醒了我。一夜睡眠后，神清气爽，我打开窗帘，这时，一幅意想不到的画面出现在我眼前：郁郁葱葱中，塘河在晨光中如同一条星星点缀的光带，静静闪烁着；再远处，江水忽隐忽现，构成另一个层次；更远处，是重重叠叠的山峦，雾岚缠绕，青蓝白相间，好像一道道屏障，又似一个个臂弯，护佑着尚未完全醒来的温州城……此时此刻，摩天大楼第三十六层的窗玻璃简直就是一幅天然的山水画，让我产生了身处尘世，同时又远离尘世的特别感动。我庆幸在摩天大楼中间，还能看到大片大片的绿，还能看到蜿蜒流动的水，还能看到星星点点的船只，还能看到山峦的优美色泽和曲线。

要不是电话铃声，我会一直站在窗前，沉浸于这幅画中，甚至将自己想象成幸福的画中人。我们无法掌握恒久的幸福，但起码可以不时地捕捉幸福的瞬间。幸福的瞬间，点点滴滴，补充着我们的氧气，滋润着我们的心灵，否则，在这日益复杂和艰难的现代世界，我们又能用什么支撑我们的生存？！

怀着愉悦的心情，踏上渡轮，登上瓯江中游的江心屿。一座不大不小的岛屿，却处处可见历史的遗迹、文化的印痕，而这些遗迹和印痕又完全融于世俗气息之中。这就让我们感到了一种有趣的混合、并置和包容。有寺庙、佛塔、禅院，同样也有餐馆、酒吧、公园。你可以来修炼悟道，你也可以来疗养娱乐。大千世界，多元社会，其实就该如此。

必须要说到谢灵运了。生活于东晋和南朝宋初的谢灵运，绕不过去的历史人物，同温州，同江心屿有着千丝万缕的诗意联结。他仕途失意，被贬为永嘉郡（温州古名）太守，据说懒于理政，大多时间忘情于山水，写出大量山水诗，阴差阳错，成为中国山水诗鼻祖，以一种更为洒脱和诗意的方式流芳青史。

一片繁华海上头

最初写下有关江心屿诗词的也是他："乱流趋正绝，孤屿媚中川。云日相辉映，空水共澄鲜。"

在后来的岁月中，岛屿上建了不少寺庙和禅院，西塔和东塔也先后对称地耸立于岛屿两端。一块相对与世隔绝的宗教净土，自然吸引了不少文人和政客。谢灵运外，李白、杜甫，孟浩然，韩愈，陆游，文天祥，等等，都曾涉足孤屿，写下美好的诗篇。所有这些都不断添加着岛屿的内涵和魅力，使它成为温州的名胜。

踏上江心屿，你其实就迈进了另一种节奏，与现代都市节奏迥然有别。节奏是有讲究的，它关乎人生姿态和生活品质。就像我一直难忘的儿时情景：古镇上的一位老伯，每天都要饮上几两老酒，贫困时代，时常没有下酒菜，没有下酒菜，也不能不讲究节奏。老伯就嘬一下手指头，喝上一口，再嘬一下手指头，再喝上一口，就这样，让饮酒进入某种节奏，成为一种享受，也因而让生活变得"有滋有味"。

江心屿自然有江心屿的节奏。你需要放慢脚步，需要静下心来，有时甚至还需要闭上眼睛，呼应它的节奏，方能细细感受岛屿上那种特殊的历史、宗教和文化气韵。

无论孟浩然向往的"众山遥对酒，孤屿共题诗"，还是韩愈描绘的"朝游孤屿南，暮嬉孤屿北"，其实都既需要心态的彻底放松，又需要时间的绝对保证。相比之下，我们这些匆匆的访客太可怜了，时间受限，只能蜻蜓点水，走马观花，就像是先来和江心屿打个招呼。

兴许出于职业惯性，看到江心屿上的英国领事馆遗址，某种复杂的亲切感充溢心头。这幢欧式楼房在百余年前的清朝绝对别具一格，引人注目，从建筑学角度，肯定为我们吹来了清新之风。作为曾经的驻外领事，我的兴趣显然大于他人的。情不自禁地走进楼里，可惜，唯有几行极为简单的文字介绍了领事馆的概况，以及曾经的领事馆人员。这些异邦人士从英伦来到遥远的东方，度过了怎样的岁月？领事事务外，他们是否尝试过了解温州生活，或深入东方文化？关于温州，他们是否写下过什么文字？他们中是否有谁将孤独和乡愁转化为诗歌和文学？

自然而然地回想起我的领事生涯，在黑海边，康斯坦察，古代的托弥，奥维德的流放之地。关于那段生活，我曾写下这样的文字：

温州五日，亲爱的时光

康斯坦察。海边的城堡。我曾在那里生活和工作过两年。窗外，就是沙滩，就是无边的黑海……我常常走到窗前，看那片海怎样变幻着色彩。久久地停留，身与心都只为海吸纳，只为海存在，渐渐的纯净，渐渐的清爽，仿佛经历一次歇息，又仿佛完成一次托付。托付给海。

一有空，我便会来到海边，来到爱明内斯库的塑像旁。那是海边视野最辽阔的所在。站在那里，总有一种幻觉：仿佛就站在海上。爱明内斯库面朝大海。面朝大海，是诗人爱明内斯库唯一的愿望："我还有个唯一的愿望：／在夜的静谧中／让我悄然死去，／头枕辽阔的大海，／让我缓缓入梦，／躺在树林的旁边，／在无垠的海面上，／让我拥有晴朗的天空。"

这浪漫的愿望，仅仅属于古典时期，在今日看来，近乎奢侈。宁静早被打破。海边，一片喧嚣。尤其是夏天……到处的人群。到处的喧嚣。人群纷纷来到海边留影，来与爱明内斯库合影。可一百个人中，恐怕有九十九个不再读他的诗歌。唯一的愿望，也就是唯一的孤独。过于喧嚣的孤独……

孤独，人类面临的普遍困境。于是，我们行走，我们凝视，我们阅读，我们写作，我们与山与水与海与自然万物对话交流，从天和地中获得启示和安慰，并以此点亮孤独，让孤独发出心灵之光，思想之光，艺术之光。

从江心屿，又来到考古发掘现场，再来到塘河岸边的青灯石刻博物馆。真是奇妙的转换。这家民营博物馆显然引发了大家的兴致。观赏，感叹，触摸，久久不愿离去。馆长青灯先生，一袭黑衣，胡须飘飘，年纪不大，却已有几分仙风道骨之气。谁也想不到，他曾是自行车极限运动的世界冠军，还曾创造过吉尼斯纪录。世界冠军，博物馆长，截然不同的两个身份。馆内，石门，石桥，石灯，石狮子，各类文物，各色物件，琳琅满目。老物件，都是老物件。身处老物件形成的特别磁场中，我只能用自己写过的诗句表达此刻的心绪：

如恩赐，我竟然遇到了
那么多的老物件

我承认我喜欢它们

因为它们的朴实，它们的坦诚

它们的谦逊，以及它们

难以形容的韵致

灵魂大概就是它们的样子

我自问自答

看到它们，我几乎失去了言语

只会不断地说：

岁月，岁月，岁月……

一声比一声更轻

轻到唯有光才能听见

看到它们，你分明感到，时间的结晶在闪闪发光。喜欢，就是喜欢，就是想给温州保存一份美好的记忆，年轻的馆长轻声细语。给温州保存美好记忆的同时，其实也给心灵找到了安顿。我在心里默默祝福着他。

夜晚是轻松的，是适意的，是赏心悦目的。我们品着茶，吃着点心和瓯柑，坐在露天舞台前，观赏着瓯剧，温州地区著名的地方戏。我不懂瓯剧，却也被它的朴实、明快和热烈所感染。温州朋友说到曾亮相春晚的瓯剧时，都会情不自禁地流露出激动和骄傲。这种激动和骄傲显然饱含着对家乡的深情。

第三日　宁愿迷失在这时间的隧道里

关键词：永嘉，苍坡古村落，楠溪江，稻田，草地

带上行囊，乘车前行，有意不问行程安排，不问东西南北。更倾心于这种无目的的漫游，18世纪式的，游吟诗人般的，完全将自己交给路途，交给前方。天

和地之间，总有什么在等候，某座山，某个村，某条溪流。这丰富的温润之州，蕴藏着多少意外和惊喜。从车窗望去，景致在不断变幻着，不断新鲜着。绵绵不绝的山水画。诗人沉默。散文家沉默。小说家沉默。山水画中，无须言语。

一个温柔的声音响起。永嘉到了。

苍坡古村落正在等候着我们。听了讲解，才知道这是个多么别致的村落，已有八百余年历史，布局和设计都充满了文化：两方水池，如同两方砚台，一条长300余米的直街，形似毛笔，村头的浅山酷似笔架，而四周的田亩正是舒展的宣纸。若从高空俯瞰，简直就是放大了无数倍的文房四宝。多么精细的用心！

参观了一幢大宅，随后步入长长的笔街，旁边有条溪流在静静做伴。笔街也像廊道，令我无限欢喜，它太像一条时间隧道了，只不过街边一家又一家时尚店铺会不时地将你拽回到现实。

流连忘返。宁愿迷失在这时间的隧道里。忘了时间，忘了现实，倒也可以省去无尽的困惑和烦忧。

若想解甲归田，苍坡古村落无疑是理想的选择。我梦想着有一日能重返此村，住上一个月，两个月，或者长久地住下去，兴许在"文房四宝"的耳濡目染下，能写出些真正像样的文字，贴心的文字。或者索性什么也不做，就种菜，喝茶，漫步，时不时邀上三两好友，沉浸于诗人李元胜所描绘的那种美妙的"虚度"，那其实才是神仙般的日子。

在永嘉，神仙般的日子还在拓展。没过多久，我们又站在了楠溪江边。人人穿上红色救生衣，三两成组，登上竹筏，开始漂流。这种漫游式的漂流，绝对安全、稳当，无须英雄气概。置身于宽阔的水面，侧头看山，仰面看天，都有着和平常大不相同的感觉。视角和位置，对于看待世界十分重要。不同的视角和位置，就会有不同的感受。某种意义上，文学和艺术就是教人用不同的视角和位置看待世界和人性。卓越的文学和艺术必定具有独特的视角和位置。置身于楠溪江水面上，你会感觉整个天地都属于你，整个天地又都不属于你。在无边无垠的天地中间，你只是一个小小的圆点。视野在扩大，身子在缩小，喜欢神思妙想的罗马尼亚诗人索雷斯库在《眼睛》一诗中大概就想表达这一点：

一片繁华海上头

我的眼睛不断扩大，
像两个水圈，
已覆盖了我的额头，
已遮住了我的半身，
很快便将大得
同我一样。

甚至比我更大，
远远地超过我：
在它们中间
我只是个小小的黑点。

为了避免孤独，
我要让许多东西
进入眼睛的圈内：
月亮、太阳、森林和大海，
我将和它们一起
继续打量世界。

（高兴 译）

  有人在挥手，在欢呼，我们立马热情回应。水面上的相逢，似乎更加稀奇，更加令人开心。放眼望去，一个个红色的点在游动，映衬着墨绿的水，在正午时分的光中。

  这番体验后，人人似乎兴致大增。就在楠溪江边，找个树墩坐下，喝茶聊天，享受悠闲时光。随后，主人又领着我们走到溪流边一片开阔的草地。看到农田了，大片大片的农田，长着青色的稻子。不知怎的，青色的农田，令我暗自心动。也许又在想念苇岸了，秋子姐和我的好友。苇岸珍视泥土，酷爱农田。为了写作《一九九八 廿四节气》，他曾选择居所附近一块农田，在每一节气、同一地点、同一时间进行实地观察、拍照、记录。1999 年在病中写出最后一则《廿四节气：

温州五日，亲爱的时光

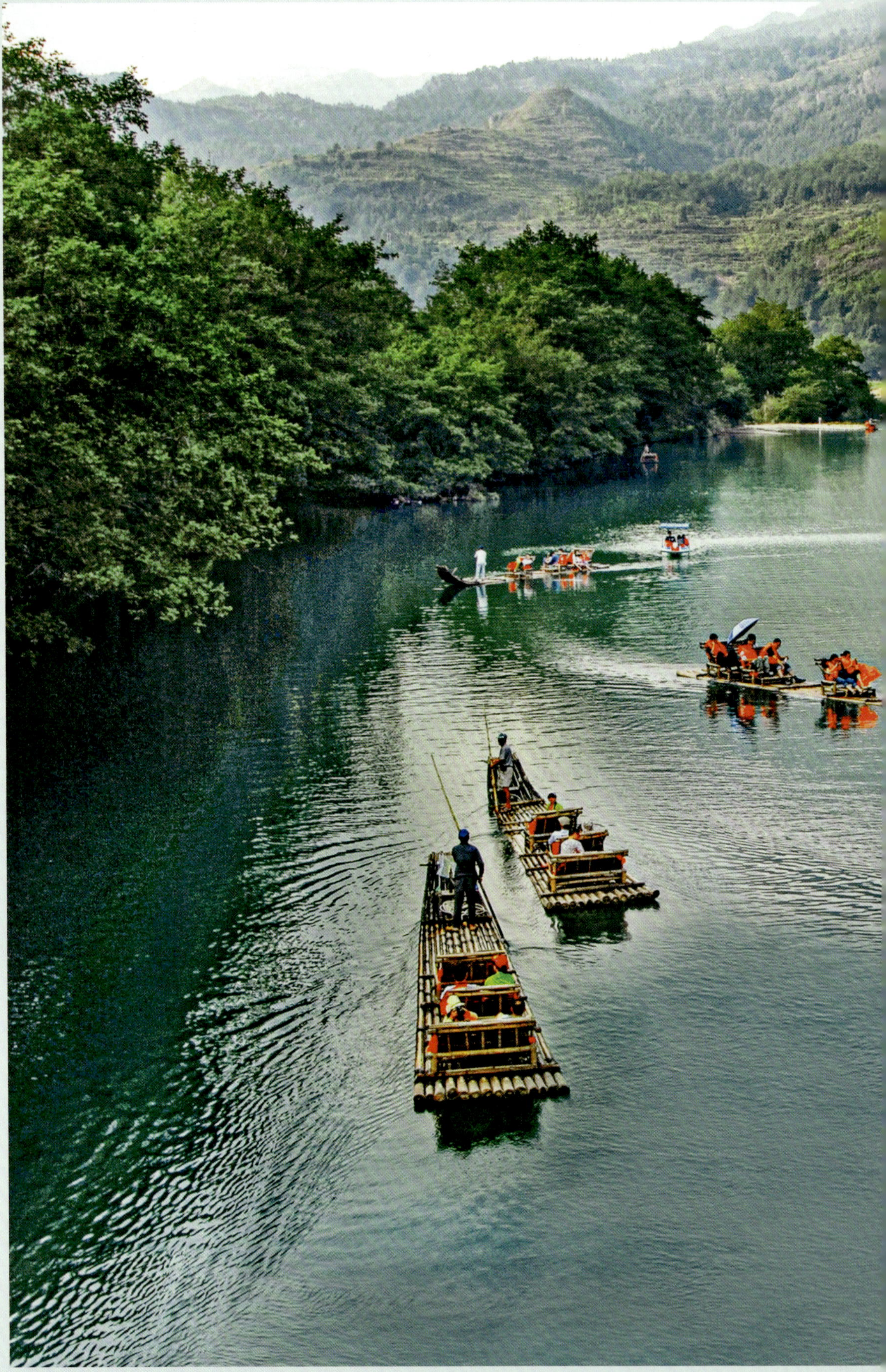

楠溪江（郑祥林 摄）

谷雨》。一晃，苇岸已经离开我们整整二十四个年头了。

看到草地，看到农田，文静的秋子姐也顿时变得任性起来。她招呼我和黑陶走到草地中央，邀请我们玩起了角力游戏。我们两个男生竟然不是她的对手。我忽然想起了散文家冯秋子的另一个身份：舞蹈家。一张张剪影定格。力的手臂，划出一道道力的曲线。秋子姐大笑，黑陶大笑，我大笑，无所顾忌。这一时刻，我发现，我们好像都变成了孩童，最最本真的孩童。美好的地方，纯真的时光，是能够一次次将我们变回孩童的。

第四日　童年记忆在瞬间苏醒

关键词：文成，百丈漈，刘基故里

清晨，听到了久违的鸟鸣，童年记忆在瞬间苏醒。那时，在故乡，鸟鸣常常伴随着日出，仿佛太阳通过鸟儿向地球和人类发出的亲切问候。童年贪睡。即便鸟鸣也难以将孩童时的我们唤醒，反而如催眠曲，促使我们又美美地睡个回笼觉。童年多梦，夜里做梦，早晨同样做梦。梦幻连绵，且常常做飞翔的梦，飞到树梢，同鸟儿一起探望星星，或观赏日出。

童年如诗。只是那种诗意，我们是长大后才慢慢领悟到的。长大之后，我们反倒时常需要用童年记忆来"补钙"和"吸氧"。

走出别墅，大口呼吸着饱含负离子的空气。这是山地文成的馈赠。

文成，总会让人首先想到刘基——刘伯温。事实上，文成县名就源自刘基的谥号。作为明朝开国元勋和成果卓越的文学家，刘基在历史上享有崇高的地位，自然也就成为家乡文成的骄傲。走在文成，你处处可以寻觅到刘基的踪迹。刘基无疑已成为文成一张有效的名片。

我们的活动范围也主要在刘基故里。

到刘基故里，自然要登百丈漈。百丈漈，亦即百丈飞瀑，共有三重瀑布，呈阶梯形。三重瀑布，恰如三重召唤，鼓舞着你一步一步走向高处。美妙的是，登临一漈时，你方能隐隐听见二漈的动静，而来到二漈后，你又会听到三漈的声响。一切都是渐进的，越来越宽阔，越来越宏伟，越来越壮观，最后在游客的满心期待中抵达高潮，一如水的交响。这一重又一重的瀑布，仿佛在诱惑你的目光，同时又在提升你的境界。

激励的力量同样来自海华负责的《温州日报》团队。那一张张青春的面孔，散发出阳光和热情，你的脚步又怎能不更加坚定，更加敏捷，更加潇洒。攀登因此获得了内在的动力。

我竟然没穿雨衣便从瀑布底下穿越而过。贴着耳朵的轰鸣，百丈瀑布本真的语言，惊叹号般击打衣衫的水点，一刹那间的相互对望，光这些就足够我久久回味的了。

古人攀登的艰辛可想而知。那样的攀登才是真正意义上的攀登，有探索和历险意味，考验并锻炼着身与心。今日，情形截然不同，改造过的山路虽然蜿蜒，却并不险恶。攀登更多具有现代旅游色彩。沿途随处可见各色景致，自然的、人造的，均有：三仙崖、日月湫、青石滩、蝙蝠山、白龙潭、风车潭、枫林石岭、峡谷景廊等等。还有一些小小的情趣，比如山涧里那个撒尿孩童石雕，让我莞尔一笑，想起遥远的布鲁塞尔那个著名的撒尿小童。二漈旁边，写着刘伯温名言的大牌子格外引人注目："盖闻空谷来风，谷不与风期，而风自至。深山围木，山不与木约，而木自生。是故福不可徼，德盛则集；功不可幸，人归则成。"但愿这样的智慧之言能让一些人警醒。

每一道景致都在邀请你驻足，观赏，留影。于是，走走，停停，停停，走走，攀登变成享受，还没来得及感觉疲惫，你便已登上山峰。登上山峰，在三漈之上，再来读读刘伯温的七绝，你也就有了共鸣的资本和想象的基石："悬崖峭壁使人惊，万壑长空抛水晶。六月不辞飞霜雪，三冬还有怒雷鸣。"

百丈漈的轰鸣一直在耳畔回荡。即便下得山来，依然陷于某种气势和能量之中。气势和能量可以提振并改变人的精神和状态。当我重又走在山地间相对平坦的小径上时，感觉脚步格外的轻盈，能够呼应文成四月这到处的生机和蓬勃了。

温州五日，亲爱的时光

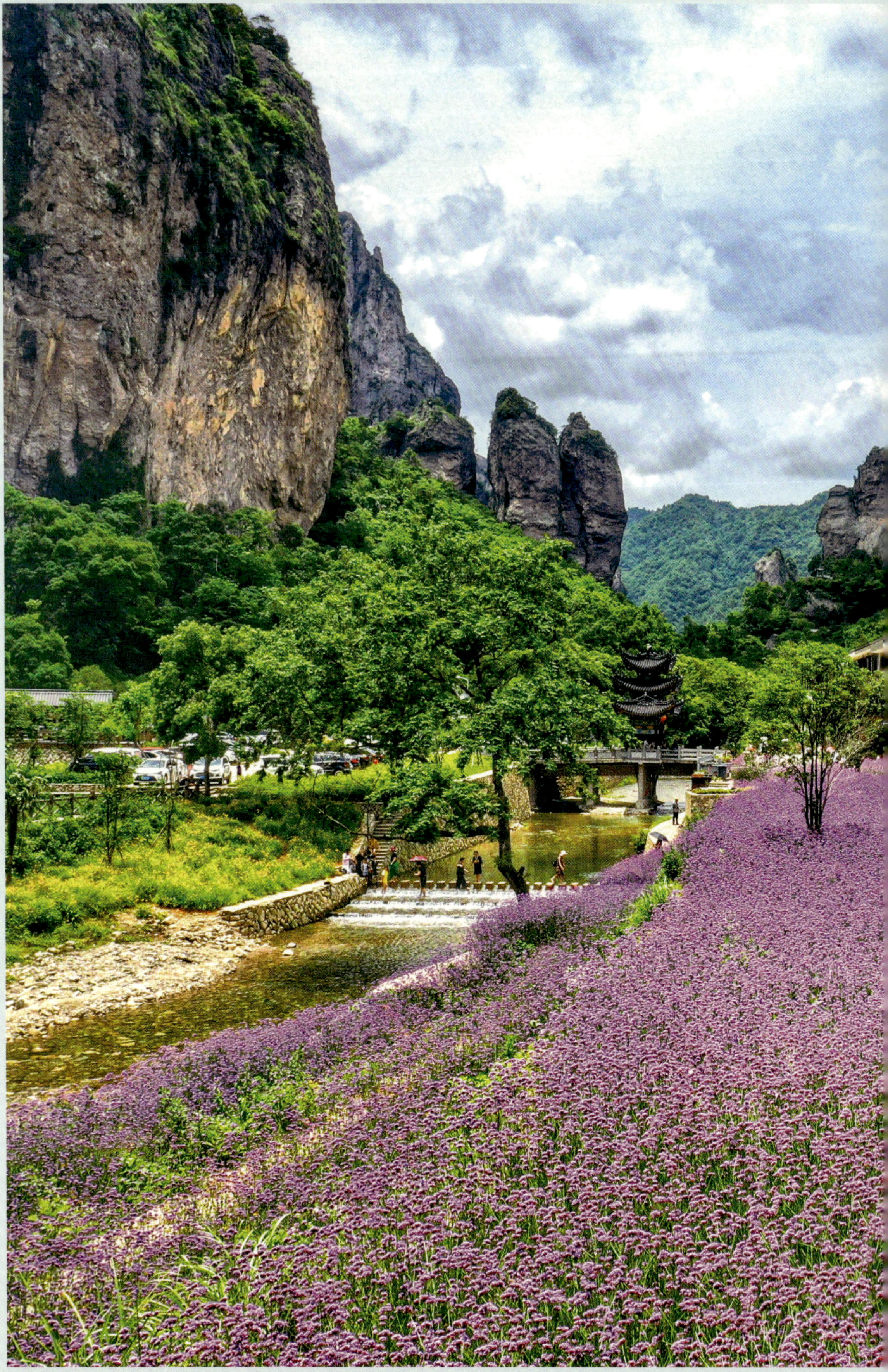

雁荡山（叶金涛 摄）

我甚至闪过念头，想要放弃午餐来感受春天的文成。稍稍吃了点饭，悄悄溜了出来。外面是山间空地，三两座林子，四五个花园，还有一汪汪的池塘，而四周便是层次丰富的山峦。这些林子、花园和池塘似乎没怎么打理，显出天然的样子，反倒更具野趣和野味。诗会，雅集，文学活动，倘若在这样的地方举办，就真正有诗意和情趣了，青山环绕，溪水淙淙，天地融为一体，身心全然解放。刚刚过去的三月，我和好友苏眉就策划举办了一场诗歌纪念朗诵会"树木燃起所有的生命力"，将舞台直接放在湿地的两棵树之间，那一刻，仿佛天和地，人和自然，所有的边界，均被打通。而诗人舒羽更加豪放，索性将"盛装舞步·致敬《世界文学》七十周年"的舞台安置在桐山白塔之下，面对着流淌不息的富春江。

身处美好的地方，总是会想起美好的事情。这正是美的良性循环。直至一声呼唤，我才回过神来。

我们的队伍又要上路了。

第五日　期盼和想象有了更大的空间

关键词：雁荡山，追忆，想象，山水留白

雁荡山，都已来到雁荡山脚下了，但因特殊缘故，只能在雁荡山下稍事停留，紧接着就要告别。"离别紧挨着抵达，约会又如何完成？"有点不舍和伤感。羡慕那些即将登上雁荡山的同行者。此刻，他们兴致盎然，正绘声绘色地筹划着上山的行程，丝毫也不考虑我的感受。

曾经来过雁荡山，陪同几位罗马尼亚作家，在二十多年前。浙江作协的英姿请来作家和画家马叙为我们讲解。马叙诗意盎然的讲解点燃了我和罗马尼亚作家的兴致。我们白天上山，夜里也上山。恰逢晴朗，夜间观山，其实别具浪漫韵味。月光下，那些山峰、山岭、悬崖、峭壁，以及各色奇石和草木，仿佛吸进了一口口真气，瞬间变成一个个精灵，纷纷苏醒过来，摆出自己最生动的姿态。万物有灵。岁月流逝，我愈加相信这一点了。静谧中，我们都能听见它们的呼吸和心跳。人生经历中，那一次的夜游雁荡，简直就是一首天赐之诗。

一片繁华海上头

罗马尼亚作家中，诗人弗罗拉最最激动。游历雁荡山期间，他就迷上了中国山水画，发誓一定要专研这门独特的艺术。说做就做，一下山，他就四处找寻，要买宣纸。购得一大捆宣纸后，欢喜得像个大孩童。之后在中国的日子，他就一直抱着宣纸，辗转各地。高大英俊的弗罗拉满心欢喜，手抱着宣纸的形象，就这样，扎根在我的记忆中。弗罗拉期望，还能再访温州，重登雁荡山。也许那时，他会带来自己创作的山水画，他郑重地对我说。遗憾的是，他最终未能再次成行。2005年，正当英年的弗罗拉因心脏病发作，离开了他热爱的人世。

天正飘着零星的雨丝。我走出宾馆院子，在雁荡山脚下，走了一程又一程。哪怕闻闻雁荡山的气息也好。二十多年了，雁荡山又经历了怎样的变化？二十多年了，当年的山岭山峰、奇石草木，我还能认得出来吗？思绪和想象融入了雨丝。就把我的提前告别当作诗意的留白吧。期盼和想象因而有了更大的空间。用不了多久，我会再来，用一天，两天，甚至一个星期，来加倍弥补这短短的几个小时。这不是承诺，而是内心流淌出的表达……

雁荡山不语。它也不需要承诺。它会始终伫立于此，静候着。这真挚的姿态，让我们相信，世上毕竟还是有不屈不挠的坚定和永恒的。

疫情之后，这是我的第一次出行，美好得近乎奢华，又令人忧伤。停滞，阻隔，郁闷，在纷纷解体。生活奇迹般又回来了，带着佳酿，带着美食，带着诗歌，带着五花八门的期待和期望。

主人的安排真是贴心。《温州日报》团队，他们都是诗意之人，美好之人，因而也特别懂得珍惜诗意和美好，决不让任何的喧嚣和生硬破坏这美好、诗意和宁静。如此，美好、诗意和宁静，才更加滋润和打动心灵。

一方山水，以纯粹的美好和诗意，深刻地印在了我们心里。温州五日，亲爱的时光，从此，想忘都忘不了……

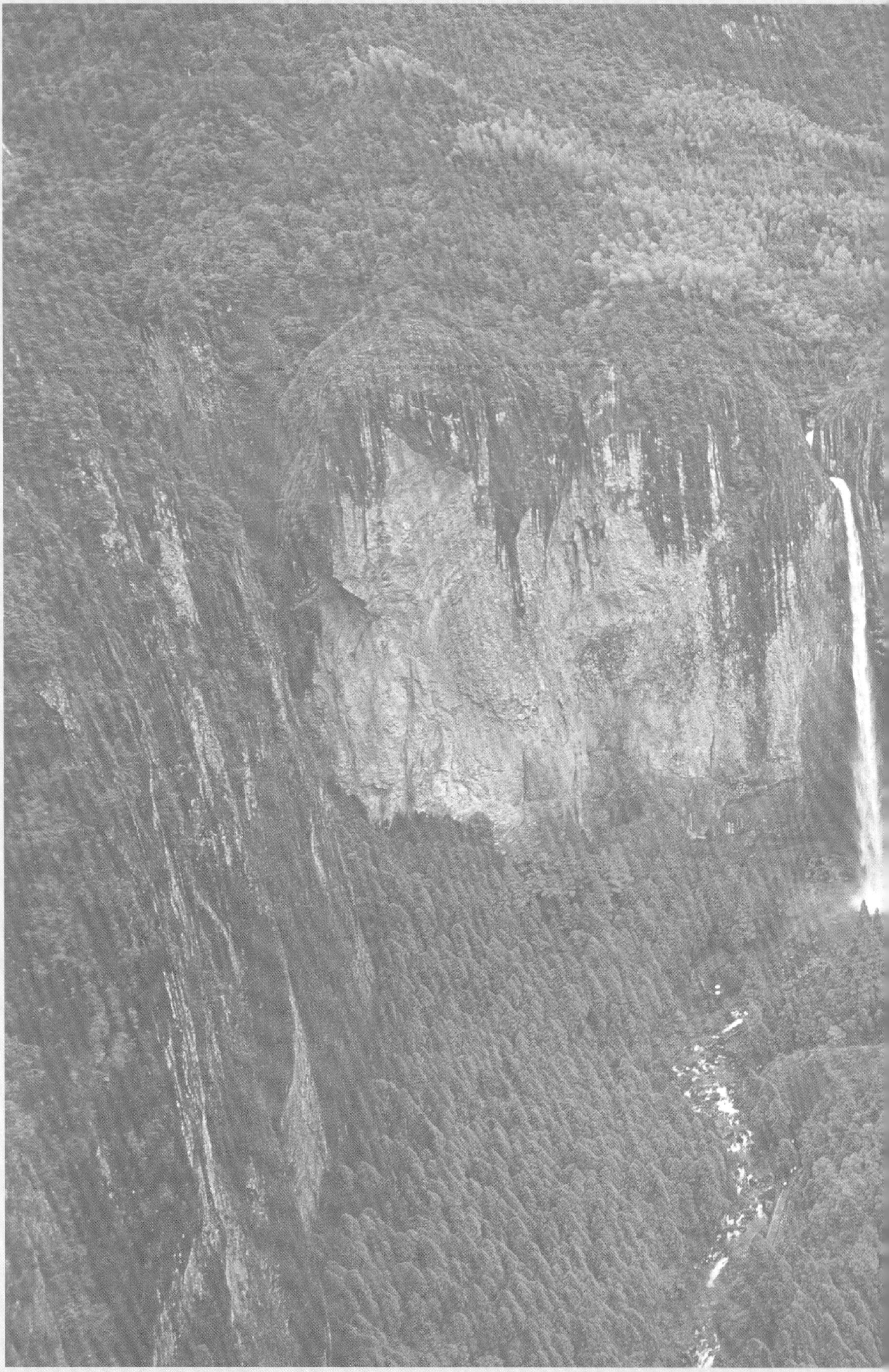

山和人

冯秋子

夜晚，层叠的林木遮掩了雁荡山不少山体。沿灵峰山间小道行进，朦胧的月光照出由近而远、高高矗立在小道两侧的奇崖绝壁。雁荡山鬼斧神工般的创造，在人有限的生活阅历中隐约有些参照，比如神似一尊圣女的巨峰雕塑，比如两座峰顶像极巨型飞天终得相会，臂膀远远地伸向对方，身心热望化定的时空，冲破茫茫夜色，齐聚了宇宙万方的正向能量，踊跃而温暖，巨型飞天，在那一时刻，在雁荡山风雨锤炼的千万年间，无声地穿插在雁荡山巅，封存进永恒的天地之间。

往前走，过几道山弯，似曾相识的那些天造地设，姿态又有不同，且超出人的见识和想象。具象或者抽象的山峰，内敛、敦厚、倔强、嶙峋，它们凸起和凝结的初始过程，地火蕴积起不可阻挡之势，奔突、燃烧、摧毁，造就出猛力劈斩下的断壁，来来回回揉搓以后扭曲而成的褶皱山脊，疲乏、沉默、和缓、接续，适时的伸张托负，悄然的陷落沟壑，还有翻滚的巨石空降山底……雁荡重峦叠嶂的山体流注了造化出其不意的赠予，岁月沧桑而不羁的痕迹，正是雁荡山独有的韵律，见证着人世间悲喜难奈的历史讯息，完好地保存下雁荡山吸纳的人与物、滋养的人与物和再造的人与物的神话与奥秘。

几天后有一个白日，又进到雁荡山。种类繁多的树木草芥，境况各异的悬崖洞窟，不间断流泻的泉水瀑布，还有历代文人墨客遗驻的诗词篇章、摩崖碑刻，竞相释放着魔力，摄人心魄。那天，若不限制出山时间，真想一直往下走，在山里慢慢揣摩，待一整天。我也想更多更好地体会潘天寿、黄宾虹一众先生与雁荡山建立起的自然、深刻的映照关系。山是一种"场"吗？雁荡山所堆聚起的智慧、灵性与参悟地境，亦似非比寻常。雁荡山其实并没有多高，但是雁荡山温和有力的存在，使人百看不厌、常看常新，它和每一个面对它的人，相契的知与识的生生不息的关联，使它竟如父亲一般的山和太阳，母亲一般的水和月亮，上苍一般持续勤勉的造化，赐予此间。潘天寿、黄宾虹先生，无拘顺境、逆境，但凡能够，总是遵从心灵的召唤，回归他们心灵的居所雁荡山，隐宿其间，倾听、发现、参悟，静穆地做着日常简朴的自我修检，荡涤潜藏、埋伏进身心里面的浑水尘屑污渍，从雁荡山自然空阔素朴悠韧的从容消长里，体味、穿行，更加敬畏和谦逊，进而得以从有形的天地中感知无形的存在，从无形之道中捕捉其形，下笔画出一幅又一幅天衍浑然的寻道、得道之旅图。不少画作，确实成为其生命中不可多得的集中体现中国画精粹的传世力作。

　　我曾经登上过一些山，泰山、武当山、太行山、燕山、大小兴安岭、秦岭、天山、藏北藏南的山、青藏高原东段的山，我生长的阴山支脉大青山……我家乡内蒙古高原乌兰察布草原，地处高原上的丘陵山地。那些沉缓的山亿万年前火山喷发涌出大地，山体凝重地连接着，山里山外尽是草原和戈壁荒滩，曾经开垦过的土地有一下没一下地生长几种牛羊不爱啃食的草。往前看、回头看，高原之上，有形有状的还是山脉。山脉与天相接。天湛蓝悠远，干涩的北风吹拂，羊群散落半个山坡，孤独的牧羊人坐在山坡上。苍茫、悲壮的山，沉寂得确实太久了，生长在那里的人感觉到他们和那里的山一样学会了沉默。我常想，蒙古人唱歌就是那些沉寂的山的动静。

　　雁荡山的动静，也深埋在雁荡山地的人和深知雁荡山的人心里。身在北方，只能想念这座东南方神奥的山。

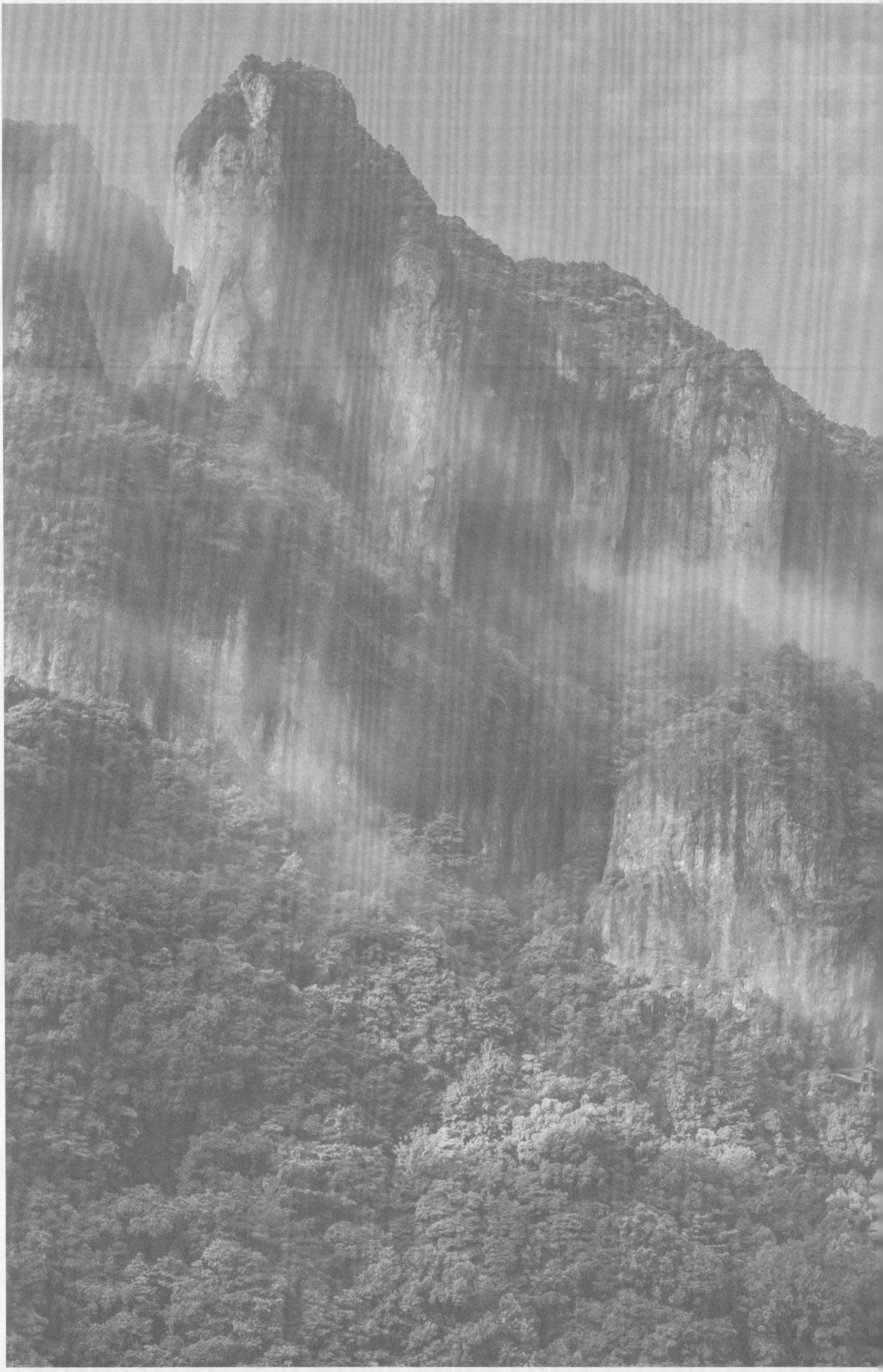

雁荡胜画

石厉

走近雁荡山，觉得雁荡山非常特别，迥异于以往我对于山的认知。

对于温州，我最大的感受，就是山多，温州当地人说他们这里是"七山二水一分田"，想想七分山，二分水，足可让喜欢山水者精神亢奋。温州郊外很少有平原，到处都是青山绿水，从温州市中心出发，越过重峦叠嶂的群山，一不小心，闯入了一片稍显开阔的河谷之地。这是温州市乐清区的地界，下了车，站在宾馆前一条涧河的栏杆旁，看见对面山峦，峰头竟然是随意的、非规则的圆弧形。我心中大呼，黄宾虹山水画中远处的峰峦就是这个形状。以前我偷闲临摹虹叟的画作时，一直以为那是虹叟臆造的，原来前人所谓"师法自然，中得心源"，皆为不虚。类似这样的山峦，自然、随意，在虹叟淡墨的晕染中，常常出现与龙云、豹雾混同的妙境，这样的笔墨，在这里终于找到了依据和原型。当我还在遐思的时候，有人喊了一句："雁荡山到了。"

我将这些山峦指给别人看，当地一位朋友轻描淡写地说，这不算什么，晚上再让你们看雁荡山。

夜观雁荡山，让我疑窦丛生。由于我视力不好，对夜游雁荡山几乎不抱任何希望。吃过晚饭，夜色已浓，在导游的带领下，我们顺着河谷摸黑进入雁荡山景区。蜿蜒小道上有铺设的地灯，走路不太费劲，脚下是明亮的，但四周却是黑魆魆一片，只感到还寒的春风拂树时发出一种阴森的呜呜声，导游晃动着手电筒，说，看，这个山头像什么，那个又像什么，这个是什么传说，那个又是什么传说。我什么也看不见，什么也不想听，我知道那些杜撰的故事，与大山的关系不大。正在迷茫间，突然抬头一看，只见一大片山被莫名其妙的光线瞬间照亮，在浩大的苍旻之下，成群的山峰，层层叠叠，像一束献给太空的牡丹花，巨大而重楼般的花瓣，虽然失却了真花的妖冶和多彩，但它的庄重和斑驳的岩石色，焕发出古老沧桑的岁月感，是时间在巨大山体上盛开的奇花，是宇宙在夜色中盛开的牡丹。这朵硕大的花，底部是黑暗的，只有顶部被一片巨大的光芒所笼罩。雁荡山唐以前人们叫它"芙蓉山"，因为它的某个峰峦就像一朵盛开的芙蓉，由此而得名。

后来雁荡山大概还是因为大雁和芦苇荡而得名。想必秋天的时候，山顶的湖水充盈，北方大雁南来，湖里一片白茫茫的芦花，犹如天上盛景。那时候的雁荡，秋意绵绵，云雾缭绕。而逢此暮春时节，雁荡山顶的湖水干涸，也无大雁，更无芦苇，雁荡山不成其为雁荡。雁荡山不成其为雁荡的时候，可能才真正显露出了雁荡山的原型。虽然山里的瀑布没有那样汹涌，但也让山与水的界限变得更加分明，又一次显露出巨大花朵的造型。它的形状像一朵花，看来也不是没有根据。但照耀它的光芒从何而来呢？我赶紧问身边紧随而来的景区管委会负责人、当地文史学者胡念望兄："不知从哪儿来的光芒？"

他说："是几十里外大海的光芒将夜晚的雁荡山照亮了。"

我有些不解，几十里外的大海如何将山峰照亮？从逻辑上推断，应该是几十里外的大海将雁荡山上的夜空照亮，然后被照亮的夜空再将雁荡山的峰顶照亮。不过这夜空深邃无边，不知如何照亮？细细想来，也经不住考问。要解释清楚一团混沌的物质本身，并非易事。像我这种长期沉浸于表象世界的人，过于倚重自身的感觉，感觉之外的东西，容易被忽视。所以我也同时习惯了以"我思故我在"的方式反证自我。譬如刚才我看到的山峰如花瓣一样盛开，随着继续行走，又忽然不见了。我返回来问同行者刚才看到了什么，他们都显得非常茫然，不知我所指为何。但由于他们每个人脸部的表情复杂，我相信他们各自都会拥有对这次夜行的独特观感。即使在同一个时间、同一个空间，在夜晚的迷幻色彩中，大家所见也不尽相同，此乃唯识的奥妙所在。

关于雁荡山，出尘者似乎有更为独特的体会。宋朝诗僧释惟一在《雁荡山》一诗中描述：

四海名山曾过目，就中此景难图录。
山前向见头白翁，自道一生看不足。

常在此观山的白头老翁，也说自己耗尽一生都领略不尽雁荡山的绝佳风景。因夜游雁荡山思绪起伏，为了平息胸中波澜，当晚回到下榻之地，借着房间昏暗的灯光，在手机上写下一首小诗：

被东海之光摇曳的
天空下，幽黯的山头

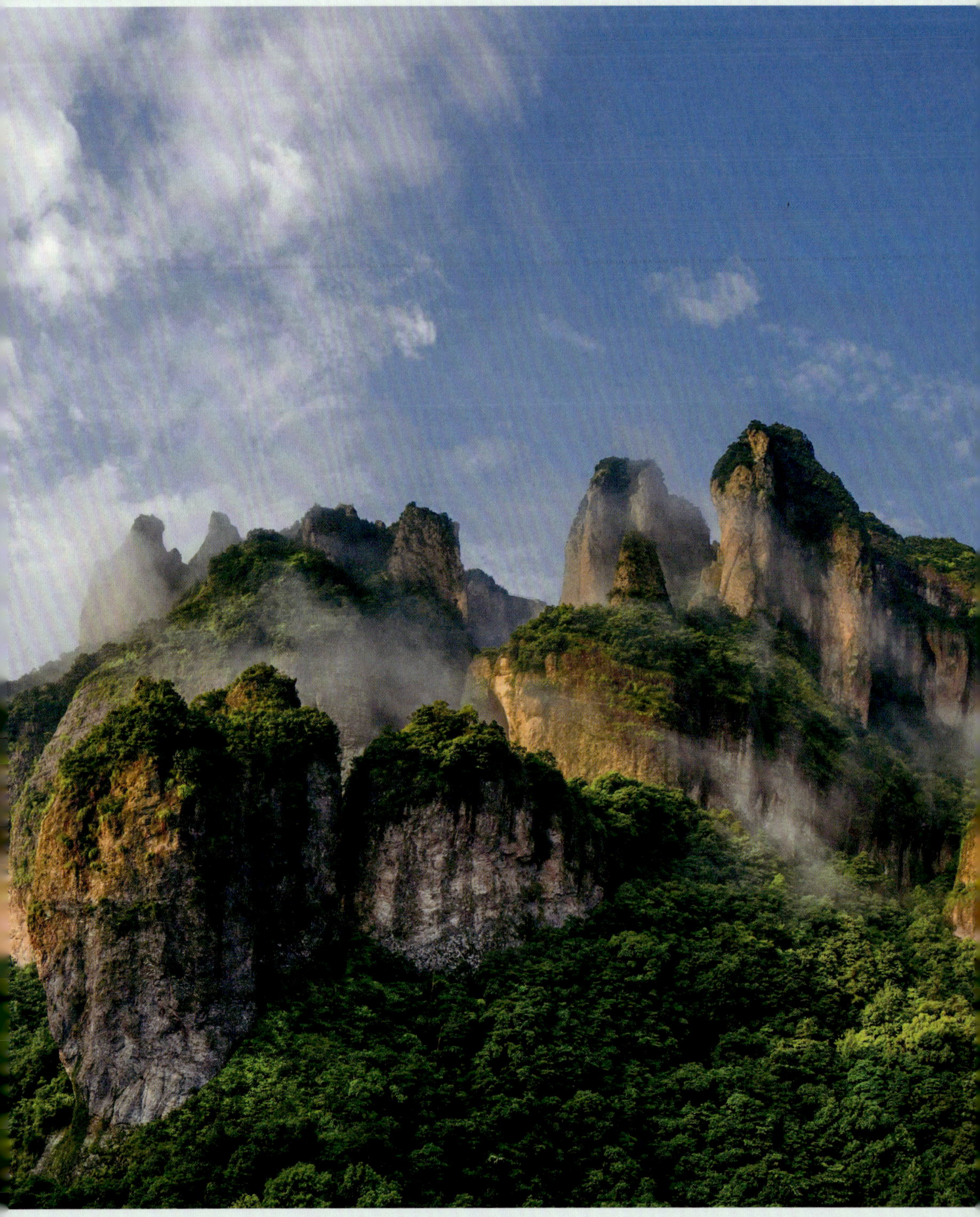

雁荡山灵峰（胡安明 摄）

突然攫住了我，灌满了我的身体

不仅是一朵妖娆的墨牡丹

与我纠缠，我沉静的脚步之上

万壑在奔腾，我也在奔腾

有的山头浑圆，是一种

在风雨持续的剥蚀下不得不圆的圆

有的山头刻薄，它所剩

无几，又怎能不刻薄

还有的山体被看不见的刀斧

毫不迟疑地劈开

它的内部干枯、冷峻

受创之后壁立千仞

渗出的水，犹如橘子剥开后

的液体，纤弱而缠绵

它们时而仰面，时而俯视

也许天才画家的水墨

才能抵达它们自身的洞穴

我渴望，用墨色还原我

但我是迟疑的，因为我早被质疑

我只听见在黑夜的斜坡上

爬行的我们，试图探究每一处

模糊的细节，而复杂的具象

装扮成刚认识你的人

用最简单的方式表示沉默与温和

（《夜游雁荡山》）

第二天，在雁荡山的游览中，又收获了许多惊艳。

我小时候在西北的黄土高原生活过，曾经看远山与远天几乎同色，天是淡蓝色，山不过就是深蓝色。远山在天底下以自己的方式划了一道曲线。那一条条曲线让我琢磨了好长时间。那时候总是以为，山那边，也许就是我们终究要去的地方。

大山，与河水一样，成为我们所处世界关系中的一个重要界限，是此与彼的分界。

在此岸世界的生活中，山给予人们许多的帮助。人居最好的自然风水就是背靠大山，山能让人赖以维生，山乐善好施，山恩赐人太多，所以古人认为仁者乐山，山也是仁者的比拟；山因其高大，又是长寿的象征，又因山也是仁者的体现，故仁者寿。这里又引申出一种思想中的互证或因果关系。正因山脉在大地上隆起，古代的风水学家，也将其当作是龙脉的征兆。山让人无比尊敬，古诗中说，高山仰止，此已成为人们对山表达无量感念最为经典的熟语。人们常常像打量一位巨人一样打量某一座山，山值得人仰视。

确实许多山，只要你仰视它，就足可领略它的风采。

譬如喜马拉雅这座地球上最高的山脉，在佛学典籍中，将其描述为世界的中心，称作须弥山，其在梵语中与喜马拉雅山同音。主峰为珠穆朗玛峰，海拔（岩面高）8844.43米，非杰出的运动健将难以登临，但因其高大巍峨，人们只在远望中可知其轮廓和面貌。至于传说中说有神仙居住其上，那只能靠人们的冥思和想象。五岳之首的泰山位于山东省中部。孔子曾说："登东山而小鲁，登泰山而小天下。"大概泰山因孔子而闻名，从秦始皇到清朝，为了显示自己君临天下的理所当然，先后13个王朝的帝王曾亲登泰山封禅祭祀，另有24代帝王遣官祭祀。当诗人杜甫三十多岁，第一次科举考试失败后，第二次出游时，来到泰山脚下，写下了著名的《望岳》一诗。

他并未登临泰山，但在望山的过程中，对泰山的描写与领悟却非常精彩，这首诗每一联都光彩照人。第一联是说，泰山横跨齐、鲁两地，它那青绿的山色，却绵延未尽。腹联从阴阳、光影以及层云、归鸟写其崇高，尾联，虽然明确未登山，但意象中，俨然是一位登临绝顶者的眼光与自语。

从外在的角度描写山，达到极致的，大概还要数苏轼对庐山的描写。苏轼《题西林壁》一诗：

横看成岭侧成峰，远近高低各不同。

雁荡胜画

不识庐山真面目，只缘身在此山中。

最后两句，成为千古名句，直言要认识庐山的真面目，还必须要在山外看山。也就是说，要看清庐山的本来面目，还必须要像杜甫望泰岳那样远望之，而非进入庐山、攀爬庐山。这样的格言警句，几乎影响了人们对于山乃至对于所有事物的认识方式。极端的认识方式，总是那样脆弱。

当我走近雁荡山的时候，这种看山的方式，彻底被颠覆了。

相反，认识雁荡山，绝不能跳出雁荡山观山，只能进入雁荡山腹地，才能领略雁荡山之丰富、雁荡山之精彩。雁荡山不只是外形高大那样简单，你如果不进入雁荡山，非一步一景、逐渐深入地体会雁荡山，那你确实对雁荡山就一无所知。雁荡山就像一位深沉不露的高士，你必须走进它，你才能领略到它的堂奥高深。

因为有了夜游雁荡山的震撼，白天的游览中，一开始我还是远离集体，独自探索。

首先映入眼帘的是那个著名的灵峰，有时看它像一只帆，再看像一把剪刀，又看是一条朝天鳄突然跃起，走几步又是一对情侣相依，转头却变成啄木鸟，忽而又是一只即将奋起的雄鹰。同一个山峰，盯着看，一步一形，如历幻境。

偶然直视近处的山岩，有的岩体是大斧劈，有的是小斧劈，有的是披麻皴，有的是解索皴，有的是折带皴，有的是荷叶皴，传统山水画中的皴法千变万化，都来源于大千世界物体所呈现的差异，事物的表层有多少种变化，就有多少种水墨书写的语言。令人叫绝的是，我竟然在一个岩体上发现了鱼鳞皴乃至龙鳞皴，这大概是雨水与山风长期浸润、剥蚀的结果。但呈现在岩石上，顿时让你感到神秘莫测，浮想联翩。当然放眼望去，大部分山体更适合黄宾虹笔下的柴草皴，凌乱、短硬的线条，堆积在一起，显示出春天里雁荡山的蓬松和苍劲。历史上诸多画家都痴迷雁荡山水。最早元代李昭曾绘过《雁荡图》，元代黄公望曾画有雁荡的《龙湫图》，明四家之一的文徵明画有《龙湫观瀑图》，明代叶澄的《雁荡山图》也是古代有关雁荡山画作中的优秀之作。在近现代山水画家中，我最服膺黄宾虹，虹叟是宋元明清以来，中国山水画的集大成者，他曾于1916年游历雁荡山开始，一生中四次游历雁荡。1931年5月，六十六岁的黄宾虹从上海出发，乘船经舟山、坎门进入乐清，在温州诗人、文献学专家梅冷生的陪同下游雁荡山，

写生雁荡山（叶金涛 摄）

并赠梅冷生《观瀑图》。黄宾虹写有《游雁荡日记》《雁荡纪游》，著名的画作有《雁荡山巨幛》《大龙湫图》《三折瀑布》《响岩三景》《铁城壮观之图》《雁荡记游册》等。他为了观看烟雨中雁荡山峰的美妙奇幻，曾冒险翻越谢公岭去东外谷看老僧岩，将自己淋得像落汤鸡，他却不无得意地说："我看到了雁荡的奇峰怪石，做个落汤鸡有何不可。"黄宾虹一生画有大量有关雁荡山水的画作，并留有数十首写雁荡山的诗作。他在一首《梯云谷》的诗中写道："别溪雨脚虹收霁，远树村头水拍天。"他被雁荡山的山水所迷，可见一斑。画家赖少其先生曾记叙："他（黄宾虹）送我《雁荡山写生》卷子，一共32张，他的写生，主要是勾山的轮廓。那笔墨线条真好。"著名画家陆俨少1963年首游雁荡山，后来又多次重游，他曾说："世人多重黄山，故黄山画派，大行于世，我独爱雁荡，认为远较黄山能入画，它雄奇朴茂，大巧若拙，厚重而高峙，似丑而实秀，为他山所无。"自从他游览雁荡之后，他笔下的那些山峦、云水，大概许多符号式的经典原型都来源于雁荡。

　　画家，尤其是山水画家，对山水异常敏感，不像诗哲，容易沉入内心的幻象，对山水的绝佳常常无动于衷。

雁荡胜画

出神入画罢，再观灵岩寺。灵岩寺在灵岩之阳，始建于北宋太平兴国四年（979年），宋太宗赐御书经，真宗赐额"灵岩禅寺"四字，仁宗赐金字藏经，号称"东南首刹"。灵岩寺虽小，但占尽山水之精神。它藏在无数峰峦中，静观山中奥妙，独参岭上风云。坐在寺前，观各种形状的峰峦耸立，如"观音大士图""卓笔峰""卷图峰""双鸾峰"，高峰环峙，在这些庞大的诸峰中间，还夹杂着许多零碎的小峰，也是造型奇特，令人目不暇接。沿着灵岩寺右后方绕过一块巨石，水声如雷，瀑布撞击在山崖上，水雾弥漫，冲出水雾，一道飞流由空直下，刷出一道白色的光链，真如李白写庐山瀑布的诗"飞流直下三千尺，疑是银河落九天"一般，但快到碧蓝的潭水时，又抖落成无数的水珠，在阳光的照射下，好像千万颗银珠四溅。这就是有名的"小龙湫"。小龙湫的背面就是卧龙谷，俗称石船坑，此处曾是电视连续剧《神雕侠侣》的外景拍摄地绝情谷。为了爱情，小龙女曾从断肠崖一跃而下，重情重义淡看生死的剧情为山崖的险绝之美，增添了不知多少诗意江湖的浪漫。文学戏剧另一面的作用还在于，它将虚幻的深渊展示给你看，是在明确无误地警示你，到此为止。

　　路转人回，耸立在灵岩寺前的是南天门，左边是展旗峰，右边是大狮岩，岩上是高高耸立的天柱峰。天柱峰高约266米。在两峰之间，有传统节目要表演，人群仰首以待。一会儿，只见一人随着绳子的飞荡，顺着天柱峰陡峭的悬崖开始下滑，动作敏捷而矫健，十多分钟后，表演者才从高入云端的山岩下到了山脚，众人都啧啧称奇，鼓掌喝彩。大家思忖，这身手，到底是怎么练出来的？相传这项目最早来源于在雁荡山采药的药农，他们常常要在峭壁上采集罕见珍贵的药材，自然练就了一身飞檐走壁的绝世神功。此项表演刚结束，另外一项表演又要开始了。只见在高入云端的天柱峰和展旗峰之间，紧紧地绷着一条钢丝绳，有人从天柱峰的那端，要沿着钢丝绳滑到展旗峰这端，其中的惊险让人胆战。尤其像我这种疑似有恐高症的人，想一想，心里就像顿时张开一条万丈深渊，整个人都要往下掉，让人腿软心慌。此项表演，已经开始了，看起来像一个猫一样大的黑点，开始在钢丝绳的一端缓缓移动。为了不让旁边的人看出自己的紧张，我强装镇静，仰着脸，咬紧牙关，握紧拳头，眼睛一动不动地盯着那个在缓缓移动的黑点。我发现这种紧张地凝视反而是消除紧张最好的一种方式，慢慢的，自己的精神就有所放松。当那个猫一样大的黑点滑到中间时，他开始绕着钢丝绳翻起了跟斗，这让我又一次为他捏了一把汗，当然我知道，最后肯定平安无事，可是这个过程，看起来的确是一次巨大的冒险。持续了十多分钟，就像过了个把小时，那黑点终于滑到了展旗峰那一端。人群中响起了鼓掌声和吆喝声，然后刚才团聚的人群突然四散开来，仿佛一场游览的盛宴达到了高潮，然后高潮过去，人的精神一下子松弛了下来。

想想也是，犹如一幅山水画，当画师即将收笔之时，颇感美中不足，在悬空的盘山道上又画了两个小小的点景人物。雁荡山的风景，一年四季不同，亦因人而不同。我看到的也只是雁荡山小小的一个角落，据说雁荡山何其大也，峰峦与水口何其多也，处处、时时，景色宜人。但是无论如何，你都要身临其境，亲自体会方可心领神会。苏东坡说"江山如画"，言下之意似乎是说江山不如画，那么才将江山比作画，但雁荡之行，让我感觉应该倒过来说是雁荡胜画，画也画不尽。它的美，让我渴望重返。

山·水·诗

计文君

一

　　此前，山不是山，水不是水，语言还未长成诗。

　　那些因为地壳内应力隆起的地表高地，在被称为"山"的时刻，它以为得到的只是来自人类的命名，并不知道，自己已然邂逅了尚在童年的诗。

　　至于水，那是位于银河系猎户座旋臂上一个微不足道的恒星系里第三颗行星上最为独特的存在，这种液态的化学名为一氧化二氢的物质，被一种孤单的碳基智慧生命——人类，认为是一切生命存在的前提。这颗行星的表面超过七成的面积为水所覆盖，大面积的固态水形成了冰原，而液态水千姿百态：涓流汇河，百川归海，滔滔为江，浩瀚成洋。

　　这颗行星上面积最大的水域太平洋与面积最大的陆地欧亚大陆交接的地方，在恐龙还是地球统治物种的时代，热闹非凡，地表抬升、下沉，地火喷发，岩浆流动。一亿多年过去了，我们这种躯体毫不起眼却拥有着魔法般语言能力的裸猿接管了地球，这里已然安静了下来，只留下那些美丽的流纹岩构成的山体，与徘徊其间的各种水体相互映衬。鸟鸣啾啾，虫唱铮铮，岩上云卷云舒，涧中花落水流，一切声息，仿佛都在强调、凸显着这份安静。

　　那些收束起毛发、穿上了织物的人类，大部分已然远离了山水，生活在一份与山水迥异的拥挤热闹之中。因缘巧合，当他们再度与山水重逢的时候，心中涌起一种前所未有的感觉，似乎在名字之外，对眼前的一切，还应给出更多的语言。

　　这些"多"出的语言，便是诗。

　　这里的"多"并非指计数，他们觉得需要为这些山水发明出完全不同的语言，与那份热闹得疲惫、拥挤到倾轧的生活中所需要和使用的语言完全不同的语言，新鲜的、毫无用处却让人沉迷的语言。

　　山水，作为与社会性空间相对的异质性空间，它是远方，是未知，充满灵性和神秘之物，是升华之所，是逃遁之处，这一切都成为"诗"先天的设定。

　　山水与诗，即将相遇。

　　它们将在语言中相遇。为此还需要从无数的人中拣选出一类特殊的人，来完成对那种特殊语言的"发明"。

二

东海之滨，瓯江之畔，一个被当时的人们名之为永嘉的地方，因着一个人的到来，山水，与诗相逢。

千载之下，遥望那个相逢的时刻，依旧光华如初。

那人来之前，永嘉还只是个地名。那人来之后，"永嘉"二字，也成了诗。

那人来时，山如何，水如何，日如何，月如何，江中孤屿如何，被后来的人一遍遍地遥想。

江南江北，月圆月缺，人事代谢，往来古今，他的行踪举止，一声叹，一场梦，甚至连他踩过山路的鞋子，也不断地在作为诗句的部分反复出现。

那人便是谢灵运。

关于谢灵运，最有名的掌故之一，自然是"池塘春草梦"。

《诗品》引《谢氏家录》："康乐（谢灵运曾袭封康乐公）每对惠连，辄得佳语，后在永嘉西堂，思诗竟日不就。寤寐间，忽见惠连，即成'池塘生春草'。故尝云：'此语有神助，非吾语也。'"

惠连是谢灵运的族弟，据说十岁能诗文，二十七岁便英年早逝。这则掌故太过有名，我少时就知道，只是那时并不曾发现它信息量极大。如今再看，忍不住会问：谢灵运为何对着惠连，就能得到佳语？一位美少年，如何便成了诗人的缪斯？就连梦中见到影形，都能得到千古佳句！

此时我浮想联翩，当年我甚至都不曾留意过这位也有"小谢"名号的惠连是何许人也，只是被两句诗击中了，"池塘生春草，园柳变鸣禽"。

有朋友赠过我一枚闲章，上面刻的即是这两句诗。章料不过普通石头，刻者也不是名家，但因为刻的是这两句，于是成了我的心头好。

很长一段时间，我对谢灵运的了解，也就"谢公"二字，名字都不大清楚。因为小时候背过李太白的诗，知道有位谢公，是他崇拜的"爱豆"，登山时的鞋子也要穿偶像同款。但因为谢家的诸公皆为人物，一个小孩子对那些大大小小的"谢"，不甚了了，也不求甚解。

十一二岁，读了《红楼梦》。宝姑娘题咏清冷如雪洞般的蘅芜院匾额"蘅芷

一片繁华海上头

清芬",有句云:"谁谓池塘曲,谢家幽梦长。"谢家,想到的自然是乌衣巷,这次我倒是因着宝姑娘的诗句,弄清楚了谢灵运的名号。

书里对这句诗中的典故,加了页下注释,于是我看到了前文所引的掌故,看到了谢灵运《登池上楼》中"池塘生春草"的诗句。虽然我那时年纪幼小,所知有限,却也觉得这样的句子好得醒目惊心。注释中小小的一行字,登时把那灯彩辉煌的大观园里所有的锦心绣口都"比下去"啦!

谢灵运,这个名字,自此在我的印象中仙袂飘飘。

如今三四十年过去了,我可以更有把握地给出判断,"池塘生春草,园柳变鸣禽",是最美的汉语诗句之一。

值得思忖的不只佳句,还有少年时我由曹雪芹到李太白至谢灵运,这一脉连通的路径。当时我并不知道,连贯其间的是一种神秘而强大的力量,那是诗的力量。

无论时间,空间,还是人物,一旦沾染了"诗"的力量,很可能也就成了超越性的存在。譬如"隋唐"两字,便不再只是标志时间的朝代,这两字就带了如三彩瓷的斑斓,折射出红拂绿林黄衫客的影子。譬如"江左"一词,也不再是标志空间的地理位置,始终携带着南朝那不尽的烟雨楼台,无边风月。

于是,在我想当然的理解中,给了谢公好梦的"永嘉西堂",也必如蘅芷清芬的蘅芜院、有凤来仪的潇湘馆,纵然得见,也是人间的仿品,是指向月亮的手指。

多年之后,站在温州的土地上,得知此地即为永嘉,竟然生出了惊讶。

三

温州,当然就是永嘉。

公元323年(东晋),临海郡温峤岭以南的地区,被划为了永嘉郡,治所设于永宁,辖永宁、安固、横阳、松阳四县。此后南朝的宋、齐、梁、陈沿用了这一设置。到了隋代,四县合并,称永嘉县,属处州。592年,处州改名为括州。十五年后,朝廷又将括州改为永嘉郡,郡治仍在括苍,辖永嘉、括苍、松阳、临海四县。六年后，改朝易代，唐高祖又把永嘉郡改回了括州，辖地也有些改变，其中部分辖地设为永嘉县。等到了唐高宗上元二年（675年），永嘉所辖之地改置州，名温州。这是"温州"两字降临在这一方土地、成为空间命名的时刻。

开元十二年（724年），圣明天子唐玄宗还未变成在长生殿前说悄悄话的李三郎，他将温州又改回了永嘉，辖四县。等到"渔阳鼙鼓动地来""宛转蛾眉马前死"，他跑去剑阁听"雨霖铃"，儿子登基成为唐肃宗。这位肃宗皇帝，又把永嘉郡改回了温州。虽然后面还有几番小的"争夺"，但自此之后，这方土地基本就在"温州"两字的覆盖之下了。

因着那份下意识的惊讶，我当下就去搜资料来细看。倒不是存疑求证——本是常识的东西，用不着我去考据，我只是在思忖我的那份"惊讶"的底里究竟是什么。就算以前不知道，现在知道了，感慨赞叹一声就算了，但我的"惊讶"里似乎还有一些深入、复杂却有趣的东西，藏着。

就从我搜来的简单介绍，这方水土的地名沿革变迁，并不只"永嘉"和"温州"两个，虽然中央政府在确定行政区划名称的时候，"温州"取得了迄今为止的胜利，但"永嘉"并没有像"括州""处州"这些曾用名一样消失于此后的历史，或者仅仅作为次级行政区划的命名存在着（因为还有永嘉县）。"永嘉"这两个字，似乎在同一方水土之上，创造出了一个"异度空间"。

与此同时，"温州"两字所创造的空间同样极具存在感。那里面存在的，自然有可以被纳入"城市白皮书"的内容：如发达的经济，宜人的风光，靠山也可吃海的丰富物产，悠久的历史文化积淀，等等；存在着温州城中的烟火生活，张爱玲那段伤心之旅的遗迹；自然也存在着皮鞋厂以及逃跑的黄厂长，踏遍全国的炒房团，还有20世纪90年代，很多内陆小城里都有的，一条仿佛异域一般、以"温州"为名的街道。

我的惊讶，与认知和判断无关，那是一种"文化空间叠加"造成的小小的"眩晕"感。离开后，我特意拜托温州的朋友，寄了一些关于当地文化的书籍资料给我。虽然各地都有古今之变，但仅仅因为地名不同就能带给人"Culture Shock（文化震撼）"的地方却也不多。

我阅读着那些关于这块土地的出版物，能越发清晰地感觉到，"温州"与"永嘉"携带各自的能量场，长久地在这块土地上叠加存在着。那是一种"二象性"

一片繁华海上头

的存在，如同波和粒子。温州是永嘉，但我们看到"温州"时，看不到"永嘉"；同样，看到"永嘉"时，"温州"也就消失了。

不过凡事皆有例外，"永嘉学派"是一个。名为永嘉，实为温州。这个以提倡功利、注重事功的儒家学派，活跃于南宋，复兴于清末，是温州之所以成为温州的重要思想资源。

这是我温州之行以及随后系统阅读的重要收获之一。此前我鲁鱼亥豕地以"永嘉学派"为"永嘉诗派"。更为奇怪的是，这个误读加臆想出来的诗派，我竟然还有其作品风格轻灵飘逸、豪放洒脱的概念，与黄庭坚的"江西诗派"的生新瘦硬相对，一如李白与杜甫之别。这已经不是"不学无术"可以解释的了，因为我从未对宋诗有过"学"，高中时买过一本钱锺书编的《宋诗选》，读过前言之类的文字，此后再没有看过任何研究宋诗的书籍文字了。我怎么会对一个从来不曾存在的、与"江西"相对的"永嘉"诗派有如此之多的"印象"呢？我觉得都值得对自己做点精神现象学分析了。

其实这与我前面关于"温州"与"永嘉"的惊讶的生成机制是一样的。符号学或者语言学理论，很容易解释这种感觉，但我更愿意用文学来理解这种自己的"特异"精神现象，"永嘉"两个字已经经由"诗"的力量，从本体变成了携带更多信息的"喻体"。

举一个小小的例子，这是我在阅读中不断遇到的一则资料，我想可能因为是大名鼎鼎的苏东坡的缘故，很多人都愿意援引。

苏轼写过一首诗《寄题兴州晁太守新开古东池》："百亩清池傍郭斜，居人行乐路人夸。自言官长如灵运，能使江山似永嘉。纵饮座中遗白帢，幽寻尽处见桃花。不堪山鸟号归去，长遣王孙苦忆家。"

虽然诗中明确提到了"灵运"与"永嘉"，但事实上说的却是兴州的官与兴州的事儿。兴州的晁太守重修了当地的一处风景古迹，苏东坡听说了，写了首诗寄去赞美他，用受益于此项环境工程的当地人和路过赞叹的外地人的口吻，把这位晁太守比作了谢灵运，满怀期待地相信，因为有了他作为本地长官，"可把兴州变温州"。

北宋时，温州这个地名，已然是从前朝沿袭而来的旧称了，谢灵运与永嘉，则是古人古事，是尽人皆知的典故。可见，对于苏轼而言，谢灵运与永嘉，已然成了喻体。

四

最初的诗，是命名，余下的，皆是比喻。

人类中的一部分人，被一种神秘的力量感召、拣选，发明出了日常并不会使用的特殊语言。这种语言，宛如一种咒语，施加在山水草木、死人活人之上，那些被施咒的拣选之物，就成了喻体。

这些人也就从人群中分化出来，成为诗人，虽然最初他们有着别的名称。

诗人在天之间寻找着喻体，他们也在寻找着机会成为自己。只有他们在把寻常之物经由诗的力量，变成喻体的同时，他们才成为诗人。

他们中幸运的，譬如谢灵运，他找到了永嘉山水，并把永嘉山水变成了至今无法解除封印的喻体。但谢灵运与永嘉山水，并不是外在的二元，它们本是一体，山水内在于谢灵运，谢灵运也内在于山水，彼此互相构成。

我这种纯粹文学的想象，似乎与某些关于山水诗的学术观点相左。

至少我看到的较为主流的观点是：魏晋是"文学上的自觉时代"，而山水审美的自觉，应该是从谢灵运开始的，山水从先秦哲学家们认识宇宙的哲学观念中解放了出来，转化为审美的范畴，从抽象的"道"变成具象的"形色"。诗人向内发现了自我，向外发现了山水。山水的发现，是人的觉醒，是人的主体精神和审美意识的觉醒，是文学自觉时代的开始。山水诗的出现，标志着中国诗歌真正意义上的成熟，开启了此后中国古典诗歌的辉煌。

我无意与这些教科书上的断语做争执，这是贯穿整个20世纪，更为确切地说，几乎是近四五百年来整个人类的主流文化逻辑。这个关于"自我"的逻辑，其人文部分，对于人类的意义，无论怎么肯定都不为过，但任何文化逻辑若毫无摩擦力地滑行下去，都会变得无比可怕，乃至滑向自己的反面。

一个人，有可能成为"自己最讨厌的人"；而一个族群、一个国家乃至整个人类社会，都有可能成为自己最反对的样子。所有的"反乌托邦"，都来自建设"乌托邦"的理想。我承认，我依然是个人文主义者，但我认为应该对过度膨胀的人类中心主义充满警惕。

穿好"防护甲"，让我们再回到永嘉山水成诗的那一刻。

《文心雕龙》中的确有"老庄告退，而山水方滋"的说法，但老庄从来都不是山水的对立面。其实玄言也好，寓言也罢，乃至山水，当它进入语言，进入符码系统之后，并无区别。

纯然物化的、绝对外于人类的自然，说到底只是人类的一种叙事，我们只能相信或者不相信，却无法去证实或者证伪。当人类的目光，与一块岩石、一缕月光、一潭清泉相遇的时候，脑子即便丝毫没想到用岩石作为武器或工具，借助月光寻觅猎物的足迹，或者这是可以解渴的安全水源，心中完全无功用的目的，却依然心有所感，此时那岩石、月光与清泉，也就是属人的自然了。我强调这一点，却并认为这是人因此可以自大的原因，就像"人是万物的尺度"这话丝毫不能证明人的高贵，而只能说明人的有限。因为人从来都是属于自然造化的，虽然年深日久，我们常常忘记了这一点。

当谢灵运的目光与江中孤屿相逢的时候，当他登临那块两岛之间的水中孤岩，当天光水色、乱流奇山落进语言之中，江心屿与谢灵运，在成为诗和写出诗的时刻，彼此成了彼此。

诗，文学或者艺术，那里凝结着人类全部的超越性的渴望，那是人之所以为人的证据之一，那是自然造化对于人类的基本设定之一。

山水诗的存在，足以说明，天与人，原本就是一。

五

天人合一，这四个字说出来，分裂就产生了。

当我们的语言给出了并列的三个词：天、地、人，人就从天地之间分裂了出来。分裂不可怕，"分"是"合"的可能。如果没有"人"与"天"的分裂，就不可能有天人的"合一"。分分合合，才有生机。

天、地、人，生机勃勃地运行，在老子庄子的时代，已然成为遥不可及的理想。而今天的我们，竟然会幼稚地认为：跑去深林幽谷待一待，在江畔湖岸上盖几所房子，按着节气时令吃饭穿衣，关注物候变迁，日升月落，春兰秋菊，北雁南飞……这就是天人合一了。

人类认为完全可以靠自己的力量,来完成这个"合一"。这样的妄念,加上人类越来越强大的技术力量,只会把自然更深地"同化"为"人",这里的"合一",只会是一种单方面的"征用",人对自然的征用。

于是,山水沦为庞大的盆景,沦为"类人"的叙事中的各种道具,山峰奇秀,草木葱茏,被指点着去欣赏它像一个盼归的女子……各种保护区不过是大些的宠物笼,并不足以让身处其中的动物种群自然延续,它们不过是在经历被减速了的灭绝。然而人类征服了整颗行星,却无法在自己的种群内部建立起来哪怕蚂蚁、蜜蜂这样的低级昆虫种群都会自然形成的生存秩序,我们或因匮乏或因贪婪,挤作一团,打在一处,祸害糟践着万物与自身。

然而,绝望之为虚妄,正与希望相同。或者换成鲁迅的另一种说法,"希望"这种东西,总是处在一种无法反驳的"或许可有"的状态下。

虽然我们今天看到的所有山水,都已经是景区了。我并不主张已然"退化"得毫无野外生存能力的都市人跑去危险的"无人区",逞能多半会送命,即便侥幸不死,也会给他人和社会制造出很多无谓的麻烦。我能够保有的微末的希望,是在我们能够抵达之处,依赖诗的力量,把"盆景"在体验中再度恢复为"山水"。这样的心路,或许蕴含着某种可能。

山水成诗的瞬间,是人与自然合一的时刻。

诗,宛如咒语。谢灵运施加在永嘉山水上的咒语,千百年来都魔力四射,魅惑吸引来了更多的施咒者,孟浩然、李白、苏东坡……这些咒语,至今毫无"失效"的征兆。今天的我们也许依赖着这些"咒语",再度回到这样的时刻,给已然被异化伤害得支离破碎的自我些许安慰,甚至某种拯救。

谢灵运给我们留下了这样的"咒语":"野旷沙岸净,天高秋月明""明月照积雪,朔风劲且哀""春晚绿野秀,岩高白云屯""密林含余清,远峰隐半规"……它们之所以神奇,是因为诗句中的山水景物,曾经安慰甚至拯救了它们诞生时诗人自身。

历史中的谢灵运,来到永嘉的时候,也披着一身尘世的伤痕,揣着满腹的愁闷。他性情激越,孤愤抑郁是情理中的事。行事偏激张扬,登山临水时带着浩浩荡荡随从队伍,逢山开路遇水搭桥,闹到别人管辖的地盘上,地方官以为来了造反的强盗山贼。作为具体的人,谢灵运领受着他自己的命运。但作为诗人,谢灵运将自己和永嘉山水一起，化作了喻体。

六

　　正常的情况下，我们把生存假设成物种的第一需要，诗，或者所有的文学和艺术，似乎可以看成人类的一种冗余设定。三千世界中所有造物最为精妙的地方，正是这些在人类看来匪夷所思、某些时刻还有碍生存的冗余设定。

　　人类的语言为什么会成长为诗？我们绞尽脑汁寻来的各种解释，无论是源自劳动还是源自游戏，那些解释看上去不像是最终原因，更像是借口。

　　如果我们放弃所有的借口，靠着文学给予的宽容，用一种完全相反的逻辑，大胆地去想象一种可能："诗"是一种先验的存在，是一种运行于造化之上的独特力量，山是其显现，水是其显现，人也是其显现，各种人类语言中最美的那部分，那些具体的诗句，也是其不同方式的显现。

　　此时再回看谢灵运在永嘉西堂的那一梦，我有些不解之处，似乎可以理解一些了。惠连是以人的形影，显现了诗，而谢灵运则在梦中感受到了那种"神"一般的力量，所以才说"非吾语也"。

　　好的诗句，既是人言，也是天籁。如谢公所言，"异音同致听，殊响俱清越"。在我们还有机会和可能性的时候，谦卑地听一听吧。

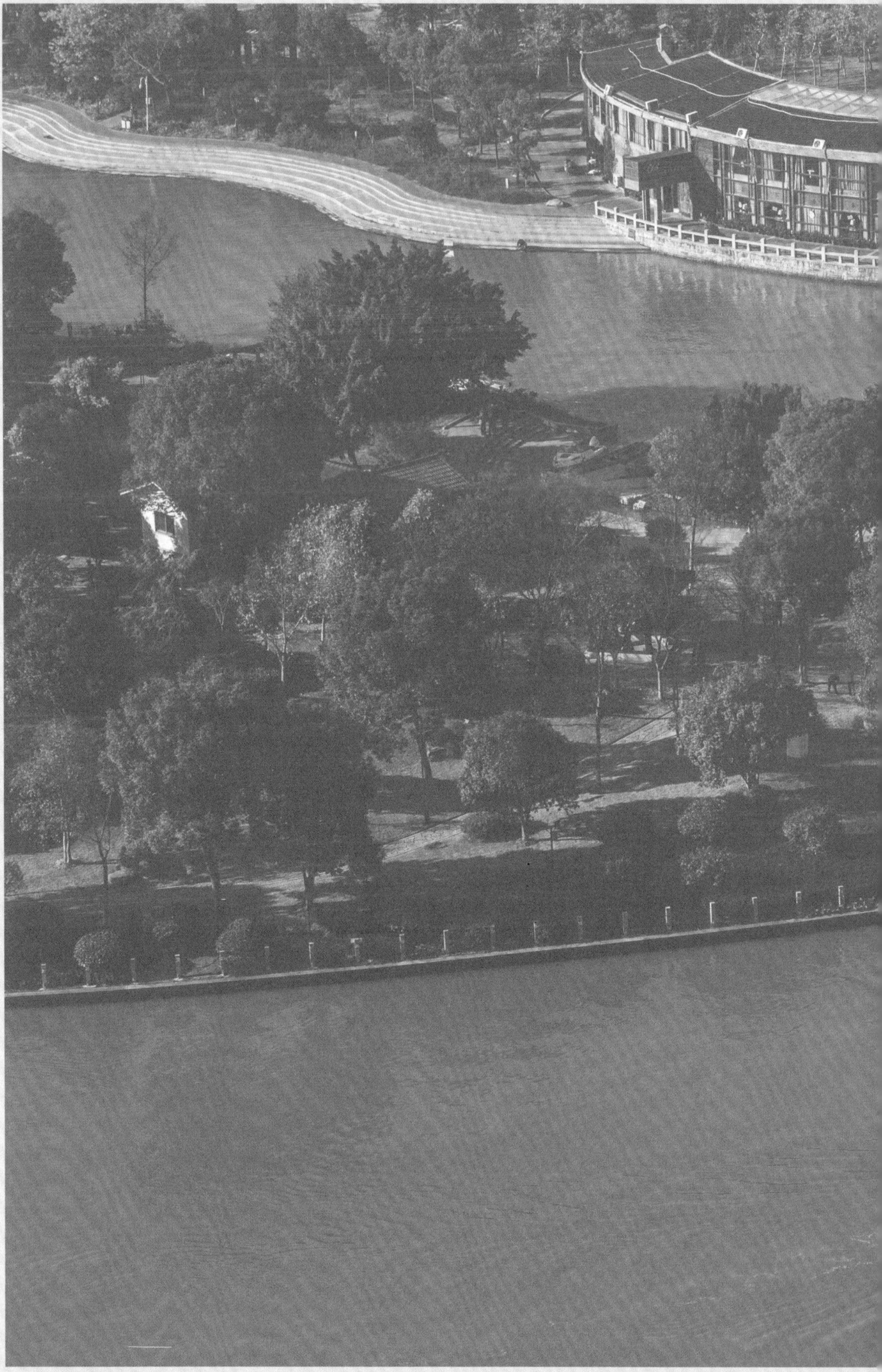

由天空和山海所孕育
——温州杂记

黑 陶

诗画南塘（林信 摄）

一片繁华海上头

又见塘河，又乘船行于夜晚的塘河之上。黑暗的塘河内部，在我的感觉里，游动着一条矫健的南方白龙。南北走向的塘河，连接起温州境内两条东西走向、流入东海的瓯江和飞云江。矫健的白龙，在相互贯通的塘河、瓯江、东海和飞云江之间，顺时针或逆时针游动着、嬉戏着。因此，黑暗中的温州城，既稳固又轻灵，在它的内里，充满着动感的勃勃生机。

成形于晋代，由天然河道结合人工开凿而成的塘河，是"温州文化的母体"。总长"七铺"（一铺为十华里），塘河历千余年未变，依然沟通着北端的温州城和南端的瑞安城。

现实和历史的塘河都很美。史载，永嘉太守、"书圣"王羲之，曾坐船自郡城沿塘河至平阳一路赏荷。南宋祝穆《方舆胜览》引《郡志》："自百里坊至平阳屿一百里皆荷花，王羲之自南门登舟赏荷花即此也。"今天，从温州鹿城区小南码头至瑞安东门码头，河流两岸，仍遍布目不暇接的榕树、拱桥、石头河埠、民居、市井烟火和古代的水闸遗迹。

船移于夜晚的塘河之上，心很安宁。想象着那条矫健白龙，在我看不见的身侧，在温州的黑暗里，灵动并行。

个人想象中的塘河白龙，溯其源头，来自温州文化中的尚白传统。

温州有那么多祥瑞的白。早在晋代，中国堪舆先祖郭璞，在瓯江南岸规划营建温州城时，传说有白鹿衔花而过，以为瑞兆，故温州最早就称为"白鹿城"。

塘河南端的瑞安得名，也是因为白色。瑞安最早的名字，为罗阳、安阳、安固。据载，唐代天复二年（902年），有大群白乌栖息县境。而彼时，视乌鸦为祥瑞之鸟。传说"乌鸦报喜，始有周兴"，汉董仲舒在《春秋繁露》中载："周将兴之时，有大赤乌衔谷之种而集王屋之上者，武王喜，诸大夫皆喜。"乌鸦还被认为是孝鸟，所谓"此乌初生，母哺六十日，长则反哺六十日，可谓慈孝矣"。白乌栖县，是为祥瑞久安之兆，于是改县名为"瑞安"，沿用至今。

塘河上还有著名的白象塔（想到海明威《白象似的群山》）。白象塔是宋代古塔，1965年拆除，现又重建。当初拆塔时，塔中出土大量宋代珍贵文物，记录

由天空和山海所孕育

了宋时温州的盛世繁华。白象塔出土的北宋活字佛经残页《佛说观无量寿佛经》，有专家认为是"迄今发现存世最早的活字印刷品"；塔中除有舍利外，出土的彩塑菩萨立像，被喻为"东方维纳斯"，目前已是温州博物馆的镇馆之宝。

……白鹿，白乌，白象，以及我想象中的白龙，此刻，与黑暗的塘河、黑暗的温州城，以及温州城东浩瀚的黑暗东海，交融运行，形成了一幅气场强劲的温州阴阳太极图。

我私人的南方版图，分为五个文化专区：江南水乡文化区、徽文化区、楚文化区、赣文化区、东部沿海文化区。

温州，就是东部沿海文化区中一方诱我深入、丰富复杂的特殊地域。

温州为东瓯故地，公元323年设立永嘉郡。唐高宗上元二年（675年），取此地冬无严寒，夏无酷暑，气候温润之意，郡名改为温州。此前的"永嘉"："永者，水长也"（《诗经》"江之永矣"）；"嘉者，美也，善也"（《诗经》"其新孔嘉"）。"永嘉"二字，合则意为"水长而美"，内敛又诗意的名字。

从经度视角，温州处于大陆和海洋交接地，兼有大陆和海洋气质。

从纬度视角，温州位于气候的南北交界处，在个人视野中，温州是中国有榕树生长的最北缘；温州还是北面的吴越文化和南面的闽粤文化之交会处。

温州的特别，还在于它强烈的现世事功追求和浓烈的民间精神信仰奇异共存。另外，像热量充沛，作为温州非物质文化遗产的猪脏粉（原料主要是猪肠、猪血、粉干），和清火祛热、系中国国家地理标志产品的瓯柑，就在地域并行不悖，同样体现了温州的奇特和包容。

当然，温州阴阳交融的最显性特征，在于它独特又可亲的山水。

温州境内多水。温州城本身就是一座水城。南宋温州人叶适这样描写家乡："虽远坊曲巷，皆有轻舟至其下。"

温州的水，形态各异。相互连通的温州水系中，塘河，入世又亲切；楠溪江，出世且无尘；奔流的瓯江，急涌有力；而巨镜似的东海（太平洋），则浩瀚无垠。

温州有好水。确实，坐竹筏浮游于楠溪江上，满眼跳动的，是大自然美好的波光。即使在一切似乎都在飞速改变的21世纪，看见楠溪江，会忍不住激动：这

楠溪江漂流（王华斌 摄）

就是原始的江南，千年未变的清澈江南仍然存在！楠溪江完全纯净，经科学检测，其水含沙量，仅为每立方米万分之一克，"天下第一水"，并不虚传。蓝空岸树，随江倒影，游鱼卵石，历历在目。用手掬水，喝楠溪江，江水缓缓浸润肺腑的过程，整个人身，也感觉清澈起来、透明起来。

我又想到南朝陶弘景在《答谢中书书》中的句子："山川之美，古来共谈。高峰入云，清流见底。两岸石壁，五色交辉。青林翠竹，四时俱备。晓雾将歇，猿鸟乱鸣。夕日欲颓，沉鳞竞跃。实是欲界之仙都。"

由楠溪江养育的水边村落，也都整洁可爱。以文房四宝布局的苍坡村（村落建筑形制显示人心理想），充满了新发樟叶和晒笋干的春天浓郁气息；丽水街，一边是溪流，一边是古老的商业店铺，溪流和店铺之间，是有长廊的石板街道，是持续不断的、江南漫长悠闲的"美人靠"……而这一切，又全都在楠溪江水的

由天空和山海所孕育

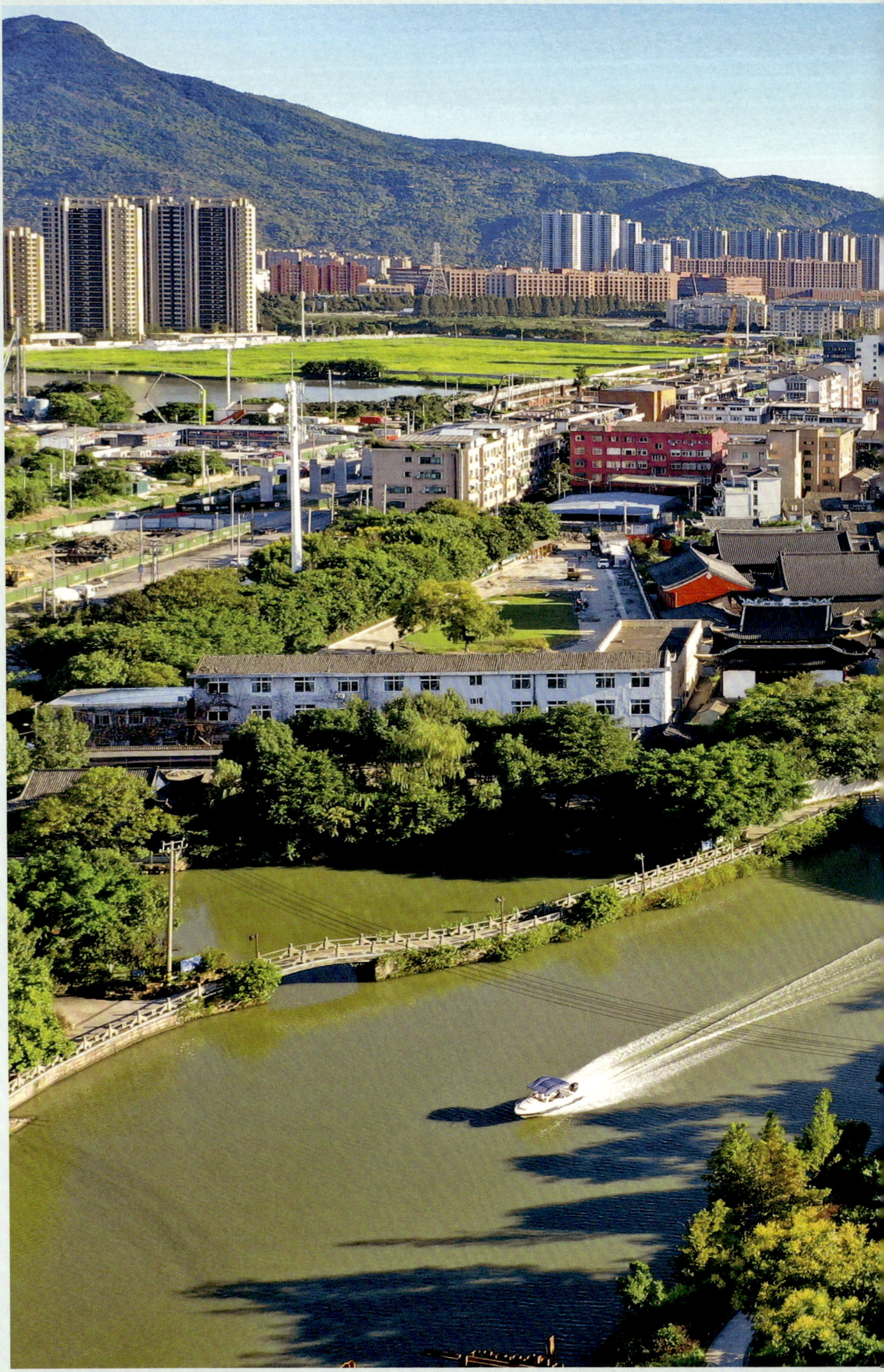

温瑞塘河边白象塔（杨冰杰 摄）

波光晃映之中。

至于温州的山，当以东南形胜的雁荡山为代表。海滨名山雁荡，它的特别之处，在于白天和夜晚皆可观游。

夜之雁荡，较之其他入夜就黑漆漆的名山，多了一份特殊的朗照。据当地友人介绍，因为浩瀚的东海就在近侧，夜晚大海表面的无尽波光，反射过来，所以雁荡群山即使在夜里，也能看得清楚。这是自然的物理现象，但令我心神激荡，我感觉到其中蕴藏的恢宏诗意：大海的暗蓝夜光，像舞台上空的特殊光效，照耀着雄秀雁荡。在入夜的雁荡山中，我看到众多巨大的山影，或立、或蹲、或坐，像巨人在私密交谈。人处其中，静心下来，便觉自身也会无限伸展，与巨峰并肩，参与他们的夜晚交流。

白昼，雁荡耸立之群峰，则如一颗颗巨印，镇压着这方海边大陆，让其沉固，不让陆地随海波而起伏。

温州繁华，由来已久。北宋浙江临海人、苏东坡诗友杨蟠，曾任温州地方官两年，在其晚年回顾宦游生涯时曾这样表白："生平忆何处？最忆是温州。"他的著名诗作《咏永嘉》，在今天已接近于温州的广告诗："一片繁华海上头，从来唤作小杭州。水如棋局分街陌，山似屏帏绕画楼。是处有花迎我笑，何时无月逐人游。西湖宴赏争标日，多少珠帘不下钩。"

"一片繁华海上头"的温州，探讨其繁华之因，除了此地人的聪慧勤劳外（清乾隆《永嘉县志》："人在其地者，皆慧中而秀外，温文而尔雅。"），跟温州城的天然地理位置，不能说没有关系。

当年郭璞建温州城，也是费尽思量。据明弘治《温州府志》记载："郭璞初谋城于江北。取土称之，江北土轻。乃过江，登西北一峰见数峰错立，状如北斗，故名斗城。"郭璞因地制宜，在瓯江南岸，不仅"连九斗之山"，让古城墙依山势而筑，还"通五行之水"，开凿二十八宿井，城内一坊一渠，渠与河相通，河与江相连，城市用水、排水、防火、水运等功能彼此结合，形成温州城"倚江、负山、通水"这一契合自然地貌的独特城市形态。

在中国传统的历史文化地理领域，有一种"水口"的概念。所谓"水口"，是指人类聚落（村、镇或城，无论大小）的进水口和出水口。一地的进水口，叫

"天门"；一地的出水口，称"地户"。"天门要敞，地户要闭"，进水的"天门"可以不管不顾，尽情敞开；而出水的"地户"，则一定要闭锁，要挽留和送行。因为在中国人的观念中，水象征财，不能让财白白流走。所以现在说"水口"，一般专指出水口的"地户"。

上海作为世界著名的东方都会，它的"地户"，就有天然的闭锁。上海的水口，是长江入海处。长江作为中国巨流，在上海流入东海时，就有庞大稳固的崇明岛和附属的横沙岛进行闭锁和挽留。

温州的水口，主要在瓯江入海处。温州对瓯江的闭锁和挽留，更为热情、隆重。在瓯江入海口，温州分别以江心屿、七都岛、灵昆岛，这三颗渐次增大的明珠岛屿，来进行阻水、聚财，此为温州之利，也是温州繁华的地理之因。

在江心屿、七都岛、灵昆岛这三个自西向东依次闭锁瓯江的岛屿中，江心屿最小，但它的人文能量最大，承载的地方历史文化信息最为丰富深厚。

东西长、南北狭的温州江心屿，现在是中国四大名胜孤屿之一，与鼓浪屿、太阳岛、橘子洲齐名。

江心屿的成名，首先要感谢南北朝的谢灵运（385—433）。公元422年，谢灵运任永嘉郡守，在职一年，遍历境内各县，包括登上江中这座孤屿。《宋书·谢灵运传》记载："郡有名山水，灵运素所爱好。出守既不得志，遂肆意游邀，遍历诸县，动逾旬朔，民间听讼，不复关怀。所至辄为诗咏，以致其意焉。"

谢灵运所作《登江中孤屿》，是他的代表作之一，似乎也是江心屿首次见诸诗文，其中我们熟知的诗句有："乱流趋正绝，孤屿媚中川。云日相辉映，空水共澄鲜。"

谢灵运在唐代名气就非常大。白居易解释他创作的动力来源："谢公才廓落，与世不相遇。壮志郁不用，须有所泄处。泄为山水诗，逸韵谐奇趣。"（《读谢灵运诗》）韩愈想象谢灵运游江心屿的场景："朝游孤屿南，暮嬉孤屿北。所以孤屿鸟，尽与公相识。"（《题谢公游孤屿诗》）

因为谢灵运，李白和杜甫都神游过江心屿。

李白曾写过："康乐上官去，永嘉游石门。江亭有孤屿，千载迹犹存。"（《与周刚清溪玉镜潭宴别》）

由天空和山海所孕育

杜甫也安慰即将远赴永嘉任职的朋友，不妨像当年谢公那样优游山水间："孤屿亭何处？天涯水气中。"（《送裴二虬作尉永嘉》）

江心屿上，还有过宋代皇帝的踪迹。宋建炎三年（1129年），金兵渡过黄河，大举伐宋。高宗赵构闻讯南奔，经镇江、苏州，直至杭州。后又在金兵追赶下，被迫与侍臣、嫔妃等乘船避于明州（今宁波）海上。直到次年正月，高宗御舟经台州洋，向温州港靠拢，二月初二日登上江心屿，住在东峰下的普寂禅院中。高宗在此写下了"清辉""浴光"四个字。现仍存"清辉"二字，嵌在屿上江心寺殿东侧壁间。

一代忠烈文天祥（1236—1283），在艰险抗元途中，也曾短居瓯江中的江心屿一个月，写下"万里风霜鬓已丝，飘零回首壮心悲"的诗句，吐露心迹。现屿上有"宋文信国公祠"以资纪念。

著名的弘一法师（1880—1942），1918年在杭州虎跑寺出家。出家后的第三年，弘一在温州佛学界人士周孟由、吴璧华居士陪同下，来到温州，驻锡大南门外的庆福寺。此后，他"以永嘉（温州旧称）为第二故乡，庆福作第二常住"。在温州期间，弘一法师同样喜爱并停留于江心屿。1928年6月10日，他致函因弘法师，落款是江心屿上的江心寺；1928年9月24日，他致孙选青信：江心寺"房舍甚好，颇宜闭关"。同日致李圆净、丰子恺信："朽人现拟移居，以后寄信件等，乞写温州麻行门外江心寺弘一收，为宜。"

我在江心屿，印象最深的，是屿上最古老的建筑：东西双塔。虽历经千年岁月风霜，两塔始终巍然耸峙。尤其是东塔，被毁的塔顶上，自然生出绿色繁茂的榕树，如此，石质的古塔仿佛活着的生灵。这两座古塔，不仅是江心屿的标志，也是世界最古老的航标之一，在我眼里，它们还是两支耸挺的桅杆，在星月之夜，领温州巨舟，破浪驶向东方的海洋。

我看过、听过温州的南戏。温州富庶的市民生活、旺盛的商业文化、发达的对外交通（唐人诗句："涨海尝从此山过，千帆飞过碧山头"）、集聚的各色人等，给温州南戏的诞生，提供了肥沃土壤。

被誉为"百戏之祖"的南戏，滥觞于两宋之交，至南宋发展成熟。南戏是中国最早成熟的戏曲形式，它的产生标志着中国戏曲的正式形成。南戏形成之初，

沉浸式永昆首秀丽水街（翁卿仑 摄）

被称为"温州杂剧""永嘉杂剧"或"永嘉戏文"，这些早期名称，表明了南戏产生于温州的事实。由是，在中国戏曲史上，温州的地位非常光荣。

南戏的代表作是《琵琶记》。《琵琶记》的作者，是元末明初的温州瑞安人高则诚（约1301—约1370）。

《琵琶记》写剧中人蔡伯喈遵父命，辞别新婚妻子赵五娘，赴京应试。状元及第后，牛丞相倚仗权势，硬逼他入赘为婿。在蔡伯喈羁留京城期间，家乡连年饥荒，赵五娘支撑门户，伺候公婆，吃糠咽菜，备尝苦楚。公婆相继去世后，赵五娘身背琵琶，一路卖唱，上京寻夫。在贤惠的牛小姐帮助下，终于与蔡伯喈团聚。故事最后以一夫二妻，回乡拜墓，皇帝下旨旌表结束。

《琵琶记》剧情起伏，悲喜交加，最后以大团圆结束，呈现并实现了中国社会中一般民众对世俗幸福生活的想象。高则诚的《琵琶记》，对研究中国民众的

由天空和山海所孕育

社会心理和价值观念，提供了一个意义丰富的样本。

在温州之夜，在某个露天舞台上，我注意到那位表演十分投入的演员在亮相停顿的时候，他头上的帽翅，震颤不已。帽翅的这种震颤，与我白天观察到的高铁驶过某座温州桥梁时，桥下竹制虬龙的龙须震颤，频率同一。

温州很难说尽。

比如，温州是色彩驳杂之地：温州有绿（朱自清写过梅雨潭的绿），有红（客居台湾的琦君永远在怀恋家乡的橘子红了），有黑（王羲之洗砚的墨池），有白（白鹿城和温州泽雅所产白纸），有黄（瓯柑和黄酒），有蓝（海、天之蓝）……

比如，因为充满水，所以温州灵动。早在南宋时的温州诗派，就叫"永嘉四灵"，四位代表性的温州诗人名字中，竟然都有"灵"字：徐照（字灵晖）、徐玑（字灵渊）、翁卷（字灵舒）、赵师秀（字灵秀，也称灵芝）。

比如，温州人物繁盛。尤其是东晋永嘉郡建立后，众多中国文化史上的大家相继来到温州：王羲之（现在著名的温州商业街五马街，就源自王羲之当年五马并驱之出游仪阵）、谢灵运（留下"池塘生春草，园柳变鸣禽"之千古名句）、颜延之、丘迟等先后出任温州地方行政长官。至于本土人物，当推"三分天下诸葛亮，一统江山刘伯温"的刘基（1311—1375）。刘基，字伯温。按照伯、仲、叔、季之排序，突然联想，"伯温"，是否刘基就是温州第一人？他的一册《郁离子》，思识博邃："天地之呼吸，吾于潮汐见之"——刘基之壮阔；"君子与小人争，则小人之胜常多，而君子之胜常少，何天道之好善恶恶而若是戾乎"——刘基之不解；"江海不与坎井争其清，雷霆不与蛙蚓斗其声"——刘基之超越。温州之"伯温"，并不虚传。

比如，温州所辖各地，大多以人文命名法取名，地名祥瑞，如泰顺、乐清、瑞安、龙湾、永嘉等。其中，诞生刘基的文成县，似乎是这个世间的从文者应该谒访的目的地之一。文成，气场凝聚的一个地方。人到文成，中间加一个逗号，便是："人到，文成"；文成扩写，便是："文于此成"。"断崖日夕自撞春，未近先看气象雄；万壑不停雷隐隐，一川长觉雨蒙蒙。"这诗描绘的是文成大瀑百丈漈。在文成现场看百丈漈，如月光倾泻，在个人感觉里，这瀑，亦如刘基写文章时所用的洁白长伟之宣纸。

温州古称东瓯。"瓯"字的繁体字为"甌"。甌，由匚、品、瓦三字组成。匚，读音 fāng，受物之器；品，三口，众多；瓦，陶器类小盆。看温州全境地图，西面是苍翠群山，北面有瓯江，南面有鳌江，恰如一个"匚"形，开口向着东海。所谓瓯地，就是在这个"匚"形区域内，繁衍生息着众多谋食子民。

曾经见过一幅塘河夕照的摄影：平浅的船上，排满竹筐，里面装载的，是刚刚收获的青黄色相间的瓯柑。恬静的河水，尽情熔金。世俗富足的平静生活，引人神往。

在我的想象中，还存有另一幅画面：在温州生活，可以西送日落群山，东观日出大海。黎明之时，云蒸霞蔚，壮阔天地为温州结出媲美雁荡的璀璨海楼。这是此方众生可睹的奇异之景，也是温州人日常即可领受的自然之福。

由天空和山海所孕育

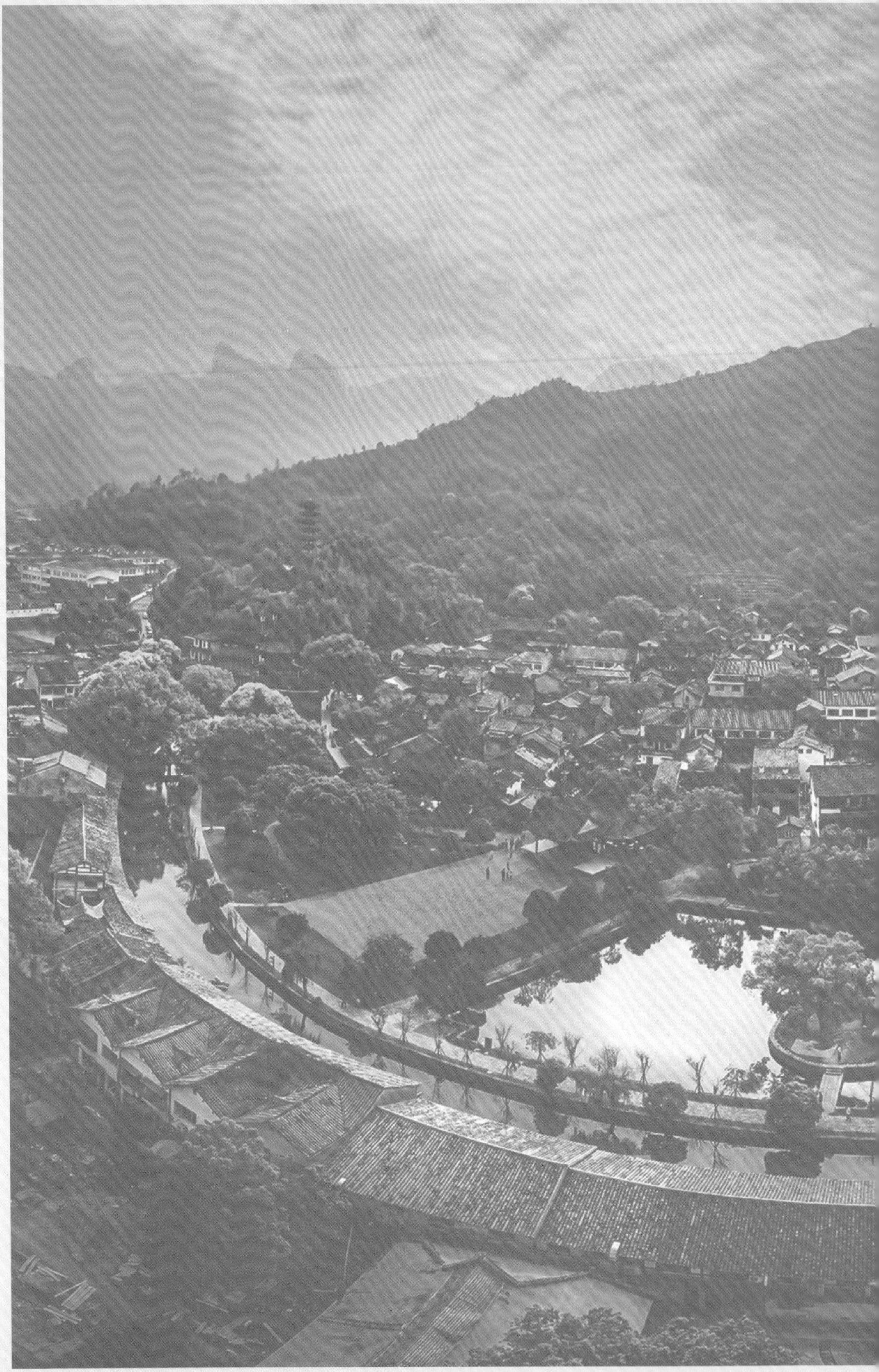

温州行记

胡弦

楠溪江畔古村岩头村口的丽水街（赵用 摄）

一片繁华海上头

一

楠溪江在温州永嘉境内，是瓯江的支流。

我喜欢这条江，在于它把溪与江这两种不同的感觉融合在了一起。溪流清泠欢快，像不谙世事；江则阔达奔涌，心怀远方。它是有故事的，却又是纯净的。它流淌千年，阅尽沧桑，已世事洞明，却又沉静如碧，仍是前世或青春的质地。有次在近水的旅社休息，见芭蕉肥大，山茶花落了一地。蒙眬睡意中，听雨，像听一首从未听过的歌，既熟悉又陌生。而熟睡者像一块顽石，任流水和苔痕缠身。峰峦空蒙，草木葳蕤，像是沿着梦的边缘，流水继续向下，汇向远方的江水。而深涧，像一件不发声的乐器，把自己寄存在群山空旷听力的深处。

我投宿的旅社，是古村老建筑的一部分。小镇雨后的早晨如同幻境，呈现出光阴最好的模样：梁柱还在安谧中沉睡，窗棂仿佛带着刚刚睁开的眼睑上残留的美梦，以及第一缕曙光踏上瓦楞时的小心翼翼。廊顶深凹，像一只船的内部。在室内，房间起初还有些幽暗，但很快就明亮起来，阳光透过窗格射进来，一根根悬浮在空气中，既明亮，又神秘，无意义，又充满意义。门闩，如岁月之舌伸缩。开门的人的背影也如梦幻，在被注视和不确定间游移。轻寒中的吱呀声，仿佛有种难言的恩情。空气清凉，带着被回声惊动的宁静，幸福类似木质家具，又像亭子的六个角翘起的弧度。光辉从明亮的空中扑入天井，壁支上骑马的新郎，正沉浸在不歇的乐声中。这样的早晨一直都是我想要的早晨，让我愿意像一根根光线那样去爱它。在另一些夜晚，明月出于东山，千山万壑浴着淡淡月辉，明月也会出现在树的枝杈间，或泊在窗前，仿佛一个浪子重回庭院。

在楠溪江两岸，有许多这样的古村镇，和江水溪流青山如此和谐，那些房子因为保护或修缮得很好，或住着人家，或改成了民宿，带着光阴古老的含义。时代在进步，有些古老的农具淘汰了，放在祠堂里展览，那古老的祠堂就像个博物馆。也有人在里面说话，品茶，打牌，使得祠堂又像个乡间的闲适场所。如果运气好，在民宿里也能用上老家具。我曾在一个民宿里投宿，用的是一张老式的雕花床。那是一张晚清或更早一点的床。民宿里流传着当地一位大家族少爷的爱情故事。的确，爱情比时间更古老，在恍恍惚惚的黑暗中，我仿佛觉得时间和传说都在将我搬动，使我不知道自己身在何处。古镇阒寂，床和雕花在朝代间飘移，檀香浮动，床栏上的缠枝海棠一直在盛开。

江南，是现代的、高速发展的，仍是天下最富庶之地。但也给古老留着位置，当你开着车子在高速路上奔驰，如果有兴趣，拐上那些山间的小公路，一般都不会让你失望。缘溪行，或跨过好看的桥，经过竹林、茶园、云雾中的梯田，在大树下或路的尽头，遇见这样的村落，仿佛进入一个秘密的怀抱。如今这样的地方被称为"江南秘境"。秘境，一个美好的词，将有价值的东西藏得很深，但又并不是真的闭塞或与世隔绝。一个不起眼的小村落，却可能是个网红打卡地。或者，那些民居被改造过了，甚至呈现出了后现代的趣味，古老的小街或悬崖上，也会冒出茶道体验馆、博物馆，或者书店、咖啡吧。

我喜欢这里，还有另外的原因——这条江流淌在大地上，也流淌在许多美妙的古诗文里，萧梁时期的陶弘景在《答谢中书书》说："山川之美，古来共谈。高峰入云，清流见底。两岸石壁，五色交辉。青林翠竹，四时俱备。晓雾将歇，猿鸟乱鸣。夕日欲颓，沉鳞竞跃。实是欲界之仙都，自康乐以来未复有能与其奇者。"读读这样的文字，就看见了它保存在古老时间中的样子，与眼前的画面叠加，也就是它在时光中最美的呈现了吧。

谢灵运是写过楠溪江的，这位山水诗圣手，似乎对这个地方有偏爱。他的诗"俪采百字之偶，争价一句之奇。情必极貌以写物，辞必穷力而追新"（刘勰《文心雕龙》），我自然是喜欢的，好句读来，感觉像为清江碧山注入了灵魂。但泛舟江上，或在两岸走得多了，却会有另外的感觉，仿佛正是这绝美的山水成就了诗人——青山绿水就是最好的教育。有次去苍坡，古村以"文房四宝"布局，我在一家小店里见到一幅书法，写得极好，一问之下，出自当地耆老之手。录的正是谢灵运的《登石门最高顶》："晨策寻绝壁，夕息在山栖。疏峰抗高馆，对岭临回溪。长林罗户庭，积石拥阶基。连岩觉路塞，密竹使径迷。来人忘新术，去子惑故蹊。活活夕流驶，嗷嗷夜猿啼。沉冥岂别理，守道自不携。心契九秋干，目玩三春荑。居常以待终，处顺故安排。惜无同怀客，共登青云梯。"想起来时路上曾登过一段山道，道边有竹林，石阶和道边的巨石上有绿苔，刚才的步行，仿佛正是在此诗中。但与谢灵运的"惜无同怀客"不同，我们是数人同行，甚为相契，没有他的那种孤寂感。而诗里的石门，据说是距永邑（今鹿城）十三里的贤宰乡北面的石门，即今天永嘉县黄田镇景区。我虽未去过，读了这诗，做了纸上游，同样有了目接心契、沉冥逸荡的感受。这也是神游的真谛吧，无论眼中还是纸上，都是"为与心赏交"。

但江畔最有名的古镇却是枫林，素有"楠溪第一村"和"小温州"之称。这是座千年古镇，起源于唐，兴盛于宋元明清，孕育了"永嘉学派"创始人叶适等诸多文化名人。走在这样的小镇里，不像是过客，更像一个归来的人。那日也是宿在一个大院里，感觉上不像是客居，更像是回到了阔别已久的祖宅。在小镇里漫步，像在过去的黑白片中漫步，走过小巷、石板街、馄饨摊、鸡鸣与流水，感到此中一隅既热闹，又有种隔世的宁静。到了夜晚，流过镇子里的水已察觉不到流动，但我的心和小镇的心，都在不经意间有过晃动。廊棚和楼檐挂着灯笼，灯笼的倒影在水里微微晃动，仿佛知道什么才是喜悦，那喜悦，被涟漪和迷人的色彩收藏。是的，白天，山间的阳光挥霍不尽；夜晚，灯笼的暖意和天上一颗一颗的星星仿佛都需要人的分外珍惜。有人在煮茶、弹琴、画画，有人到夜市里去走走，让人觉得理想的人生就是小镇赠予的闲暇和耐心，就是徒步过小桥，小楷写情诗，或在木椅上坐下，等待庭院里或街边的一树花开。其实，历史上的小镇并不平静，这里盆地开阔，山水环绕，龙盘虎踞，是历代兵家必争之地，又曾是温州府同知守备衙门和永嘉县丞署驻地，可谓浙南军政重镇。有次在江中的竹筏上漂流，也许是上游落了雨，江水有些急迫，某种类似块垒的东西在水中融化。一团团暗影从竹筏下滑过，仿佛它们不是来自上游，而是来自光阴的那头，忘记了它们在几百年前就已死去的事实。群山绵延，多古木，时闻钟声。我蓦然想起在苍坡村的祠堂里看见的周处塑像，如金刚怒目，雄健遒劲，仿佛真的有屠龙之力。太平岁月，这山水都是媚丽的，而设若是乱世，则险绝诡谲，高高的山顶，站立过心怀天下的人，也啸聚过亡命徒。小洲上旋覆花开，但望着山上缓缓转折的嶝道，让人的心头仿佛有难以推开的巨石，不可见的远方一直在提供梦想，深渊，像是偶尔回首时的产物。

但一切都远去了，漩涡和洪流，已化成了红漆桌案上的一杯温酒，有时把自己置换作古人身，觉得相对于激情和繁复的梦想，我爱上的是一种更简单的生活，缓慢而平静。若是有可能，我相信那些出入历史风云的人，也许更愿意避开生活中辽阔的场面和疼点,在褪尽了斑斓色彩的时光中做个碌碌无为的人,在这样的小镇慢慢老去。

楠溪江畔的古村镇,列入当地旅游攻略的有数十处,如芙蓉、茶园坑、蓬溪、岩龙、林坑、埭头、岭上等,许多我尚未去过。而江水是树状水系,东与雁荡相接。雁荡山名响彻天下,楠溪江也不遑多让,秀水奇岩与田园情趣融为一体,甚至有人称之为浙江最美的地方,我还有许多地方没去过,即便是那些去过的地方,也总是还惦记在心里,并且期待着有一天再去重游,将美好的景致和心境再经历一次。

二

接到温州采风邀请的时候,我正在南京的方山。忽然想起,当时谢灵运从南京(当时叫建康)去温州(永嘉郡的郡制所在)赴任,正是从这里出发的。他从方山登舟,先去钱塘,中间回了一趟老家始宁,数月后溯钱塘江而上,辗转水陆,从丽水乘舟顺瓯江而下至温州。他在温州任上不到一年,赴任的旅途就耗费数月,自然也是一路山水一路诗。

浙江有著名的"唐诗之路",其实,还可以勾勒一条谢诗之路的。这位山水诗的鼻祖不但开辟了山水诗路,也开辟了中国山水诗的大道,真正做到了"匠心独运,少规往则,钩深极端,而渐近自然"(沈德潜《说诗晬语》)。

此次去温州,我只待了一天,重点看了江心屿。谢灵运在温州写了许多诗,据《永嘉县志》载,有《郡东山望溟海》《过白岸亭》《登石门最高顶》《登池上楼》《登江中孤屿》《晚出西射堂》《游南亭》《登永嘉绿嶂山》等二十多首。其中《登江中孤屿》,写的正是这座江中的小洲:

江南倦历览,江北旷周旋。
怀新道转迥,寻异景不延。
乱流趋正绝,孤屿媚中川。
云日相辉映,空水共澄鲜。
表灵物莫赏,蕴真谁为传。

古塔春韵（严艳影 摄）

想象昆山姿，缅邈区中缘。

始信安期术，得尽养生年。

这应该是他为温州留下的最有名的一首诗了。天水澄碧中，诗里的小洲秀媚悦人。那时的小洲仅仅是自然之物，还不像眼前背负着近代史的重负的这一个，给人的感受是轻松愉悦的，不负"瓯江蓬莱"之称，空灵中有仙家的缥缈逸趣，让人想到的是养生延年、长寿千年的安期之术。岛上建筑，自唐以后才多起来，现在则已是一个大公园，有东西塔、寺庙、博物馆、溪桥、假山、茶寮若干，为当下中国四大名屿之一。岛上多小叶榕，这是南方树种，南京已很少见。满岛绿榕婆娑，穿行其间，让人有了更确切的南方之感。

江心屿原是两个小岛，后连为一体。现在的江心屿一般指的是这个连为一体的岛，但在古代却不是，它专指两岛之间突出江面的一块大礁石。这礁石还在，但这次不巧，岛上在搞建设，这块石头被圈在工地里面，没有看到。

在原生态的大自然中漫游，每有山水依旧、姿容不衰之感。但山水并非真的一成不变。比如岛上原有寺庙三座，现仅存其一。比如明人周洪谟《江心寺记》中记载的龙潭，现已湮灭不存。比如西塔脚下的卓公亭，曾被日寇飞机炸毁，现在这座是新建的。东塔下现有英国驻温州领事馆旧址，1876年《中英烟台条约》签订后，温州被辟为通商口岸，次年英国领事进驻，先后建了两座小楼。小楼既有欧洲建筑遗风，又有文艺复兴时期民间建筑艺术的韵味，是研究近代中西建筑文化的优质样本。正门台阶旁边放有一座石雕佛像，带有宋代风格，应是江心寺旧物。旧址现已被辟为温州近代开埠使馆，墙上多文字与照片。从墙上的资料看，这个江心孤屿现有面积是980亩，原来却只有60亩，时间在琢磨，流水却在不知不觉地搞建设，把一个小岛积攒到颇有规模。最早的屿很小，这也是屿上早期少有建筑的原因。东塔建于唐，原从东塔可以俯瞰英领事馆，英人借口安全需要，强行拆除了塔内外的飞檐走廊，只留下中空无顶的塔身。塔顶自然生长出一株榕树，已有一百多年树龄，经年常绿，实为奇观。我站在塔下仰望，塔顶的树，如同一位时光和事件的见证者，它的根，应该深深扎入了塔身吧，不然也无法让自己历尽沧桑而矗立不倒。相比于无数的纪念和感慨，唯有这棵树站在最高处，把一切都看在眼里，把沉默当作了唯一的语言。

温州人无疑是钟爱谢灵运的，谢池巷、康乐坊、池上楼、谢公岭、落屐亭，单看这些地名，就知道谢灵运在当地人心中的位置。一代词宗夏承焘，也将自己名号冠之"谢邻"，虽然异代不同时，却在意会中与谢灵运为邻，并因之而倍感荣耀。李白也推崇谢灵运，自己出游时也要说"脚着谢公屐"。是的，隔了无数时间看到的谢灵运，如神仙般人物。若是真的比邻而居，感受却可能会大不同，据史料记载，谢灵运在做人上其实很不安分，甚至狼狈，其寄情山水，也是因为"不满刘宋朝廷所授职务，不理政务，以寻访山水美景为事"（吴锦、顾复生《中国古代文学史纲要》）。到温州后，他"肆意游遨，遍历诸县，动经旬朔"，况且他又喜欢夜间出游，常常奴仆数百，灯笼火把呼哨一片，时人惊为山贼，令地方不得安宁。他后来因谋反罪在广州被杀。谢灵运也是六朝文人的典型代表，除他之外，范晔、萧绎（梁元帝）等人也大都轻率残忍，但他们为文为诗却极有个性，或清旷洒脱，或圆美动人，大都有腐朽的风致，容易让人沉醉其中。

山水绝佳，诗词留香，温州，仿佛是一座诗歌之城。但温州又地处海边，那些古老的港口遗址和远行的船只知道，这里还是一座东方大港——它一直都是一座面朝大海的城市。游了江心屿复上岸，又去看了正在挖掘中的温州朔门古港遗址，在图纸上看到了温州古城的布局。在一片正在拆迁的民居深处，地被挖开了，依照残留的石头、地基、管道，在专家的解说中，一座大港的面目渐渐清晰起来。我还留意到，这个港口在时间的推移中有不同的岸线——它的堤坝一直都是变动的，老的码头被江水吞没，新的堤岸又在后退中变得更加牢固，面积和吞吐量更大。我记得多年前乘一条捕鱼船从港口出发，驶向大海，半日后方掉头返回。那次看似肤浅的采风体验，给我带来的，却是心底长久的回声。我一直记得那船头面向前方的样子，绿水荡漾，海天茫茫，对神秘和辽阔的向往，非简单的断行所能描述。那种无限性，也正是一座现代化城市之梦所面对的远方。

三

多年前去过雁荡山。记得那是一次夜游，到的是灵峰寺西南角，在一个漆黑的山坳间，仰望合掌峰。地上划有隐约的莹光线，站在不同的线上仰望，先看到的似是一位身着旗袍的苗条少女，面容忧郁，凝思远望，人称"相思女"，再走到灵峰寺屋檐前反身仰望，相思女又变成了一只敛翅高蹲的雄鹰。是的，在夜晚，眼睛只能观察有边缘的事物，或者说，是漆黑的夜让它变成了别的事物，它的边缘线清晰地勾画在深蓝的夜空中，仿佛天空也参与了这微妙的变化，暗淡的微光，刚好衬出山峰的黑。而山峰重新被指认，它的鹰不能飞，它的少女有永远的惆怅和伤痛。若是白日，我相信翠绿的植被或岩石那灰青的面孔会制止想象。

为什么总是别的事物，而不是它本身？手掌状的山峰也是模糊的。我记得隐约看见山峰中间有一道凹陷，再向下是一个发光的洞穴，正射出辉煌灯火，呼应着那凹陷和高处的天意。后来为此写《合掌峰》一首：

黑暗渐浓，群峰越来越高。
瘦小星星口含微光，为了
不让危险的深渊爬上天宇。

无数事物趁着黑暗醒来：
猴子、鹰隼、大象。其中有两块据说是
相拥的恋人……
它们不愿分开，因为一分开就是永别。

另一次去的是灵岩。南宋王十朋曾说："雁荡冠天下，灵岩尤奇绝。"灵岩寺坐落景区内，号称雁荡十八古刹之首，有"东南首刹"之誉，因背依灵岩而得名，建于宋，系天台宗道场。因去过的寺庙太多，游览后，寺本身的印象倒是淡忘了，对穿过"南天门"而出的卧龙溪和古寺周围的奇峰倒一直铭记在心。溪和峰皆清绝，如同别样的怀抱簇拥着一缕梵音，又像巨大的事物在一缕梵音里悟道。我虽是白天去看的，写它的时候，因受了写合掌峰夜间形象的影响，也把它当作了傍晚到夜间的景象来写。《灵岩寺》如下：

夕阳是苦行僧。柔和的光
对黑暗更有经验。
走钢丝的人，继续在天空中行走。
许多年过去，信仰与诵经人
却已化作巨石。
夜深或落雨的时候，泉声会增大，信仰

会沉得更深，并影响到

某些秘密在人间的存在方式。

  雁荡山被瓯江剖分为南、北两个雁荡，总占地四百多平方公里，我去的只是其中很小的一部分。我还去过大龙湫，也许是时间不对，瀑布的水势不大，风一吹就摇摆起来，像一条没有重量的哈达，如果风再大些它就会化雾而去。后来我看到百丈漈，那轰隆隆的大水，比大龙湫不知要壮观多少倍，它是亚洲第一高瀑，垂直落差有200多米，是我迄今为止见过的最壮观的瀑布，可名气却远不如大龙湫，大约它身处的景区不如雁荡有名吧。可见，小的个体，有时还需要一个大的背景的加持。

  百丈漈在温州文成县，这里是明朝开国元勋刘基（刘伯温）的故乡，因刘基的谥号"文成"而得名。在温州看景，有时不必去某某景点，尤其驱车在河谷间游走，青山绿水，到处可得美景。在文成，随着路边地名牌的闪现，我认识了许多从没见过的字，如垟、岙、漈等，这些字，正是为此处独特的地貌而造。这里的路，要么像飘带一样轻盈地隐入峰峦，要么伴着绿水前行，不离其左右。天上多白云，它们的影子在大地上移动，峰峦多云雾，那些峰峦仿佛一旦意识到它们将被文字描述，就会忽然隐入雾中，佯装已经不在这世间。有次去看百丈漈，风雨交加，一路行经的枰、栎、槭，都有不断变幻的脸。后来我们在山谷间踏着石阶和栈道前行，边走边谈，密林在我们的谈话中起伏，薇、蕨、嶙峋巨石，也同时在起伏，落在地上的红叶，仿佛有艳丽、弃绝的心。我喜欢在那样的溪谷间步行，偶尔抬头，奇峰高耸，像已伸入天外之天，而在深幽谷底，存着无数世代积攒的岑寂，仿佛有种永恒的沉默在报答那高处的嵯峨和回环无尽的喧响。

  高山上一直有小溪在流淌。它们鏦鏦铮铮，有时会形成深潭，潭中天光云影游鱼水草共徘徊，或一动不动，感受着沉默的群体相遇时彼此的平静。如果溪流是一首曲子，水潭则是一个沉默的休止符，并试图对古老的音乐史做出修正。水从水潭里重新出发，带着思考。——但已来不及了，像与我们的身体蓦然断开的命运，它翻滚着，被一串高音挟持，把身体突然出让给悬崖。站在百丈漈匹练般喷涌而下的轰轰声响里，感觉那轰响就像抽走了内容的语言，如此磅礴，在一瞬间摆脱了所有叙述，落向深渊那等待已久的深喉。

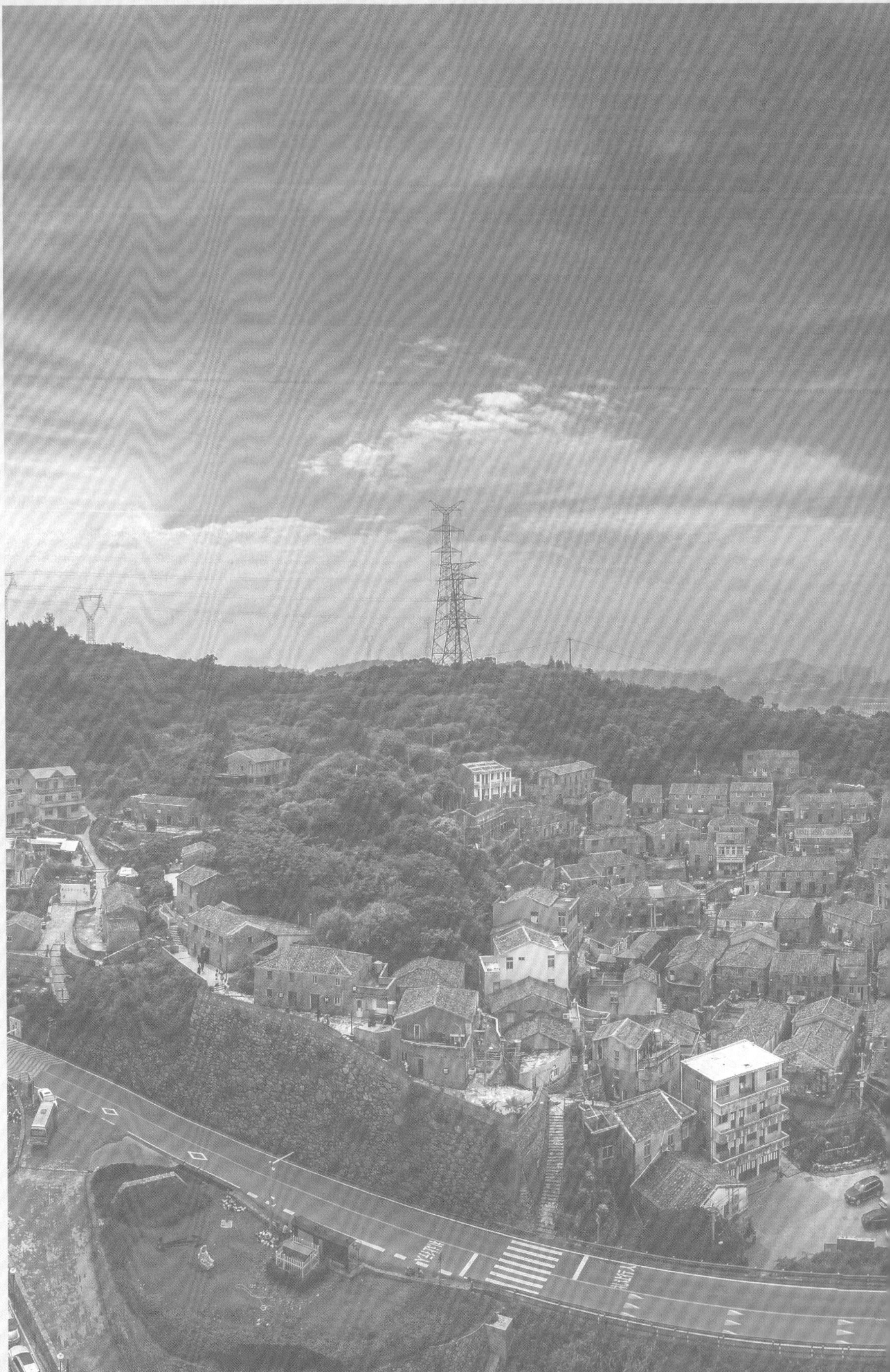

温州：
比美梦还温润

庞余亮

一

世界上再也没有比刚刚爱上了然后又告别了更忧伤的事了。

这是春天里发生的事。

这也是春天的忧伤。好在春天的忧伤并不算作忧伤。春天的忧伤都是美好的。

春天的忧伤发生在被美梦环绕的温州。

好在美梦都是有翅膀的。

乘着梦想的翅膀，你总是能够回到温州，一个比美梦还温润的地方。

二

那天傍晚，你的抵达有点疲倦。

但越是接近温州，你反而兴奋起来。你嗅到了古老的水汽。那水汽里有你童年的故乡，有少年的向往，你甚至想象出了一片芦苇和荷花簇拥的水码头和小木船。

你的脑海中突然闪过了几句诗：

如此，

就该在春夜的水码头出发……

想出了这些，你有点暗暗恐慌，为什么是春夜？又必须出发去哪里呢？

好在温州人是最会安抚人心的。你的诗还没有想好呢，很快你就被他们带到了春天的码头上。

古塘河的灯影潋滟，恍如很多很多年前的春夜。

那个叫谢灵运的诗人和你并肩坐在船头。

他是一个最喜欢在春夜里泛舟而行的诗人。

三

　　金光铺满的水面被游船犁开，新鲜的水汽里有着大海古老的气息。

　　大海在你的目光里翻腾，很多个日子，很多个风暴，像大海里推送上来的沙土，一点点堆积，一点点垒土。

　　越来越高的城墙，越来越高的信心。

　　是的，垒。

　　"垒"这个动词，接近了燕子衔泥的"衔"。

　　永记第一口海水的苦涩。

　　也永记第一步向前的泥泞。

　　在"衔"和"垒"的艰辛里筑城，都有无边无际的恒心和决心。在温州人的恒心和决心中央，就是那个聪慧的郭璞。

　　妙手的郭璞画了一座温州之城，也是一座感恩之城呢。

　　激光玄妙，桥影变幻。年年岁岁，日日夜夜，在那最为奇妙的时空之门里，郭璞先生都会被每一个温州人的念叨和感恩照亮。

　　你再环视岸边，岸边还是温州的日常，你觉得岸上的人已是梦境。过了一会儿，你觉得你其实才是梦境，跟着五条龙做起了戏珠的梦，山水的清晖，唱晚的渔舟，你拎着像灯笼般的月亮，照旧了跋涉者的那双满是伤痕的脚和满是欣慰的笑容。

　　六幅画，六个了不起的中国屏风，更有了不起的设计者，在塘河边的夜晚，画了一个了不起的梦。

　　岸边是实实在在的生活。

　　水里是闪闪发光的理想。

　　务实的温州，理想的温州，就是你一直景仰的以"农商并重"和"义利并举"为重点的永嘉学派啊。

　　"所贵于儒者，谓其能通世物务，以其所学，见之事功。"

　　"为文不能关教事，虽工无益也。"

　　"立志而不存于忧世，虽仁无益也。"

　　"言之必使可行。"

温州：比美梦还温润

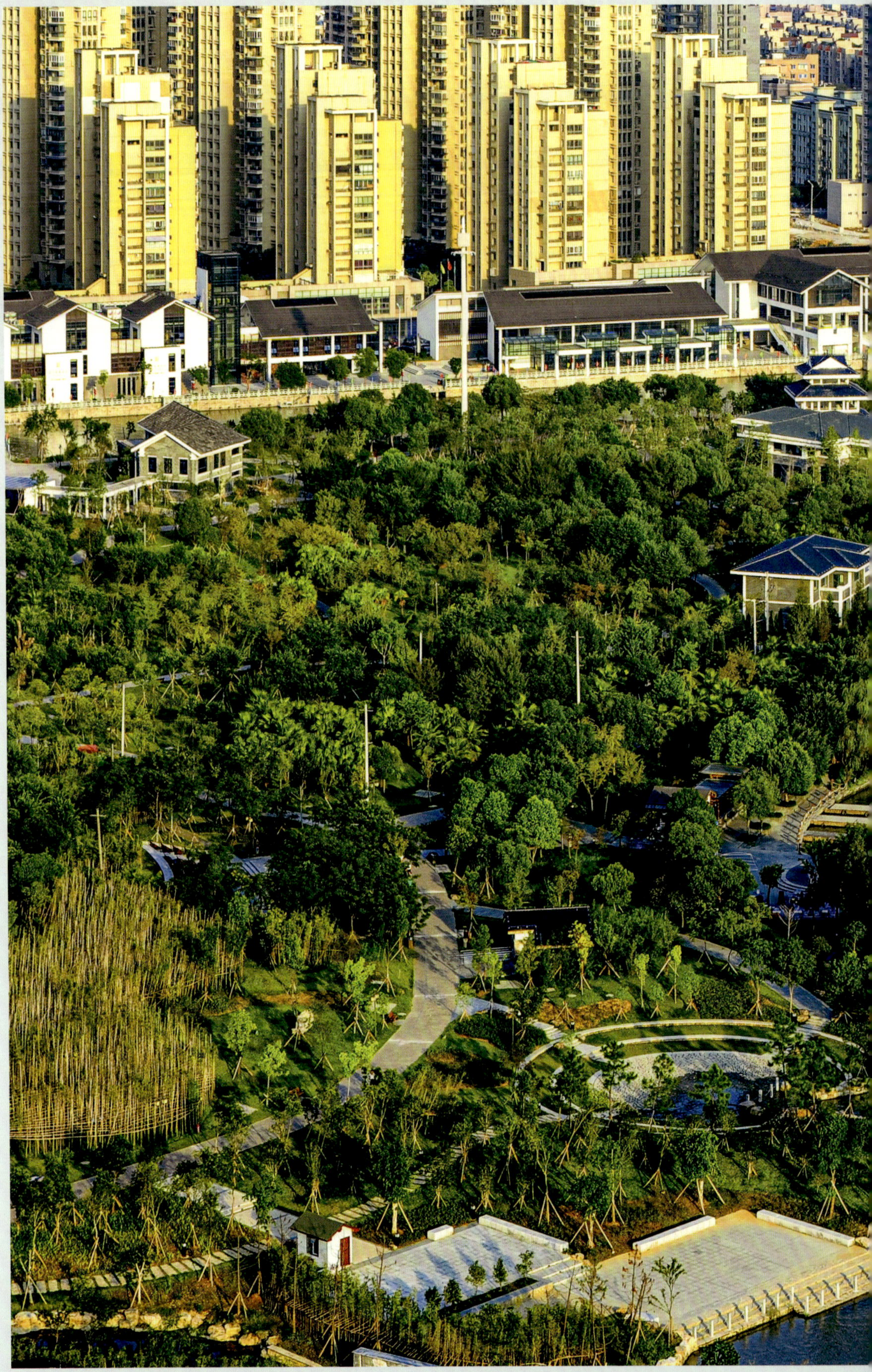

塘河（杨冰杰 摄）

每一句都曾经出现在你的目光里。如今再次忆起它们的根脉，全仰仗于这古来塘河水的浇灌啊。

如此，
就该在春夜的水码头出发

满塘河的灯影
都是喜悦的初见。

四

不同于古塘河的清澈与平静，瓯江永远是激荡而奔涌的。
激荡：永不满足。
奔涌：永远向前。
"激荡"和"奔涌"，像温州人血管里的两盏航标灯。

这么想着，你就被许多趁着节假日去江心屿的游客裹挟着去了渡轮的码头。
那些温州的孩子，给了你一个童音的温州。
你虽然听不懂，但你还是侧耳倾听着，那些好听的童言和激荡奔涌的江水的二重唱。

倦鸟渡江回，
西山夕照催。
却看一双塔，
偃卧在苍苔。

倦鸟渡江，多好的诗啊。倦鸟如渡轮上的你，也似当年的永嘉谢太守。他的目光和脚印里全是明明暗暗的山水。或者说，山水在他的目光和起起伏伏的脚印里。

  江南倦历览，
  江北旷周旋。
  怀新道转迥，
  寻异景不延。
  乱流趋正绝，
  孤屿媚中川。
  云日相辉映，
  空水共澄鲜。
  ……

  你又一次发现了"倦"这个词。人间的"倦"，像干旱无雨的气候。等待雨季，等待绽放，不如渡江，来到坚守在江水中央一直等候你的老朋友般的孤屿。老朋友是前世的。

江心屿（杨冰杰 摄）

江心屿是今生的。

千山万水抑或是前世今生，你登上了江心屿，和满身疲倦的小皮囊做了一次脱胎换骨的置换。

比如那浩然楼，与温州城隔江而望的浩然楼。

《正气歌》《过零丁洋》。

那些年熟读过又背诵过的诗文一下子如一阵骤起江风。你晃了晃，站稳了脚跟。这骤起的江风一下子吹走了你所有的疲倦。

这是你少年的景仰，镀满了牺牲的霞光。

比如江堤前的樟抱榕，樟树一千三百岁，榕树八百岁，它们的初见，它们的初次拥抱，它们的春天，它们的夏天，它们的秋天，还有它们的冬天，都有瓯江之水源源不断的浇灌。

岁月越来越长，它们越抱越紧。

你想用手机拍下它们，但你的手机和你的目光实在容不下它们的枝叶和它们的爱情。后来，你放弃了拍摄的努力，静静地站在它们的树荫下，像是一个流浪多年再次归来的一只收拢了翅膀的江鸥。

人世间，最不能忘记的，就是那些像枝丫一般伸展的情和爱啊。

不能忘记的还有很多很多。

比如江心屿上的石头宫殿。

那些石头宫殿都是不能忘记的历史，也是温州值得铭记的历史。

云朝朝朝朝朝朝朝朝散，
潮长长长长长长长长消。

朝朝。
长长。
云是海上的云。
潮是瓯江的潮。
梦是你和温州的梦。

怎么读都是正确的啊。怎么读又都是错误的。石头宫殿是1894年的英国驻温州领事馆。已经过去快一百三十年了。一百三十年，多少江水绕过了这座沉默的江心屿，又有多少人走马灯般登岛离岛，直至消失在历史的江水里。

但对面的温州不再是一百三十年前的温州了，它在长高，长得那么高，一直在你的仰视里。

你站在那一片平静的湖水边，快四十年，你的耳边都是温州的传奇、温州的创造、温州的先人一步。这片湖水实在不简单，它有一个特别年轻的名字：共青湖。

真的爱这片1986年的共青湖，还有那黄金般的1986年。

那时的你刚刚十九岁呢。

你很想在江心屿的共青湖边眺望你的十九岁。其实所有的十九岁都是一样的火焰和飞翔。

那么多共青团员扛着铁锹，唱着年轻的歌，渡过瓯江，来到江心屿。

那时的江心屿肯定是前所未有的年轻。

年轻的挖掘，年轻的湖。每个人的心中都有一个年轻的共青湖。但你早已经忽略了你当年的挖掘，也忘记了你曾经唱过的年轻的歌曲。

是江心屿的共青湖拯救了你疲倦的目光。

除了拯救，还有慰藉。江水过滤过的阳光洒在草坪上，茂盛的榕树像顽皮的小伙伴，你禁不住想笑。

没有理由，没有目的，就是想笑，带着江水，带着江心屿，带着江心屿上古老的东塔和西塔一起微笑。

他们介绍说江心屿是"世界古航标"。

他们说东西双塔还被国际航标组织列为"世界一百座历史文物灯塔"。

西塔始建于北宋开宝二年（969年）。

东塔始建于唐咸通十年（869年）。

东塔里还有多棵榕树根垂于塔中，一片葱茏。

你想到的却是年轻时背诵的，同样是海边的诗人舒婷写的《双桅船》。双塔，不正是双桅嘛。

你在江心屿上刻了许多诗，你多么希望再多刻下这首最灵动的最青春的《双桅船》啊。

有了双塔的江心屿，就是一直在你梦想中奋勇航行的双桅船。

雾打湿了我的双翼，
可风却不容我再迟疑。

一片繁华海上头

江心屿（郑祥林 摄）

岸啊，心爱的岸，
昨天刚刚和你告别，
今天你又在这里。
明天我们将在，

温州：比美梦还温润

另一个纬度相遇。

是一场风暴，一盏灯，
把我们联系在一起。
是一场风暴，另一盏灯，
使我们再分东西。
不怕天涯海角，
岂在朝朝夕夕。
你在我的航程上，
我在你的视线里。

很多时候，双桅船早已出发了。
但在温州，在那个春梦里，双桅船般的江心屿正在瓯江的码头上，等待你和雁阵的归来。

五

"你不写童话有多少年了？"
这个问你话的人，他的嗓音既熟悉又陌生。敷衍，奔波，挣扎，都是童话的敌人。连同越来越沉重的肉体都是童话的敌人。

你很想说日子是雁阵。
你很想说书本是雁阵。
但它们偏偏不是童话。

你总是暗暗期待童话的降临。
直到你来到夜晚的雁荡山，或者说，是那大雁的翅膀驮来了你的童话。那些高飞的大雁啊，总是在日子的云层之上，俯视着已丢掉了童话的你。

为什么不换个角度看自己呢？

为什么不换个角度看人生呢？

为什么不换个角度看地球呢？

所以，你背对山峰，尽量让已经驼了的背脊往后仰，仰，再后仰，你差不多变成了另一个人，世界也变成了另一个世界。

漫天的星辰在旋转。很多事情沉淀了下去，很多事情浮上了心头。

一只鹰俯冲而下！

是的，鹰！

傲视群雄的鹰！

从来都是郁郁的你从未梦想过你也可以是鹰。

但鹰已经和你融为一体了。你收拢了宽大的双翅，你像鹰一样眺望远方的远方，你的故乡，你的来路，你的坎坷，你写过的文字。

很多烦恼，像小麻雀一样惊飞而去。

一辈子能走多远？

这是你多年前写在一家报纸上的散文。后来你把它忘记了。在雁荡山的夜晚，你又想起了它。

走得再远也要记得你出发的原点。你携带着那贫瘠的童年，或者说，鹰携带着贫瘠的童年，质询着你的题目。

你的题目下面没有一个字。

鹰，一动不动。

你继续向前，接着是你发育不良的青春，你糊里糊涂的爱情，谁能看清那鹰是什么时候消失的？那合掌峰又是怎么幻成了双乳峰？

只能是在梦里。

或者说，你的温州真的是一场梦。

你看到了你的远足归来。

温州：比美梦还温润

你看到了你久等的爱人。

其实，那都是你的渴望你的祈求。一个字跟着一个字，一个词盯上一个词，一句话尾随一句话。

你就是那头盼月的犀牛啊。

盼月。盼月。偏爱和执着，让你一直写，一直走，然后你来到了雁荡山的梦里，月亮还没有出来慰藉你狼狈不堪的盼望。

雁荡山的梦是结实的，而你的写作真的是虚妄的。

雁荡山的想象力，它超过了每个徒劳的天才。

比如连云嶂上的两只鸡，不就是你童年家里的芦花鸡吗？它每天都在享受你从田野里逮回来的蚂蚱，每天都在生蛋，有一天，它的蛋就不见了。

它肯定生了蛋。

它的蛋肯定不见了。

这个谜团一直在你的内心争吵。叽叽喳喳的。很多只大公鸡。很多只芦花鸡。从早上到晚上，从童年到中年，这样的争吵来到雁荡山的夜晚，就像是诙谐的小夜曲。那个争吵不停的贫穷老家早就弥散了，是雁荡山的夜晚给你重启了童年的耳朵。

你还看到了那个面熟的老僧。

面熟得令你惊讶。

世界上还有这样和你相像的人吗？

还有婆婆峰的婆婆和公公。

他们都是认识你的。你所有的顽劣和闯祸，他们都记下来了，他们都把你的童年和梦收藏在树上的鸟巢里呢。

那些鸟总是会飞到对面的山上。

对面的山上有一个喜欢咯咯咯笑个不停的小姑娘。

她的笑声也是梦里的笑声。

梦里的笑声是不需要翻译的，都装在温州之行的行囊里了。

观音驾雾（施乐雁 摄）

继续向前啊，不能停下来的雁荡山啊。

有人是老虎。

有人是狮子。

有人是骆驼。

有人是蚂蚁。

——这是前生的事，还是后世的事？

站在骆驼峰前，你想得最多的是铜驼铃。你的铜驼铃在哪一本书里呢？

清凉的驼铃声，就像这个想象力的雁荡山夜晚，都是浇灌寂寞人生的泉眼啊。只要想起温州，那泉眼里全是汩汩的水声。

牛眠灵峰静，

夫妻月下恋，

牧童偷偷看，

婆婆羞转脸。

温州：比美梦还温润

日景耐看，夜景销魂。念叨着这样的秘诀，可以打开所有的阴影所有的忧伤所有的不快乐。

往前走啊，很多阴影很多忧伤很多不快乐，都可以换个角度再看一遍的。仰头，俯视，想象，再加上你读过的书、你爱过的人、你喜欢的话，雁荡山的春梦就无比销魂。

你不想再多说什么了。

你本来什么也不想带走了。

但你还是带走了那声雁鸣。

就是那声你喉咙深处的雁鸣，你任由它在你的身体内部蹿行，直到你见到了大海，洞头的大海啊。

那声被你珍藏的雁鸣就被蔚蓝的海面染成了天蓝色。

六

其实你很小就知道了有关海的知识。比如山盟海誓，比如海枯石烂。都与爱有关。而这样的爱，又与大海有关。

爱上远方爱上大海的你从未想到，某天早晨，你会在洞头的大海边醒来。

你多么喜欢喜欢大海啊。

你的家乡只有河流，只有湖泊。你曾经在扬州的春风中把瘦西湖想象为大海，但瘦西湖就是一个狭长的湖泊，它平淡，清秀，再怎么汹涌，也不是大海。

你老家还是与大海有关的，比如老家的海拔接近零。

这个数字只能说明一个问题，你不在海边，却和大海在一个等高线上。这就等于说，如果大海漫溢过来，首先拥抱到的是你的脚背。

这样梦想，也很美好。

梦想成真的那一刻，大海就越过你的想象，来到你的脚边，温柔地咬住你每一个脚指头。

你真的羡慕你的与海水和沙滩相亲相爱的脚指头。

记得十六岁那年，你在高考结束后填写志愿，你填写了一所大海边的大学，偏偏是运河边的扬州一所大学录取了你。

好在大学广播台里反复播放的歌曲是《外婆的澎湖湾》，听着听着，就跟着唱，这也是你唱得最完整的一支歌。

听这样的歌也容易做梦，做与电影上出现过的，阳光、沙滩、海浪……

谁能想到呢，做了三十年，一梦醒来，你就被涛声摇醒在了洞头的海边。

是的，涛声。

是洞头的涛声把你从梦想里摇醒，你也把自己掐醒——幸福到来的时候，必须要用小疼痛来证明一下。

从大海下面游出来的太阳，不是你那轮苏北平原上的太阳，它刚在大海里沐浴过，像一个唇红齿白的少年吹着小螺号。

在靠近大海的旅店里，你将自己调了个头，目睹着窗外的海浪一排排向你涌来。

无数个与大海有关的诗歌在你的头脑早晚翻涌。

最先涌出来的是食指的《相信未来》：

我要用手指那涌向天边的排浪／我要用手掌那托住太阳的大海／摇曳着曙光那支温暖漂亮的笔杆／用孩子的笔体写下：相信未来。

是的，在美丽洞头醒来，要相信现在的温州，更要相信未来的温州。

谁能想到，后来的你的骄傲就被花岗渔村"击溃"了。

本来你以为洞头的朋友好客，特地将渴望大海的你安排到海景房。可百岛之县的洞头每家每户都是海景房！

洞头人每天都能用手指那涌向天边的海浪。

洞头人每天都能用手掌那托住太阳的大海。

海风阵阵，海浪无边。

温州：比美梦还温润

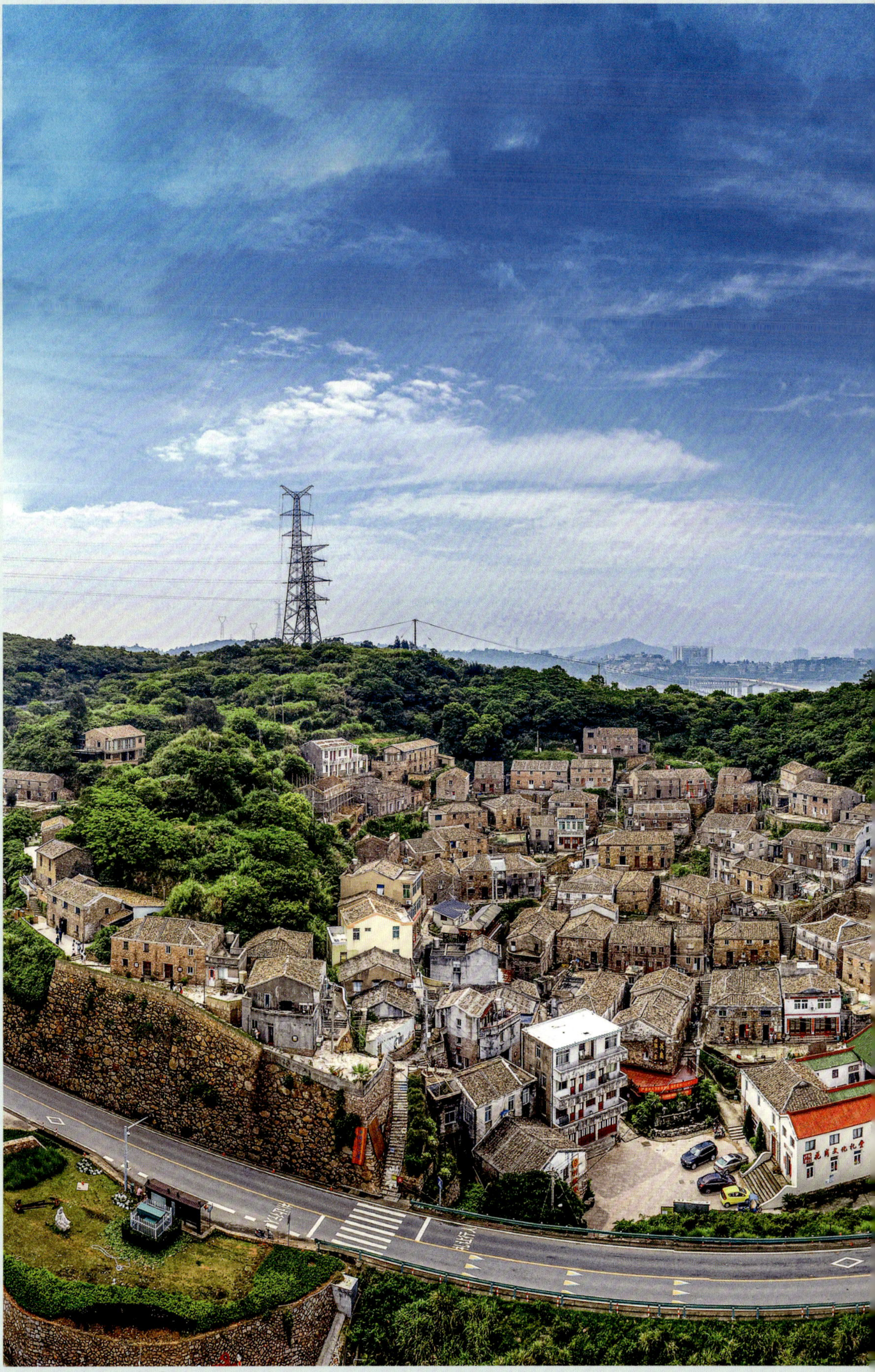

洞头美丽小渔村花岗渔村（孙新尖 摄）

第一个抵达美丽洞头的勇士会是谁呢？

依山而建的花岗渔村全是能抗住台风的石头，连屋顶上也是抗击台风的石头。可花岗渔村开遍了千姿百态的三角梅。

但渔村的三角梅明显不同于陆地上张扬的三角梅。其遒劲的枝条并不繁杂，但都坚定，有抗争台风的重量和自信。每一朵都是。

三角梅们镶在你的目光里，如同一直战斗的五角星。它们在石头房的庇护下开放着，在石头房的窗台上开放着，在宝贝般的黄土里开放着，在村里仅有的一口水井边开放着。

凿井的故事已不可考，但井水依旧甘甜，依旧滋润三角梅。

一簇簇红艳艳的三角梅，是这个世界上最灿烂的海星星。

温州真的是一场美美的春梦啊，一路鲜花，一路榕树。在半屏山上眺望远方，海的怀抱中，除了海浪，就是海岛。除了海岛，就是在海上劳作的渔民们。

洞头人把这种劳作叫作"牧海"。

你所遇到的每个温州人，都像是怀着绝技牧海的八仙。

海霞村的每个房屋上都有一颗亮闪闪的红五星。

每一颗红五星都是警惕，都是赤诚。

大海边，
沙滩上，
风吹榕树沙沙响。
渔家姑娘在海边，
织呀织渔网
织呀么织渔网。

最会织渔网的洞头人，还用连起百岛的跨海大桥和连岛公路织成了一只宏大而便捷的现代交通之网。

一片繁华海上头

这样的现代交通之网，网住了你在洞头的梦。

多鱼虾的梦，多贝壳的梦，多美食的梦。

迎风屏、赤象屏、鼓浪屏、孔雀屏。

每一屏都要迎接海风，这海风吹过了彼岸也吹过此岸。每一屏都要迎接海浪，这海浪撞击过彼岸的半屏山又来撞击此岸的半屏山。而那只像赤象的山屏，那只像孔雀的山屏，都在默默等待。就如你在等待一叶并行的海帆。

"一只船孤独地航行在海上，它既不寻求幸福，也不逃避幸福，它只是向前航行，底下是沉静碧蓝的大海，而头顶是金色的太阳。"

在空旷的大海上孤单地航行，能遇见洞头，能遇见洞头的朋友，就像是帆遇见了帆，海鸥遇见了海鸥，到了深夜，在一个诗人的家里，你们喝光了他家所有的酒。

梦在继续，你喝下了洞头赠予的大海。

七

从温州归来，你还在想念霓屿岛的紫菜。

这是天下最好的紫菜，也是最神奇的紫菜。紫菜孢子的生长，就是诗的生长，也是梦的生长。一想到那么多袅娜的紫菜在洞头的柔波里为你招摇，你就更加想念洞头。

想念了洞头就必须想念温州。

想念了温州就必须想念塘河。

想到了塘河就必须想念瓯江以及瓯江中的江心屿。

还有雁荡山的想象力之夜。

比春梦还温润的温州就这样拥有了你。

温州：比美梦还温润

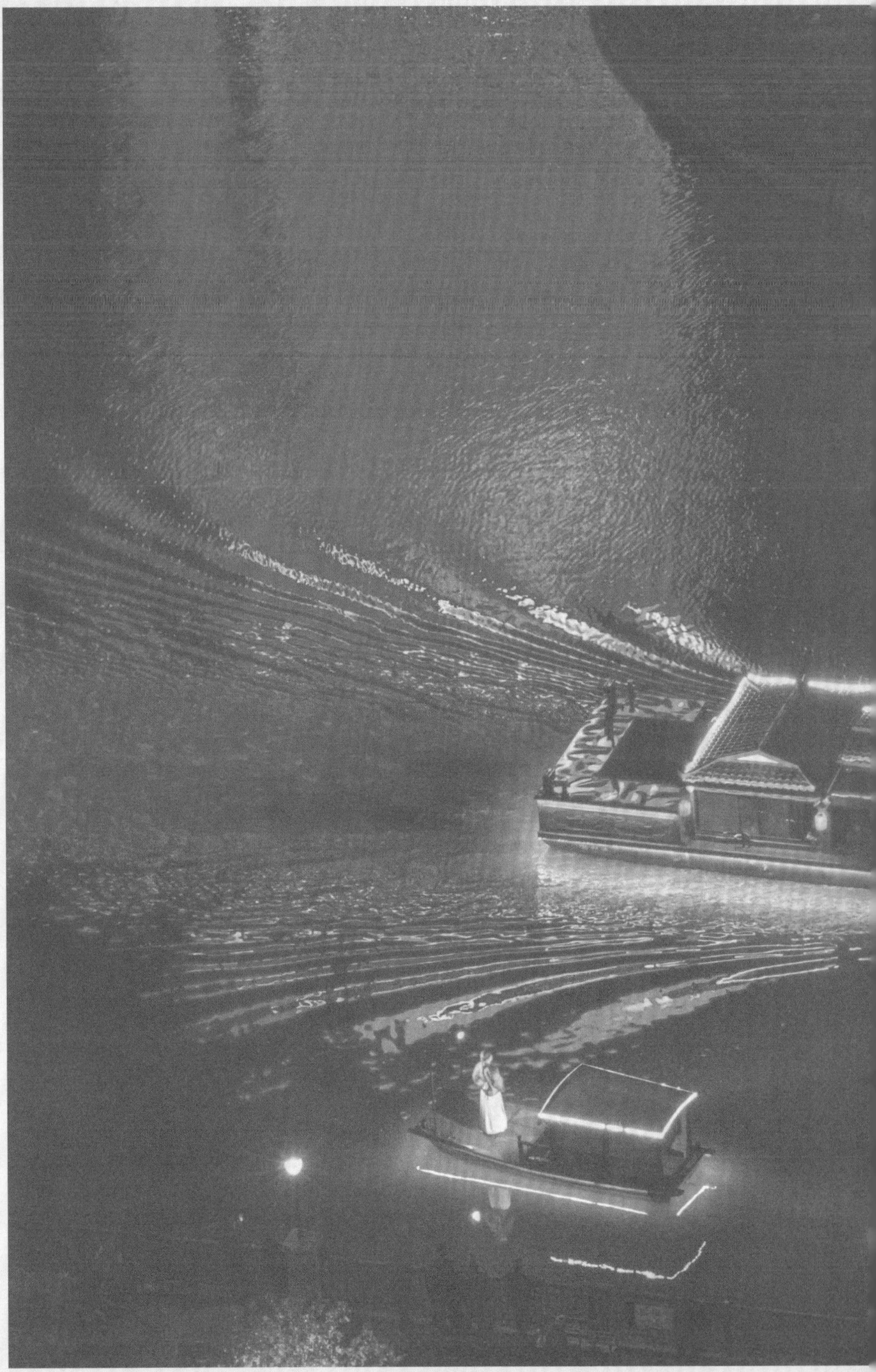

温州记

萧耳

南塘夜（苏巧将 摄）

一片繁华海上头

塘河之夜

四月。我和温州女诗人池凌云从温州坐高铁到杭州，一路闲聊，时光飞逝，我们从温州的站台，移位到了杭州的站台。池凌云要去杭州她儿子的家小住几天。我们道别。几天后，我收到了她寄来的诗集《永恒之物的小与轻》，她题签给我一句话"所有光的降临皆有其使命"。

我打开一首诗念了起来，"像我梳着辫子的姐妹我们一起喝塘河的水／我记忆中所有的白鹭／都来自这里。"这是池凌云的《我喝过塘河的水》，我想她喝过塘河的水，相当于我从小喝着运河的水。

到温州的第一晚，因为晚到了一会儿，错过了和四面八方来的朋友们在塘河上坐画舫夜游，但我并不觉遗憾，因为上一次的塘河夜游还留在记忆里。他们在夜游的当儿，我也在塘河上夜游。那是五六年前，一个塘河之夜，船上有诗人池凌云，还有远方来客。我们在月夜的码头汇齐，一行人下了船。温州人请外来客坐一次画舫夜游塘河的美意，是否就像我们杭州人请外来客到西湖上坐船？初夏时节，月色朦胧，船中客说着关于白鹭的话题，夜色下白鹭隐遁了身形。

是谁引动白鹭入了诗，由塘河一直飞到了瓯江，飞到了楠溪江，又悄然隐形于楠溪江的哪一个古村落了？

塘河上行舟，跟海上的风浪相比，有风时，塘河也只是水波微兴。池凌云的老家就在瑞安，沿塘河行舟，就去了她的家乡，一路去瑞安，去文成。池凌云说，现在开船两小时可到瑞安，在古代，手划船就得划上一夜才到。但慢有慢的好处，慢能更从容地孕育诗心。古代一位文成地界耕读世家的书生，为功名为前程一路船行到了温州，听得鹭鸟几声水上，他的心情有几分激动，就可能站在船头吟起诗来。

一天后，上午，我又补上了在塘河上行船。塘河的白天，沿岸烟火气漫卷，古老和现代交织流动。一座座古石桥的名字是它古老的见证。我仿佛看见儿时的凌池云走向河边的水草，它们或许叫矮珍珠和小对叶，或许叫不上名字，她在河边拔过叫不上名字的水草，这就是她的塘河。我知道，塘河滋养过无数温州女人，

温州记

无论她们是否曾离开过此地，无论她们从大海归来，从异域归来，从某一处山野或都市归来，塘河都是一副微笑接纳的模样，何况还有白鹭翩跹，欢迎她们。

某个塘河上的时刻，我理解了更多的温州女人。比如张翎。我在想张翎回到温州，回到塘河边的时候，她如何微闭上眼睛，任微风和远处近处的碎声音落在她的脸上。有时在塘河上适合沉默，对于一个行了万里才归来的女子来说，沉默时与塘河的气息融为一体，于是在塘河上的沉默，就变成了池凌云诗中的"淡金色的沉默"。

忽然有些遗憾，我并不认识一个温州的古代女子，泛舟塘河的时候，我想不出一个古代的温州才女的名字，或许因我的孤陋寡闻，或许古代的温州女人作为一个能干吃苦耐劳的女性集体，被遮蔽在男性世界的身后了？

晚近一些的，只知道一个胡识因，这个名字不由令我想起小时候在杭州生活过的民国才女林徽因。温州女人胡识因又是怎样一位民国女性？于是我搜寻她在时光里的印痕。

胡识因原名胡世英，并非高门华第出身，只是永嘉县岩头五尺的一户农家的女孩子。开启新百年纪元的 1900 年，胡家全家迁到了温州。识因的外公一定是一位有点文化的开明人士，否则在那个年代，不会资助一个女孩子去上新学堂。一个温州女孩拥抱了现代教育，这就意味着脱胎换骨，意味着她走向广阔世界的机会。1904 年这一年，来到温州的传教士苏慧康的妻子苏路熙在康乐坊天灯巷创办了艺文女学，胡识因就进入了这所艺文女学，也是温州第二所女子学校，后来，她又从艺文女学转学到了大同女学。大同女学是 1907 年瑞安人夏松亭夫妇在蝉街创办的，师资强，学风浓厚，胡识因在此受到教育，后来先后上过杭州女子工艺师范学校和上海女子体操学校。1920 年，胡识因回温州办起私立新民小学，自任校长，再后来，她和丈夫郑恻尘一起加入了共产党。看到过一张胡识因的小照，虽没有林徽因绝世而独立的美貌与才华，却也是一位眉目清秀，相貌端庄又秀外慧中的民国女子，眉宇之间，三分英气，倒是与鉴湖女侠秋瑾神似。

一百年前的月光映照在今夜的塘河上，革命时期两个温州青年的爱情，余韵犹在。

我想象胡识因与郑恻尘是如何相识，又是如何走到一起的，她在那个动荡转折的新纪元里经历过怎样的革命与爱情，这种想象，在白天和夜晚的塘河之上，在一百年后的人间四月天，在月色之下，依然是动人的。

胡识因比郑恻尘小五岁。郑恻尘与胡识因有关的人生轨迹，有很重要的一条，郑恻尘曾经因为反对母亲包办婚姻而离家出走。两人故乡都在永嘉县境内，不知郑恻尘的村庄和胡识因的村庄有没有楠溪江江水相连，他和她，是否说着相似的乡音，他会划一只舟子顺流而下，登岸就到了她的村庄吗？他和她初识于何年何月何地？一些问号扑面而来。如果没有当初对母亲的反抗，就没有后来的郑胡联姻。有些可惜的是，胡识因不是林徽因，郑恻尘也不是徐志摩，他和她并非以才闻名天下，也并没有他们的罗曼蒂克史在坊间流传，也许他们不是人们心目中标准的才子佳人，但我已经触摸到了一些历史缝隙里的可能性——他与她，两个温州老乡，在大时代中的志同道合，惺惺相惜，终成眷侣。后来，他们的小世界里或许偶有风花雪月，却也没有那么多的吟赏烟霞，儿女情长，他们都是忙碌的人，奔来走去，聚少离多，彼此牵挂时，是否也曾鸿雁传书？那是一个温州男人和温州女人的感情小天地，他们应该是互相理解的知己，他们是要一起经风雨的，甚至是要一起经血泪的。

从老照片上看，胡识因的永嘉同乡郑恻尘是一位沉稳肃然的男子，照片上的他，是三十几岁的成熟男人。他来自永嘉县表山乡的一个小康之家，名恻尘，字采臣，乳名日起，自小就聪明好学。郑恻尘十六岁入温州浙江第十中学读书，少年时就有远大志向救国救民，在辛亥革命爆发前回到温州，就剪掉了头上辫子，他还是很早就主张男女平等的一位男士。在真正走上革命生涯之前，他有着实业救国的理想，曾在当地办厂探索新工业道路，他曾经是"温州花席"的发明者，也可见古老的永嘉学派血脉流传，其务实之风也投射到了这位温州青年书生的身上。

这段革命时期的男女故事，后来因为革命而得到了一个悲壮的终局。郑恻尘作为地下党是在革命活动中被捕，后在杭州一处监狱被秘密杀害的。1926年秋，胡识因带着两个孩子，前往苏联中山大学留学，并不知丈夫被害，直到一年之后，才在遥远的苏联得知丈夫已在杭州捐躯。又过了三年，1929年秋，胡识因从苏联回国，在杭州清泰门外荒郊找到了一处刻有丈夫小名"日起"的坟墓，为亡夫郑恻尘又在墓地上立了一块石碑，上写"郑恻尘府君之墓"。

她，一个有故事的温州女人。在我印象中，没有一个温州女人是娇滴滴的，经不起风雨的。我知道的女诗人池凌云，1966年出生的她在温州诗人叶坪的口中是"中国的阿赫玛托娃"式的美丽女诗人，池凌云的青年时代经历坎坷，她出身于温州乡村，靠自己的抗争才摆脱了封建式包办婚姻。她不畏惧脚下的路，她要掌握自己的命运，于是一路走来，她成为文学女青年，成为媒体人，成为诗人。或许正是早年坎坷此中味，才使她成为一名诗人。

张翎，我认识的又一位温州女人。温州作家王手说，张翎和也在海外的温州作家陈河，小时候都住在温州的老城区，县前街那边的老宅。张翎是地地道道的温州姑娘。在那个特殊年代，她当过一名工厂车床操作女工，自学英语考上了复旦大学外文系，从温州到上海，那时要坐一整天的海轮。她写了一本又一本书，1986年她远走加拿大留学，后来定居多伦多，成为听力康复师。她孤独行走，往返故乡与远域之间，将自己在一名作家和一名听力康复师之间切换，也将自己在生存和梦想之间切换，在多伦多自己家后院的花园和塘河藻溪的故乡之间切换。她写唐山大地震，她也写印第安人，她是一位神奇的温州女子，将自己活成了别人眼中的传奇。

朱锦绣，杭州纯真年代书吧的女主人，就是温州人。曾经因为生病，抗癌期间和先生盛子潮一起开起了"纯真年代"书吧，二十年间，几番易地，如今在杭州宝石山上的书吧成为西湖边的一盏人文之灯，无数骚人墨客去过这位温州女人的书吧做过读书分享，一年又一年，他们的照片，挂满了纯真年代的几面墙。这个温州女人好像有使不完的劲，在全情的投入后，她早已忘记了自己是一名病人，她始终对自己热爱的事情有无比炽热的激情，时常半夜三更还在整理着前一晚书吧的分享会记录文字。她在杭州生活多年，却保留了温州人舌尖上的味道。在纯真年代吃个饭，厨师来自温州，总能端出几味有温州特色的菜来：酱鸭舌、鱼饼，还有清鲜的温州敲鱼圆。

还有我的师妹王晓乐，当年看起来斯文甚至有几分文弱的姑娘，如今是浙江文艺出版社的总编辑，也是位既贤惠又能干的温州女人，几十年的出版人生涯，晓乐勤勉能干，她从外国文学做到儿童文学出版，再做到当下中国原创文学出版，每一次转型都像是打开一个新格局，总是有她自己的专业眼光做出一本又一本有影响力的好书来。晓乐先生杨震宇，她的乐清老乡，中国美院人文学院院长，这一对如今活跃在出版界和艺术界的温州伉俪，既有务实踏实的一面，又有梅边吹笛弄箫的情致。

一片繁华海上头

似乎每个温州女人都有强悍坚韧的一面，你甚至可以在姜文太太、电影明星周韵身上，也看到那种温州女人的强悍的风采。说着温州女人，一个朋友在塘河边从手机里翻出一张周韵的照片，说，"你看周韵，不演电影的时候，也是朴素的，家常的烟火气的样子，一点都不矫情的"。

说温州女人有烟火气，其实是对温州女人的褒奖。此地气候宜人，江水又养人，所以温州出美人，但温州美人身上的美，从来不是一种无所事事，供人观赏的美。温州女人的美不是水中月，镜中花，不是养在深闺人不识的美，温州女人的美，是充满了流动起来的生命力的美。她们一颦一笑之间，就形成了对这个世界的影响力。她们太忙了，就像一百年前的胡识因，她很忙，忙得可能都没有时间像黛玉那样伤春悲秋，于是很可能，大多数温州女人都活成了大观园中的贾探春和薛宝钗。

我想起叶适，这位创立了永嘉学派的温州人。南宋时衣冠南渡，一时"人物满东瓯"之盛，叶适的后人们相信，文道与商道是可以兼得的，那才是一种双赢的局面。南宋学者祝穆在《方舆胜览》中说温州"其人善贾"，果然，一代又一代，仓廪足而知礼节，温州文风兴盛。叶适的时代，温州科举成绩斐然，南宋时温州人口不到百万，参加乡试的科举试子超过8000人，考取举人比率低至470∶1。商业的发达带来了文化的繁荣，"温多士，为东南最"，盛况背后，是由一个思想学派所支撑的。

民国前温州女性虽不能像男人那样公开地求功名、求事功，只能在男人身后，但这种务实风气也影响着温州女人们，这或者是如今在哪里，你都能看到精明能干的温州女人和男人一样，在各种场域风生水起的原因之一。在叶适的年代，不知他有没有几个师从的女弟子，或者家族内有几位聪慧的女子耳濡目染，深得其真传也未可知，只是芳名漫漶。毕竟那时是八百年前的宋代，女子还不能抛头露面。不过叶适的事功学派，似乎也在影响着一代代温州女人。"为文不能关教事，虽工无益也"，在一百年前的温州女人胡识因身上，我们就可以看到叶适的影响。

我对叶适身边的知识女性的想象，不料在关于叶适写的女性墓志铭中被证实了。这位南宋大家生前曾为当时的一些女性人物写过墓志，在叶适的时代，并不是所有女性都可以在去世后拥有墓志铭的，也只有那些有封秩的士人阶层女性才有可能拥有墓志铭。我又猜想，因为南宋时与现代相比，人可能到达的地域半径

温州记

要小得多，那么叶适为其写墓志铭的女性，有可能大部分都是温州地域一带的士人阶层女性吧。有记载称：在《叶适集》13卷147篇为当时人物所写的墓志铭中，专门为女性所写的墓志铭有28篇，夫妻合铭一篇，这些南宋女性人物墓志铭，和同时代的文人朱熹、陆九渊的女性墓志铭相比，叶适的女性人物可谓更具有"现代性"，他突破了传统儒家思想对女性的定位，使得女性墓主的形象突破传统三从四德的束缚，大放人性异彩。"女性步出闺阃"，打破"妇人无外事"的框框，让女性以"内"的身份参与到"外事"之中，叶适超越当时时代的两性观点，应也可视为"事功"的一部分，在今天看来是难能可贵的，也是影响深远的。叶适的开放与务实的思想，自然这块土地上最先被浸润，温州女人也因此"近水楼台先得月"，影响着一代代温州女人们走出去，闯出去。

罗马不是一日建成的，温州女人，也并非一日炼成的。

那天下午，在温州市内的一家博物馆，我看到了展品中有一辆"古董车"，乍眼一看，以为这辆白色的小汽车是欧洲的老爷车，恰原来，此车的品牌正是八九十年代曾在温州风靡一时的菲亚特汽车，接着它的身份浮出水面——这是一辆曾作为出租车使用的菲亚特老汽车，现在看来，这辆菲亚特连个顶盖都没有，变成了一辆时髦的"敞篷车"，我想起20世纪90年代初我看到过的一个小说，好像就叫《温州女人》，菲亚特汽车就是曾经那个时期的温州的一道亮丽风景线，这么小的车身有利于在温州的街巷之间灵活地穿来穿去。依稀记得在那个小说里，菲亚特载着温州女人们四处闯荡，她们带上头脑，带上货物，她们打听着四面八方的信息，她们将生意做出了国境，她们麻利地寻找商机又制造商机，她们在这样的世界里，敢爱敢恨。一个温州女人哪怕曾经在一辆菲亚特汽车上哭泣过，她擦干眼眶下车后，依然会投身到火热的生活中去。回到家中，无论如何疲惫，一个温州女人往往是一个知冷知热的女人。

温州之行，山水之间，古今之间，掬过塘河之水，又从叶适饮过水的瓯江顺流而下，在楠溪江的野渡口离舟登岸，江溪碧绿，四野寂静，几只白鹭飞过，水草摇曳，头上白云翻卷，想起一些人，一些事，池凌云和张翎们或许是叶适的前世女亲眷，而我也更了解了她们作为温州女性的灵魂。

白鹭于飞

在江心屿漫步，这是我第一次登上了江心屿。我在英国驻温州领事馆旧址处参观这处半殖民地时期的旧址，想起了在青岛的八大关的建筑中行走的那种熟悉的感觉。江心屿被称为孤屿，温州学者宋恕曾题诗《孤屿怀古》：

题诗对酒忆唐贤，海宇清平韵事传。
凭吊江潮夷犬吠，大英领事孟楼眠。

孟楼就是浩然楼，领事馆最早设在此楼。这座孤屿上，老建筑、塔、塔上的树都在诉说着温州作为近代贸易港口的历史。第四任领事庄延龄会说温州话，真不知道令我们杭州人都望而生畏的温州话，这英国人是怎么学的？或者也就是鹦鹉学舌几句，以表示一个英国人愿意融入本土文化？我正好奇地打量着这个胡子形状有点奇怪的庄延龄的相貌，又抬头仰望石塔上的那棵传说中的老树，它似乎仍然枝繁叶茂，居高临下地俯瞰着登上孤屿的每一个人。一转身，我发现东君就在我边上，于是我和他一路走。东君自乐清来，不知来过多少次江心屿了。

东君是温州作家，本名郑晓泉。他的家在一个叫柳市镇的地方，那个地方古时候因柳下交易而得名，如今也盛产企业家，可是东君不是企业家，这个遍地企业家的氛围似乎跟他无关，这个曾经遍地来自香港和台湾的时髦货走私货的柳市似乎也跟他无关，他的少年世界，与电子表卡带彩电洋服的物质世界擦肩而过……他更像一个温州散人，误入到《世说新语》的世界，从此就在那里盘桓了，据他说他也很少离开温州，到别处去，他怕麻烦。

要说东君是最不像温州人的。除了东君、王手和马叙，我认识的还有几位温州籍作家如哲贵、钟求是、吴玄，他们如今在杭州生活。踏上江心屿之后，我在领事馆的老地图上发现了"信义街"，这是温州小说家哲贵心心念念、一次次写进小说中的信义街，如今信义街成为一个老地名，却也只是一个老地名了，温州从近代走来，百年的变迁也是巨大的。信义街唯有在哲贵笔下成了传奇。信义街上的各色人等，他们都是温州现代人，与东君不同，只有东君是古代温州人。

东君倒是不变的东君，他依然是一南方白面书生，很少见他过于热情的样子，或过于激动的样子，东君就像他写下的《面孔》，他不做惊人语，却常令我们看见一众温州异人的行迹。他的世界里有琴师、画匠、武人、老人、盲人、风尘女等等，他们都是一些普通得不能更普通的人物，却也有着令人拍案惊奇的部分。温州这个方圆有那么多异人吗，还是异人们都集中到了东君的笔下列队了？"有人长出一撮胡子后就开始画画了"，于是我赶紧看一眼另一个温州作家马叙，他同时也是一名画家，我不知道马叙是不是因为长出了一撮胡子才开始画画的，马叙的诗和马叙的画我读过看过，清新自然文人旨趣，倒并无几分怪异离奇之处。

在温州的几天，我也曾和马叙走在一起，我们在山根音乐艺术小村的一个坡地拾级而上，石阶上有溢出来的青苔，马叙戴一顶帽子，不紧不缓地走着，悠悠然的，透出几分静气。在山根，我对马叙说，你变得比从前更好看了。其实马叙未必明白我说的好看是什么意思。也就是说，这个人给人的感觉，越来越像他的画了，他的气息仿佛越来越脱离了世俗生活，但明明，一个温州诗人马叙是在世俗生活之中的。

东君曾是文弱的，貌似还带两三分苍白的南方青年形象。他是细心的，因为他会不紧不慢地说给我听，这些温州的人和事。他讲故事的时候，我仿佛在重温他的笔记体小说《面孔》。在他的小说中，东君真正实现了众生平等。他不会看不起谁，也不会抬高谁。他不至于在一边发出冷笑，你会觉得写作者东君是一个仁慈的书生，他不太刻薄得起来。他深谙人性也深谙命运这个大词的魔法术，可他有时又不由自主地在某处干着炼金术士葛洪那样的活——他想炼一炉仙丹。

所以东君是一个颇吸引人去听他讲故事的朋友。他轻声细语，很有耐心，这位白面书生曾有很多年是练散打的，我好奇地问他，是不是类似于打泰拳，他说是的，就是踢腿，把腿踢出去。他说，武人文相，也有文人武相。他自己应该是武人文相，却原来童子功练过武。也许因为他是一个武人，所以《面孔》让我们看到了一些桀骜不驯的人，他们又是如何看待自己的。我可以肯定的是，东君是一个骄傲的温州人，他的骄傲看起来非常温柔，但我想象着东君的凌厉，那一定是有一种武人的气势的。而我想象着东君的深沉时，他又成了一名温州的古人，他瞬间就可以放下剑放下笔，进屋弹古琴去了。

这位非典型性的温州人，让我对更大范围里的温州民间产生了好奇。东君是一位通灵人，他最宜穿上古装，背一匣琴，一匣书，去叩问先人，听他们的心跳，

一片繁华海上头

他也能站在熙来攘往的菜市场，从一只腰子或猪肝的形状成色里探知卖肉者的人心幽微。

东君跟我说了很多故事。胡兰成在温州避祸的那些天，张爱玲追夫寻夫到这里，在温州五马街的一家饭店住了几天，又伤心离去。胡兰成文人无行，在温州的名声不好，四处风流，他有个情人叫范秀美，张爱玲到温州后，还在范秀美家住过一夜，次日才搬到小旅馆。胡兰成带着范秀美去看她，两人一举一动，都在她眼里。她在温州只待了二十多天，就怅然离去。如今住在这一带的八十几岁老人都知道这段红尘事。

他又说弘一法师在温州的点点滴滴。弘一法师出家虎跑寺，杭州冬天太冷，于是南下到了温州，前前后后在江心寺待了十二年。到了温州，以他高僧名僧的声名之下，仍然拜当地僧人为师，恭谨谦逊。因为江心屿是座孤屿，往来交通不便，弘一法师在屿上修行的日子，只能通过书信与屿外联系。弘一法师后来又去了更温暖的南方泉州，又度过了十四年时光，不过其时也时常往来于温州与泉州之间。弘一法师在温州修行，十余年间交友不过几十人，连当时作为政界人物的章宗祥想见他他都不见，只因他自认身在佛门，不想和政界商界的人来往。

我想东君一定是很欣赏弘一法师的。听说东君自己在几年前在乐清创办了一所白鹭书院，书院借用了中和巷17号的百年老宅徐宅，他会与朋友在他的白鹭书院像竹林七贤那样清谈自娱否？我是听朋友说起的，心想这是不是东君离理想最近的一次。

东君有一个朋友吴玄，也是乐清人。如今，吴玄在杭州生活，是《西湖》杂志的主编。"我们都曾在乐清老县城里生活过。那时他常来文联的斜楼，斜楼被圈里人称为'聊斋'，大家喜欢坐在那里抽烟聊天。吴玄那时在电视台工作，没事就逛过来，跷着脚聊天。各色人等，经过此地，也会过来很散逸地聊，无所顾忌地聊人物聊世界。温州对'聊天'这个词有另一种讲法，叫'散讲'，正所谓闲话式的风气、气息，大家口无遮拦。"

在江心屿和东君一起漫步，我才意识到，我们这一路正是在"散讲"。东君说李叔同，说胡兰成，说张爱玲，说叶适，说谢灵运，说平阳的武状元。为什么平阳成了武状元，出了一个又一个，因为平阳是南拳发祥地。东君说那些被录的武状元大抵与南拳有关，或许也因为一代代的武状元进了朝，后面的武人们就"朝

《张协状元》等南戏经典剧目人物群像（单晓叶 摄）

中有人"了吧。说到武术，不免又说当下的武林奇观，如何与网红时代混为一谈，成为谈资。胜负之间，东君淡淡一笑，散讲之间，他几乎是没什么表情的，平心静气的样子。东君从小习武，也练过南拳，他的温州朋友王手却是练健美的男士，东君说王手乃文人武相。

我与东君一路说着，回到江心屿码头等船来。已是春天，屿上游人如织，等船时，跟东君走散了，后来又各自登船。不一会儿，就到了陆上。一路上，东君的散讲还在耳畔，那会儿我还沉浸在平阳武状元们身上。

只遗憾，还来不及跟东君好好聊聊南戏的事，东君就已经像一只鸣叫了数声

一片繁华海上头

的瓯江上的白鹭，隐遁了。

　　不过这个小遗憾在当夜的九山书会上补上了。九山书会的戏台上，上演了南戏的折子戏《张协状元》，那一幕正好讲中了状元后忘恩负义的张协，于夜里提着靴子要去刺贫女糟糠之妻，我不明白这位杀妻未遂的负心状元凭什么能得到大团圆结局，妻子真的能跟他破镜重圆吗？此时东君或许已经回了柳市镇，看不懂南戏也没关系，温州诗人叶坪是懂南戏的。据说诗人叶坪好酒好诗，在温州诗人圈是出了名的。而那天得知，叶诗人是我的塘栖老乡，还是我初中同学发小的亲舅舅，他十几岁时就离开塘栖镇，一路漂泊到了温州讨生活，后来当过演员，演过小生，他也将自己活成了一个传奇，这位叶诗人，干过各种文艺行当，却并没有成为一个有钱的温州人，如今于八旬晚年，依然诗酒中嬉笑怒骂，作逍遥游。这又是一个非典型性温州男人。

　　这是另一只白鹭，从江南飞到更南的温州，再从温州插上翅膀，飞回到江南杭州故里的故事了。

　　夜戏散场，黑夜中，瓯江之上是否有白鹭曾飞过呢？这只白鹭飞过塘河，飞过瓯江，飞过楠溪江，它有时是一只普通的鸟，有时是一只神鸟。

　　我这里要说的就是白鹭。东君曾说，白鹭的白，使它变得有些飘忽，仿佛有一半属于物质，一半属于精神。

　　想来温州人也是如此吧。

温州记

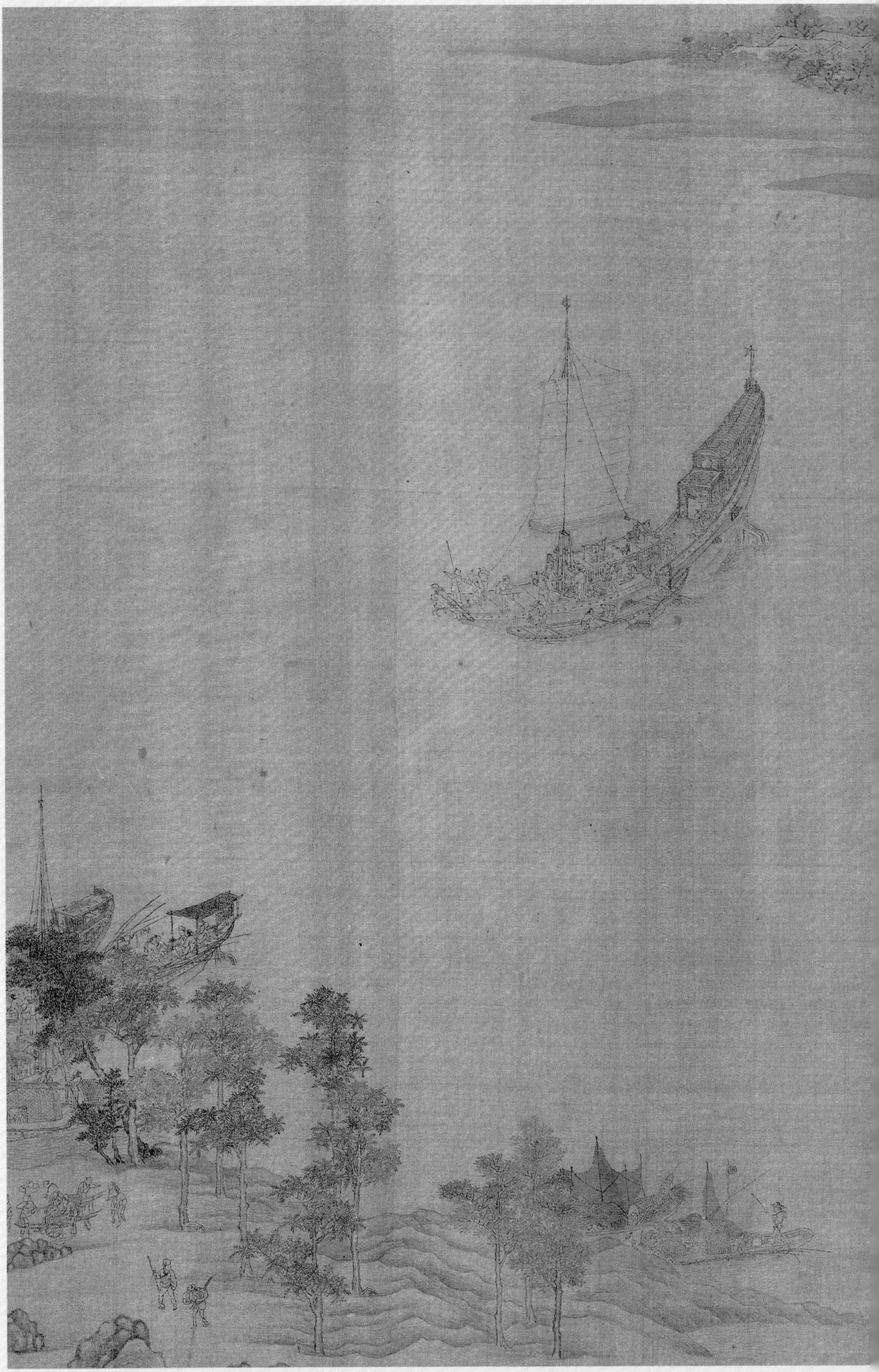

辑二 温润如玉

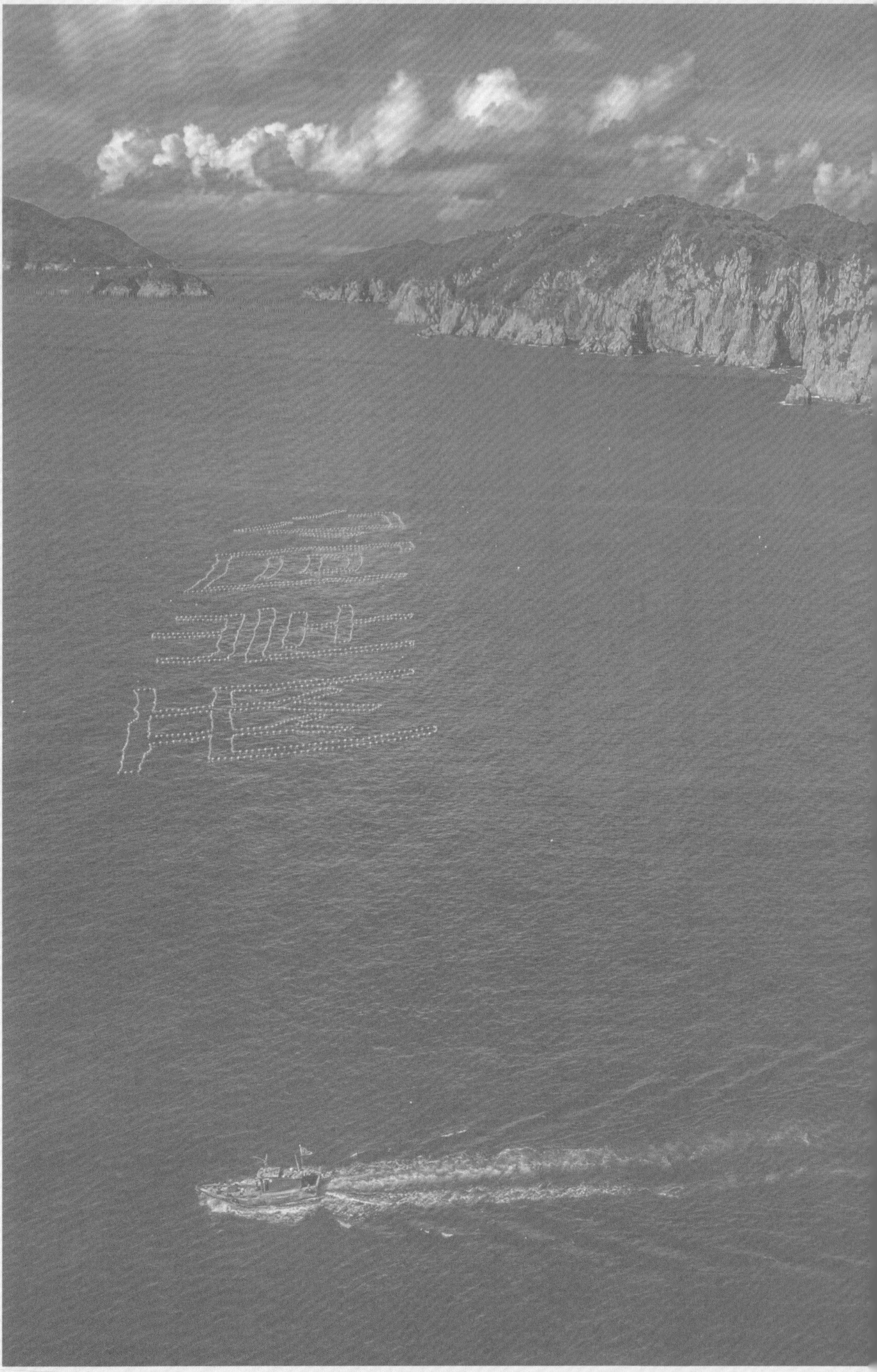

关于温州的两篇随笔

黄亚洲

瓯菜博物馆内的瓯菜模型（陈翔 摄）

一片繁华海上头

由一本画册聊上温州菜

"温馐"的牌号决计没有"温商"来得响亮,而温商,大都也会义无反顾地撂下家乡的温菜,毅然跑去全国乃至跑去全球创建温州街、温州村、温州城,并且在当地入乡随俗,一日三餐吃川菜、湘菜、鲁菜,甚至藏菜、回民菜乃至埃及菜、巴西菜、墨西哥菜,有啥吃啥,从不挑三拣四。温商似乎忘记了"温馐",温商似乎双眼只盯住经济而把"温馐"扔到了脑后,温商的刻苦与吃百家饭是出了名的,全中国也就是温州人脚头最勤、口味最杂。

然而我偏是相信,温州人的愿意吃百家饭也善于吃百家饭,绝对与他们肚子里打着基础的温州菜有关。

没有温州珍馐的底气,哪有过关斩将的劲道!

翻看了赵青云主编的《温馐》画册,更加坚定了我的这一猜度。其实原因也简单,因为温州菜太好吃了。

我是杭州人,当然也推崇"清淡鲜嫩"的杭菜,看到全国各地走红"杭帮菜",心里就开心。然而温菜的好吃,也是别具一格,绝不亚于杭菜的。因此凡朋友选杭州的"白鹿"餐厅来邀我吃饭的,我很少有推辞的理由,我自己要宴请朋友,甚至举办家宴,也常常选在温州人开的"白鹿",尽管杭城的每一家"白鹿"都是人满为患,就餐条件不那么赏心悦目,但那美味,硬是让你没得挑。

头一回吃到"敲鱼",印象就深,那样细腻而有嚼头的鱼肉,再佐以鸡丝、火腿丝和香菇丝,中国任何菜系里都是撞不见的;"清汤鱼圆"更不消说,鱼肉来自鮸鱼、黄鱼或是马鲛鱼,加蛋清、精盐、黄酒,成了入口即化的"白丸子",要多少鲜有多少鲜;还有黄金色泽的"蛋煎蛏子",那份鲜嫩,那种滑溜,一提起就流口水。所以我20世纪80年代首次接触到温菜,便一下子深陷于温州的浅海与滩涂之中,与虾蟹鱼贝为伴,不能自拔了。

温州菜是我们浙江菜的四大菜系之一,浙菜的另三菜是杭州菜、宁波菜和绍兴菜,这三菜在我的味觉里都有一些类同,而温州菜则隔得开一些,有其殊处,毕竟"以海鲜为主、轻油轻芡,口味清鲜、细巧雅致",别的菜系是难以做到的。

所以我断定，温州的"资本主义尾巴"六七十年代总是割了又长，温州人的善于"千山万水、千方百计、千言万语、千难万险"，温州模式的风靡全国，除了与几百年传承不息的讲究"义利双修"的"永嘉学派"有关，也必定跟温州菜的营养与鲜嫩有关，也就是说，跟吃有关——为了保证世世代代能吃饱吃好鲜美无比的温菜，咱先吃苦，走遍天下积累财富去！

这就是肚子深处有"三丝敲鱼"和"清汤鱼圆"的温州人！

不光是鱼，是整座大海。

温州连着东海，东海连着太平洋，太平洋的四周现在都是温州人。

赵主编虽现在宁波工作，还是宁波海事局的掌门人，吃着宁波菜然心里一直惦挂着温州菜，遂奋起主编了家乡的《温馐》，既描绘大菜，又囊括小吃，再从舌尖讲到文化，把一个吃字挥发得淋漓尽致。这一份家乡情结令人感佩，又闻说是自费编印宣传，那就更令人肃然起敬了——也只有温州人才肯这样做。

赵青云的肚子深处，想必也晃荡着清汤鱼圆。一个个的"白丸子"旁边，簇拥着太平洋的浪花。

我以为，《温馐》不仅体现了温州特色，也体现了中国特色。一个讲究"食为天"的民族，由吃出发，进而悟到了生存方式与发展方式，由此"千山万水、千方百计、千言万语、千难万险"地去做，多么了不起。

所有的革命或者改良，不都是这个原始出发点吗？表现吃的文化，怎么着也不嫌多余。

什么样的感情，让我们如此迷恋洞头？

朋友，你当然是知道的，当年，是什么样的一段感情，让我们细心找到祖国版图的东方，在浪花与礁石的中间，久久注视洞头。

那个时候，我们竟然有一些泪眼迷蒙。

是的，是一段有如浪花般纯朴的感情，那段感情牵连着一片彩霞。彩霞是从一排刺刀的闪光中浮现的，而且，还在海滩上那一长串巡逻的脚印里闪烁，你说

一片繁华海上头

得对，那就是闻名全国的洞头海岛女子民兵连。我们通过电影《海霞》才知道，有这么一群飒爽英姿充满活力的年轻女子，每天，协助军队，巡逻着国家的波起浪涌的东南海疆，守护着万家平安。

我们当年就是以这样一种敬佩与感激的目光，注意到浙南瓯江口外的这个百岛县的。但是，或许，那个时期还不是国家的旅游年代，或许很长时期由温州直通洞头的"陆岛相连工程"提不上日程、洞头还不是半岛而是一块孤悬海中的土地，所以那时候，我们真的还不了解这个精致的岛屿竟然是人间的仙境，这里的天与海是这么的湛蓝，金黄的沙滩是这么的酥软，奇崛的峰峦会达到鬼斧神工的境界，古老的遗迹里珍藏着如此神奇的历史密码。

那么，朋友，随着"七桥连八岛"工程的竣工，温州与洞头之间"海堑变通途"，一道明亮的彩虹已将海岛一把挽进了大陆，就不妨让我带你走一走那个由一百六十八座岛屿构成的神奇洞头，这一把洒在东海海面的五彩珍珠吧。

洞头主岛当然是一颗最大的珍珠。从经济改革的奇迹之城温州驱车出发，68公里，一个钟头的迎风驰骋，我们就顺着桥岛相接的"海上桥梁"平稳地滑入了岛屿。这年头狂傲的东海海浪显出了礼数，它们在离海堤公路不远不近的地方向我们举手招呼，再不忍心让我们品尝甲板的颠簸。

大陆用一根精细而又蜿蜒的丝线，串起了珍珠。

现在，我想首先带你登一登洞头的主峰。在这个海拔391.8米的洞头烟墩山制高点，你可以瞭望全岛也可以极目天际。我觉得，让你对洞头有个全貌的了解一定是合适的。

那就不能不先说说这一座建在岛顶的望海楼了，因为我看见，你登上这座五层高的精美楼阁已是如此的心旷神怡，和煦的海风吹动着你的头发，海鸥悦耳的鸣叫从天际隐约送到你耳边；那么现在就让我指点你看，看南面，是繁忙的洞头渔港以及那座神奇的半屏山；转过来往东边看，是楼宇拔地而起的城区；而西面，你可以数一数壮观的连接八个岛屿的七座跨海大桥，你看见那些匍匐前进的彩虹了吗？现在你朝北望，对，那就是磅礴的东海与太平洋，是蓝天、云彩与海天之间星星点点的岛屿，这就是望海楼的本意所在了。

当然，你在这里是看不全洞头一百六十八个岛屿的，但你已经完全能想象得到，那一百六十八颗璀璨的珍珠，缀在东海湛蓝的海面上，是一幅怎样的美不胜

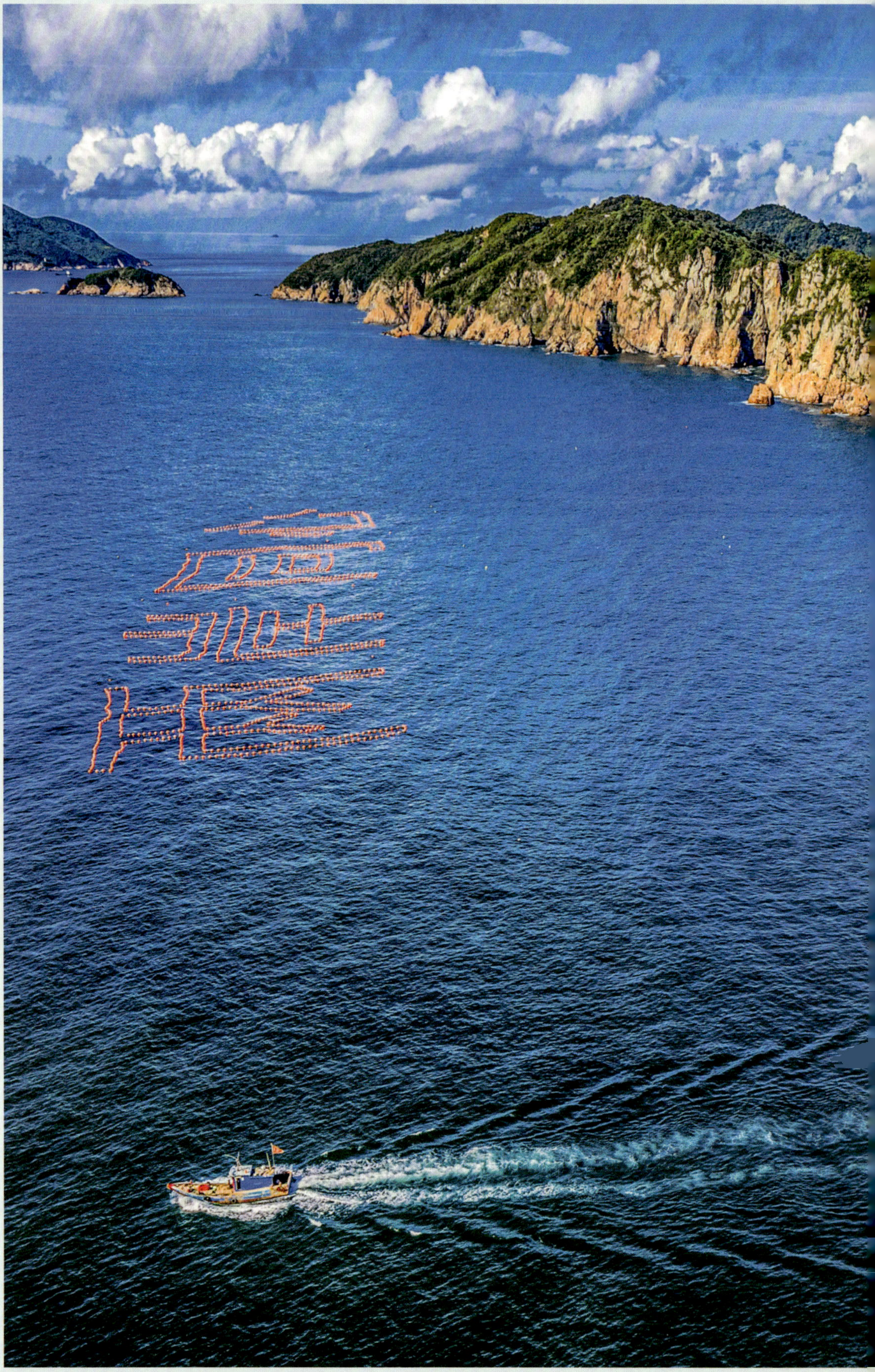

洞头半屏山（叶凌志 摄）

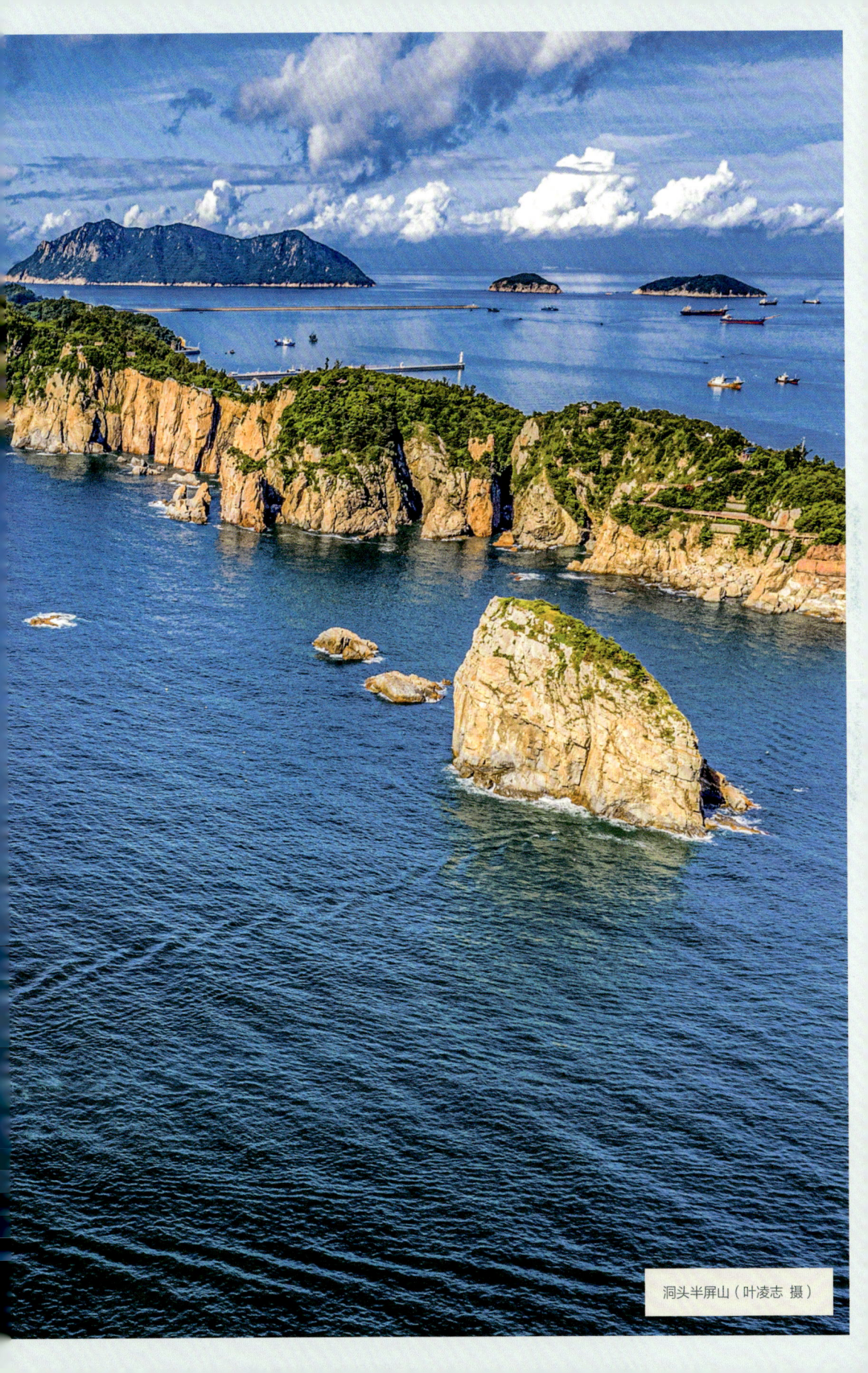

洞头望海楼前的南宋永嘉太守颜延之塑像（叶凌志 摄）

收的图景。我知道，"仙境"这个迷人的概念，这时候，已经不可抑制地在你心间慢慢地升起来了。

我还想在你一遍遍赞叹空间之广阔的时候，再告诉你一个时间的秘密。那是一千五百年以前，有一位也站在你现在这个位置，也如你一样欣喜异常的大诗人，此人是南北朝时期的永嘉郡守，也可称之为温州市长，姓颜，名延之。当这位与山水诗人谢灵运齐名、与采菊东篱的陶渊明经常喝酒的颜市长前来考察洞头，站上这个海拔391.8米的洞头最高处临风极目之时，不禁为大海的浩瀚神魂颠倒，简直不忍离去。可能是他联想到了自己的贬官经历与人生的颠簸，一时间心头万马奔腾，激情难抑，于是立即下令在此修楼，取名望海，似乎是要天下人皆能来此登楼观海，阔大心胸，悟道沧桑。

登临此楼，几可成仙，颜市长是否就是这番苦心呢？

而现在，朋友，这浩渺的大海与蓝天也叫你生出类似颜市长的心境了吧？

洞头是仙境，登了这座被誉为"气吞吴越三千里，名贯东南第一楼"的望海楼，或许，你真的就是半个仙了。

那么现在，我就乘兴带你去仙叠岩，见识一下真正的仙人。

你看见仙叠岩，肯定会吃惊地叫起来。海边这些巨大的危石，叠得四四方方如此的规整，如此的险峻，这怎么可能？显然，这是人力所不达的，那么，不是仙人的大手笔又能是什么？

看来，从很久远的时候起，仙人就喜欢在被称为"东海明珠"的洞头来来去

一片繁华海上头

去了。

别说这洞头，还真是个仙气徐来的地儿。

你要是想在这个危石重重的仙叠岩景区好好的赏石，那算你找对地方了，你可以依次看去：人面狮身、观音驯狮、金鹰迎客、蛤蟆欲仙、祭海石猪、仙童戴帽、十二生肖、将军岩、鼓浪洞。至此，你还会觉得这些东西都是石头吗？

在大海翻腾的神奇背景里，这些附着神灵的石头会不会像浪涛一样飘动起来？

说到这里，我不能不引你去看一块更大的石头。

这块巨石，以摩天断崖的决绝姿态，垂直于东海的万顷浪花。它的背面是缓缓的平整的坡地，房屋、道路与庄稼地散落其间，一派舒缓的田园风光，而临海的这一面，却是千仞绝壁，阳光下闪着铁的颜色，像是有仙人手持巨斧，生生地将一座大山对劈成两半。

半屏山，名副其实。

而山的另一半，又在哪里？

真是神奇啊，告诉你，在洞头半屏山的东南方向138海里处，恰坐落着台湾高雄的半屏山。两座同名的半屏山，非但山形相似，而且生活于两座半屏山的居民说的都是闽南话，民间习俗也完全相同。此刻，朋友，你听着人们一遍遍地唱着民谣"半屏山，半屏山，一半在洞头，一半在台湾"，是不是也越来越相信了仙人的那把斧头，莫非，这两处绝壁在斧子劈开之前，委实就是同一座山？

当然，按地质学家的说法可能不是这样，但是，从洞头自古有仙人出没的传说来展开我们的想象力，那么，海峡两岸的这两座半屏山，蕴含着的，就很可能是一段悲欢离合的故事呢。

就让你带着这样的诧异，现在，好好游览一下半屏山景区吧。你可以乘游船从海上观赏这一面高耸入云的绝壁，可以为迎风屏、赤象屏、鼓浪屏、孔雀屏这有趣的四屏之景发出阵阵惊叹；你也可以信步上山，沿着峭壁上那条穿云入雾的游步道，直接下到悬崖底部的石滩，面对滚滚涛声，再度体味当年一斧劈下之后的那种久久不散的颤抖。

走过石滩之后，就乘兴去玩耍一回沙滩吧。洞头最出名的沙滩就是大沙岙海滨浴场了。你先别忙着搬太阳伞拎救生圈，还是细细感受一下踏在沙滩上的独特感受吧，对了，这沙滩的沙质属于铁板沙，特细腻，不松软，你是一路踏着地毯的感觉扑进和煦的波浪的，而且，你一边戏海一边还可以欣赏耸立于沙滩四周的奇异礁石，你看见的是海豹回头、猛虎下山、将军观天，这些都是凝固的波浪，这一刻你当然又想到了仙人，不是仙人的点化，哪至于如此。

　　再去别的岛子走走如何？

　　洞头的仙境美名当然不只呈现于主岛，这一百多个岛屿几乎都可以用珍珠或者翡翠来形容，它们集体顶起了"全国生态县"的皇冠。你若是去三盘岛登"海之风"山顶观赏落日，那种壮观一定会在你的精神世界里留下久久的震撼。是的，你看见了垂落于西边海面的那轮落日泛着沉静的光，而大群的黑色之云奔突在其四周，你甚至会觉得宇宙正在叙说着什么，甚至会觉得自己已经依稀听明白了。

　　是的，你已然拥有了仙人的视觉与听觉。

　　这些岛屿的脚下，常年都是波浪翻卷，鱼群沉浮，在这些岛屿上来一番海钓当然也是好主意。长竿、钓线、海风、落日，那是一幅多么惬意的人生图景。我告诉你，散落于东海海面的这一群珍珠般的岛屿，正是难得的海钓圣地，而且洞头这些年果然年年都举办全国海钓节，至今已连续举办了八届，引得全国各地的海钓爱好者蜂拥而至，仿佛这么一些名为竹屿、虎头屿、南策、北策、大瞿、四屿、伍屿的岛屿，就是靠了这一根根垂于海中的密集的钓线，才稳定在海面上没被徐徐的海风吹散。

　　自然，欣喜若狂的海钓者所获得的这些鲳鱼、黄菇鱼、白菇鱼、鲫鱼、海鳗、黑鱼、石斑鱼、鲅鱼、带鱼、墨鱼、鱿鱼，更多的是出现在繁忙的洞头中心渔港。每天黄昏，飘着渔家旗帜的船只和渔民的笑声就大批进入这个国家一级渔港，顿时，小半个东海被堆砌在码头上。你可别小看了这个渔港，每逢渔汛季节，这里就是浙江、上海、江苏、福建、广东、台湾六省市的渔船聚泊之地，交易、加水、购油、加冰，桅樯如云，闹忙得不亦乐乎。你当然可以近水楼台先得月，就在码头直接购买最新鲜的海洋美味，也可以跑进遍布洞头主岛的大大小小的海鲜酒家与"渔家乐"，尽挑鱼、蟹、虾、贝入碗碟，把海洋的角角落落都尝个遍。我还要告诉你，大海植物的美味可并不输鱼虾哦，听说过美味之极的羊栖菜吗？还有鹿角菜、龙须菜、紫菜、青海苔？或凉拌，或热炒，或煲汤，它们那种至鲜的美味，只要你尝过，就会叫你日后一提到便垂涎欲滴，你要知道这洞头还是全国最大的羊栖菜基地呢，所以"吃在洞头"真的不是一句嘴上说说的口号，它可是有着最新鲜和最扎

一片繁华海上头

实的内容的，可以配以酱油、醋与生姜，可以配以惊喜、赞美与拍案称奇。

有关洞头生活现象的"洞头八大巧"，也是值得你继续拍案称奇的，允许我卖个关子吧，这里就不再细细说与你听了，但我可以把这"八大巧"的有趣名目报给你听，以便让你闲暇之余带着莫大的兴趣一项一项的去探个究竟："木船用火烤、驾舟靠双脚、纸灯浪上漂、动物满船跑、鸡鸭桌上叫、熟饭用粉包、猫耳朵下水煮、美人儿任你咬。"

好奇心勾起来了吧？

以《乡愁》一诗名震天下的台湾著名诗人余光中，也深为洞头着迷，他对洞头的阐释，是这样简单明了却又深不可测的八个字："洞天福地，从此开头。"

说这八个字简单明了，就是说，可以这样直观地理解，洞头是你最值得来的地方，只要来了，你的愉悦的心情与幸福的日子，从此又将有一个新的开头，看看，这是多么吉祥的事情；而说这八个字深不可测，那就是说，这位著名诗人也感觉到了洞头一百六十八个岛屿所弥漫的阵阵仙气，甚至可以说，我们国家的所有仙气糜聚的洞天福地，都是打这里开的头。唯有了洞头，才有了后来所有的胜景宝地。仔细想想，这还真是说不定的事情，毕竟岛屿最靠近神秘莫测的大洋，或许，真个是神仙们云游大陆的第一块跳板呢。

而且，朋友，我还想激动地告诉你，我已经亲眼看见海滩上那一行每天都出现的神秘脚印了，那么的清晰，那么的动人，有人说半个多世纪以来那行脚印一直都存在，任哪朵浪花都不能将它们抹去，你觉得奇怪吗？你会说，那不是海岛女子民兵连的巡逻足迹吗？是啊，你说的当然是对的，可我却在琢磨，这一串最为刚健而又最为柔软的脚印，是否也是洞头仙迹的一个组成部分呢？

每天有高耸着胸脯与目光的青春"海霞们"持枪巡逻着珍珠般的仙境，这样美丽的行动，一定是仙人们的授意，不然，我又能在哪里见到如此叫人怦然心动的图景呢？朋友，你就跟我站在一起再看一遍吧，看见闪烁在刺刀上的那片霞光与波浪间清秀的脚印了吧？看看也是醉了。

是的，我每次来洞头，总是有幸福从此开头的意味。洞头这个牵连着大陆的岛屿，总是像人生途中一块神奇的跳板。

朋友，现在你明白了，就是这种欲仙欲痴的体味，就是一种想让我的祖国处处是仙境的迫切感情，让我如此迷恋洞头。

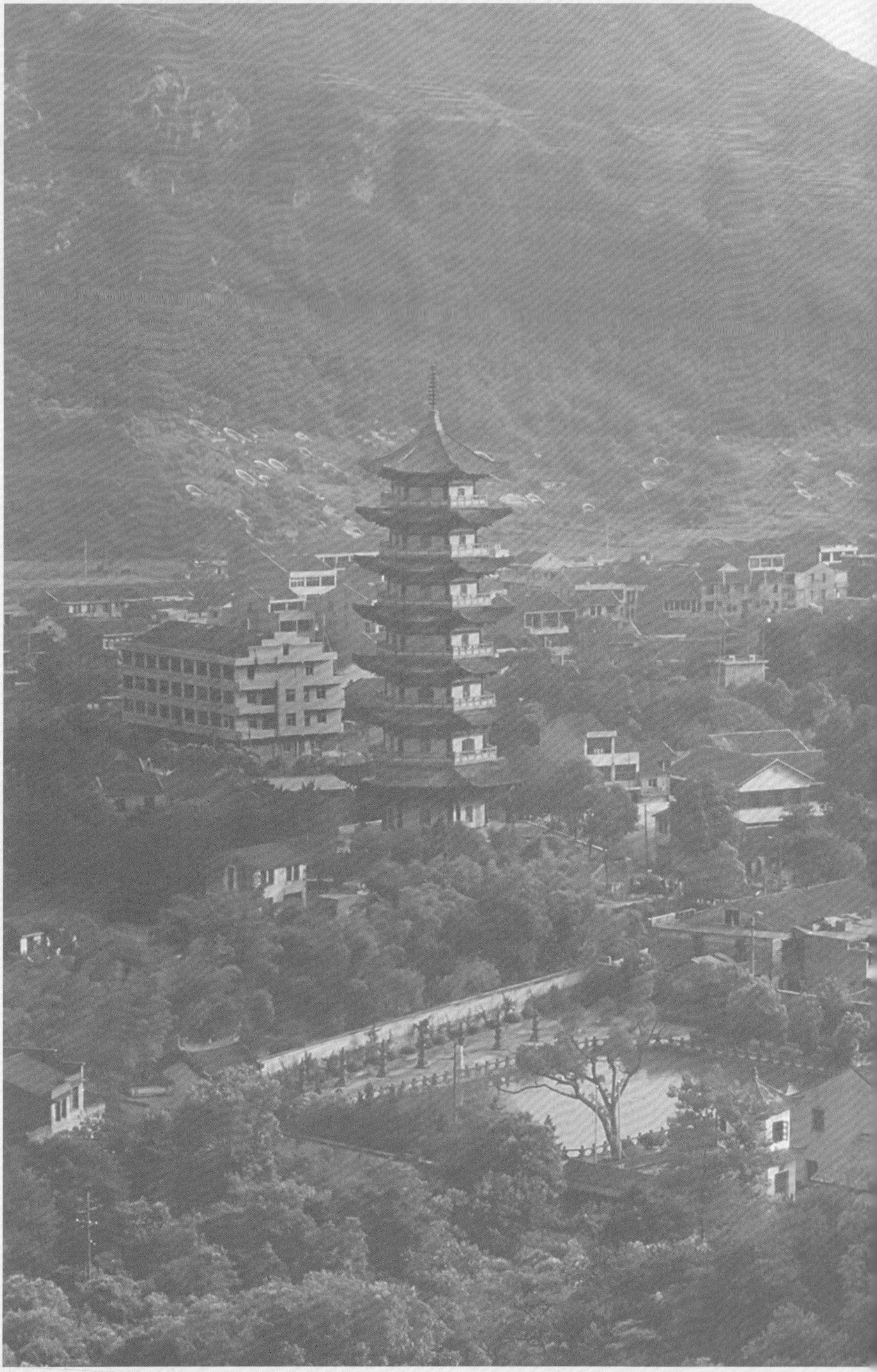

在温州的朱自清先生

叶兆言

朱自清旧居上演南戏（陈翔 摄）

一片繁华海上头

1923年8月,朱自清先生途经南京。两个月后,以此次经历,写了一篇散文,这就是著名的《桨声灯影里的秦淮河》。她实在太有名,南京人应该都读过,不止南京人,还有太多外地读者,也一定知道这篇文章。大家可能不知道,《桨声灯影里的秦淮河》写的是南京,却是在温州写的。

当时的朱先生是温州一名中学教师,不折不扣的文学青年,喜欢写作。他在温州的时间并不长,作为一名普通中学教师,和今天在中学里教着语文,同时还喜欢写写诗歌的那些语文老师,并没有太大区别。这时候的朱先生二十五岁,大学毕业没几年,谈不上太多工作经验,虽然已结婚,有儿有女,文风还有点幼稚,不过谁也不会想到,他的文章一出手,就都成为传唱一时的名篇佳作。

我对在温州的朱先生踪迹,一直有着一种莫名好奇。为什么他会来到温州,为什么文学生涯会从温州开始,在这里又经历过一段什么样的生活。很显然,温州是朱先生的文学福地,他从这里开始了自己的文学之路。时至今日,你如果到了温州,想寻找朱先生的踪迹不困难,他的旧居还在,已布置成为陈列馆,对外免费开放。在这里,可以看到他的生平,可以追溯他在温州的过往,看到他当年的老照片,看到他的珍贵手稿,还能沿着他走过的旅游路线,步入消失的历史之中。

在江苏扬州,在朱先生真正的老家,其实有一个"朱自清故居"。不过我更感兴趣,还是在温州的这个旧居,还是他当年在温州留下的踪迹。为什么呢?因为在温州,你可以看到朱先生的文学起步,看到一个作家的草创时期。毕竟这里才是一只文学母鸡初次下蛋的地方,说起来十分可笑,我始终按捺不住这份好奇之心,非常好奇他为什么一出手就能经典,就可以刻碑勒铭,就能够流芳后世。

已经到过好多次温州,温州很大,给我的印象,总是在温州城周围乱转,转不完。粗略一算,不会少于六次。第一次是游楠溪江,真的是中流击水,连游泳裤都没有,穿着普通短裤就与东道主一起去戏水。记得还参观了当时很火爆的报喜鸟服装厂和红蜻蜓鞋厂。那是很久以前的事,后来又专门去过苍南,去过文成,去过瑞安。温州人喜欢读书,有一个很独特的读书会联盟,仅仅为了参加这个组织的活动,又单独来过两次。每次到温州,照例都是客随主便,来去匆匆,组织方如何安排，便老老实实地怎么出行。

这次有幸参加林斤澜短篇小说奖颁奖，又一次到了温州，我很吃惊，竟然会住在两个月前的同一家酒店。再想去楠溪江游泳已不可能，酒店里有个很不错的泳池，我成了唯一的泳客，偌大泳池就孤家寡人在独自来回，真是豪华和奢侈，又不免几分寂寞。似乎没人会像我这样，在匆忙的会议之中，还有闲心去泳池戏水。仰泳的时候，看着屋顶镜面上自己的身影，看着清澈的绿油油的池水，不禁想到行程中即将要去的仙岩风景区的梅雨潭，朱自清先生当年曾经在潭边流连徘徊。

立刻有点浮想联翩，又想到了朱先生的一生，想到他与我们家的关系。我父亲还是个小孩子时，喜欢跟着哥哥姐姐一起写作文。写了作文，最后又一起出书，这本书是请谁写的序呢，是朱先生。朱先生出于鼓励，对父亲评价很高，说他"虽是个小弟弟，又是个'书朋友'，他的观察力和记忆力却骎骎乎与大哥异曲同工""真乃头头是道，历历如画"。父亲后来真的就以写作为生，虽然不能说是前辈朱先生促成的，虽然没有取得太大成功，但是父亲一辈子都在写，都在断断续续地写，甚至在生命的最后尽头，在病床上，还说过要写自己父辈的老先生们，要好好地写写前辈，可惜这些愿望没来得及完成，突然撒手而去。

我对朱先生谈不上太多了解，无法与那些研究专家相比。知道很多事，有不少印象，只是来自家庭。父亲喜欢说，伯父和伯母也喜欢说，当然祖父也说过。事实上，祖父的文章中不止一次提到过朱先生。基本的印象就是，朱先生是祖父的好朋友，他们在一起编教材，编过《略读指导举隅》，又编过《精读指导举隅》。当然我印象最深的，是以朱先生为代表的一代人的努力，是他们对语文教育的执着。在还不太懂事的时候，我就知道朱先生的文章写得好，知道他早期的文章很有名，非常有名，也知道他后期的文章更棒，语言更精美，更纯粹。

温州的仙岩风景区，离市区还有十多公里，走高速公路不算太远，如果要靠两条腿走过去，并不容易。我不知道朱先生当年怎么去的，他的文章中没有说，只说自己去了，感觉非常好，不久又去了第二次。有没有第三次不知道，反正他写过一组散文《温州的踪迹》，其中的第二篇《绿》，写的就是去仙岩风景区中的梅雨潭。这篇文章收入过小学和初中课本，可以说家喻户晓。这次有机会去仙岩风景区，此前虽然没去过，有朱先生的描写在前，对这个仙岩风景区，我充满

仙岩（郑高华 摄）

在温州的朱自清先生踪迹

了期待，颇有旧地重游的意思。

季节也是非常好，不冷不热。山并不高，一行人走着走着便到了。出于对文章的熟悉，我仿佛又一次见到了老熟人。梅雨潭的风景很美，青山绿水，清泉哗哗在流，经过朱先生的描写，自然是美上加美。美从来都是主观的，你必须要觉得它美，美才会表现出它的美来。事实上，我来这里，不是为了这边的风景优美，而是因为朱先生来过和写过。

遥想当年，文学青年朱自清就是在这有感而发：

我的心随潭水的绿而摇荡。那醉人的绿呀！仿佛一张极大极大的荷叶铺着，满是奇异的绿呀。我想张开两臂抱住她，但这是怎样一个妄想呀。

在朱先生心目里，眼前这潭仿佛一片荷叶的绿水，像少妇拖着的裙幅，像跳动的初恋的处女的心，像所曾触过的最嫩的少女的皮肤，像涂了明油的鸡蛋清，像温润的碧玉。我很吃惊一直给人印象十分严肃的朱先生，当时会产生那样的联想，除了以上的丰富联想，还会进一步写出那么大胆的句子：

我舍不得你；我怎舍得你呢？我用手拍着你，抚摩着你，如同一个十二三岁的小姑娘。我又掬你入口，便是吻着她了。我送你一个名字，我从此叫你"女儿绿"，好么？

多么美好的青春岁月，不只是青春，应该说是青葱。已婚青年朱先生竟然会那么文学，会那么浪漫。这些既闪光又幼稚的文字，与后来文风老道的朱先生，显现出了完全不一样的成色，完全不一样的含金量。一个是爱好文学的青年语文老师，一个是顶级大学的教授和中文系系主任。如果只是论影响，朱先生早期作品，篇篇都是名篇，都为大家熟悉。然而说起汉语的精练，说起娴熟和包容，显然是他后期的作品更出色。早期作品的名声太大了，朱先生一生所致力的语文教育，他在文字修辞上下的那些功夫，往往会被大家所忽视。

在仙岩的梅雨潭边上，竖着一块石碑，上面刻写着朱先生《绿》的片段。自古以来，刻碑勒石，都是一种高规格纪念。以朱先生的文学成就，他完全可以享受这种待遇。反过来也可以说，是梅雨潭给了朱先生文学灵感，假如朱先生没有到过这里，没有在温州开始他的散文创作，没有在这写下《桨声灯影里的秦淮河》，没有写下《温州的踪迹》，那么很可能，甚至可以说是一定，就不会有后来大名鼎鼎的朱自清。

在温州追寻朱先生早年踪迹，读一读他在那个时期写的文章，显然是对他最好的纪念。温州人说起前贤，说起朱先生与温州的因缘，说起他的遗泽余荫，总是不免得意和自豪。我在温州期间，既能充分体会到本地人对朱先生的敬仰，对他曾在温州生活过感到自豪，同时也能感受到大家对《温州的踪迹》中《绿》这篇文章，从语文课本中消失而表现出来的不满。对于当地政府和老百姓，对于旅游部门，语文课本中的文章，无疑是最好的推广，最棒的广告，温州人民的失望完全可以理解。

事实上，纪念前贤的方式应该有很多种。伏清白以死直兮，固前圣之所厚，到了温州，重读朱先生的《温州的踪迹》，重读这组文章中的《绿》，掩卷而遐思，再比较他后期的散文，对后来的写作者而言，可能更有教学意义。以本人为例，我得益于朱先生，更多的并不是他的前期散文，朱先生前期散文写得好，都是响亮的名篇，但是瑕不掩瑜，在文字方面的缺陷，还是相当得多，还有很好的上升空间。譬如《绿》这篇多次被收入课本的范文，仅仅是一小段文字中，就用了六个"便"，用了八个"了"。这么多的"便"和"了"，破坏了文章的节奏，显得多余，如果全部删去，不仅不影响内容，还能让文章更加简洁。

朱先生从温州开始了写作，前期的散文是经典，对有志写作的后来者，对希望提高文字能力的人，更应该去精读他后期的散文。朱先生一生都在认真解决自己前期散文中的语言问题。他的这种不懈努力，对所有写作者都有非常重要的指导和警示作用。朱先生后期的《语文影及其他》，是一本让人茅塞顿开的文集，它曾给过我太多的语言技巧方面的提示，强烈建议大家能找来读一下。类似表述在前面肯定已经说过了，我忍不住还要再啰唆一遍。如何让文章变得更干净，更纯粹，怎么把能删去的字都删掉，这种文字处理技巧，恰恰就是朱先生教给我的。

在温州的朱自清先生踪迹

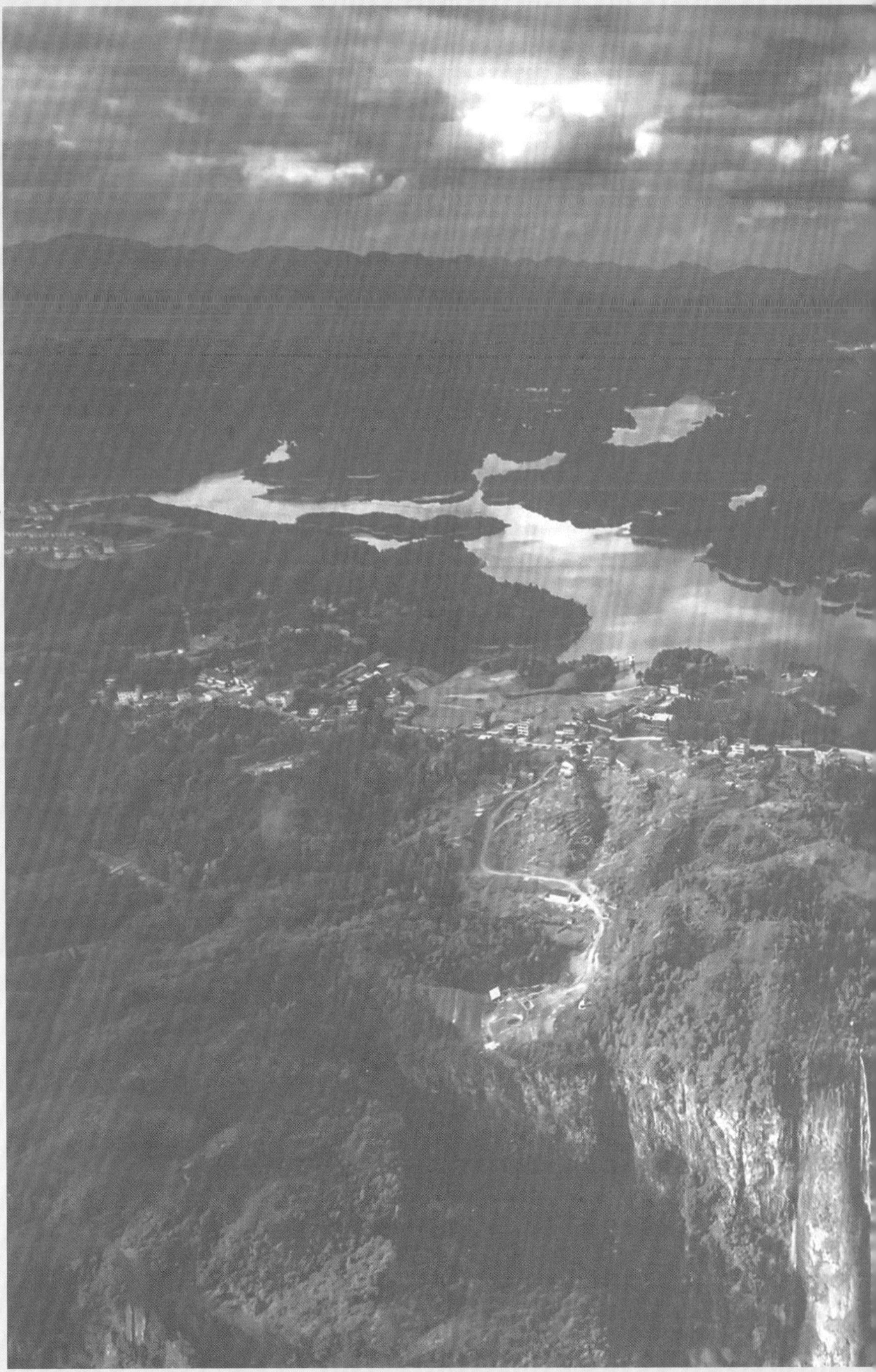

温州：温润如玉

陈世旭

文成百丈漈飞瀑（邓剑锋 摄）

多次去过浙江。印象中,越地几无崇山峻岭。目之所及,都是那么文质彬彬,谦卑自守,由葱茏茂盛的绿树半遮半掩着,由阴柔秀丽的碧水回环缠绕着,儒雅敦厚,温润如玉。

乐清雁荡山,"山顶有一湖,方可十里,水常不涸,春雁归时都宿此,故名。"(明·陈仁锡《潜确居类书》)岩、石、洞、瀑、潭、泉、溪、涧、湖、峡,难以计数。其中给我留下最深印象的是瀑布的秀丽。最著名的大龙湫、小龙湫和三折瀑,不以大取胜,而是以优美的姿态动人:大龙湫终年不息,随季节、晴雨的变化而不同。瀑布从半空悠悠飘忽,雾随风转,在阳光照射中出现绚丽长虹。唐诗僧贯休有"雁荡经行云漠漠,龙湫宴坐雨蒙蒙"句;清代袁枚的《大龙湫》说是"五丈以上沿是水,十丈以下全是烟";三折瀑是同一水流历经三处悬崖,成为上中下三个飞瀑。中折瀑周围的悬崖,有如一个半圆的洞穴,水从洞顶泻下,轻盈、柔美、娇媚、婀娜,如佳人翩跹。

雁荡山的洞壑多而奇特。朦胧山色中远观合掌峰,因角度不同而其景异焉,或似巨鹰蹲于崖巅,或如情侣窃窃私语。沿着一条平坦的石子路,缓缓行走,各种姿态的奇峰怪石就纷然来至眼底,这可说是龙湫景区极是可人的特点。

然而,以为雁荡山面目仅止于此,则是大谬。雁荡山是一座绵延几百里的山脉,有东、西、南、北、中之分。

东雁荡断崖峭壁,犹如刀削斧劈,连绵几公里展开惟妙惟肖的岩雕画屏;西雁荡以群瀑、碧潭、幽峡、奇岩为其特色;南雁荡山顶沼泽,即为大雁栖息地;最为人称道的是中雁荡,既挺拔又不失温柔。青松翠竹间,峰、谷、云、水浑然一体。宋朝王十朋谓之"十里湖山翠黛横,两溪寒玉斗琮琤"。登峰可极目千里观东海日出,歇息可柳荫垂钓,碧波泛舟。高峡平湖,峰奇石怪,自然造型优美,空间组合协调,蔚为大观。

这样一座奇特、秀丽的高山,自古以来的地理图谱表籍上皆无提及。直到宋代,因为修建道观开山伐木,方为人所见。山水诗鼻祖谢灵运永嘉太守任上,几乎游遍了永嘉一带的所有山水,唯独没有提到雁荡山,盖因为其时尚未有雁荡山之名哉。

世间因有意无意的闭塞而湮没的决胜之美乃至旷代之才原不知几许，致黄钟毁弃，瓦釜雷鸣，如之奈何。

文成百丈漈从绝壁飞流直下，高处是一片丰腴神奇的平原，这里的田亩千年不旱万年不涝。

南田就在这片平原上，是大明元勋刘基的故乡。

恰值正午，日光灿烂箭镞般锐利，古树下枯坐的老者苍黑一如虬枝。"帝师"与"王佐"的牌坊巍然高耸，斯人却不知魂归何处。唯村背镌刻了《郁离子》的水岸长廊或可流连。那一年，刘基就是从此迈过单拱的石桥，走出青山，走进苍茫江湖。

帷幄运筹决胜在千里之外，雄图霸业在谈笑挥斥当中。而人生，最终不过是一场宿醉。年十四即从师受春秋经，"默识无遗"。居元之乱世，为官却刚毅不避强卫，以谠直闻于同僚，不惜退隐，具战国豪士之风；按时序名列吕望、张良、孔明之后，尽心辅佐，出谋划策，西平江汉，东定吴都，然后席卷中原，一统天下；精通易学，识整体，辨阴阳，明天道，观气象，知象数。天文、地理、兵法、谋略，皆了然于胸。《推背图》和《烧饼歌》盛传于民间。宏观天下，洞悉变迹，掌握先机，能测未来天下大势流变恒数百年。一生都在为戏剧的一个又一个高潮埋下伏笔，最后的谢幕却依旧未免让人慨叹唏嘘。

一个智者对前后五百年的沧桑洞若观火，却似乎未能预见自身的命运。

他曾是那么爱恋并且歌吟过自己的故乡：

悬崖峭壁使人惊，
百斛长空抛水晶。
六月不辞飞霜雪，
三冬更有怒雷鸣。

百丈漈峭崖，有如背负长剑的孤客，落寞在天涯，兀立成一种悲壮。霜雪和怒雷，打在刘基身上，也打在我们每一个人身上。

我看青山多妩媚，料青山见我亦如是。

难道必须到了饮恨苍天的时候，才能完全明白：一个人真正的、最大的聪

一片繁华海上头

文成百丈漈飞瀑（吴志伟 摄）

温州：温润如玉

明，其实是甘于平凡与寂寞？而天地间最可托付的，永远是大自然的怀抱？

永嘉楠溪江颇具陶渊明笔下桃花源的神韵。悠悠三百里，群山环峙。水秀、岩奇、瀑多、村古、滩美、林秀，在无数顶级风景中以田园山水风光见长。

唯美的自然景观与丰富的人文景观让古老的盛名独步江南。山水、田园、永嘉学派……为永嘉注入钟灵毓秀的灵魂。

下午，坐竹排在楠溪江漂浮，日如赤鸟，静穆在远山之巅。江上霁起，彩虹见于中天。庶几夜色温柔，沙岸与青山渐次朦胧。水面辽阔，水流飘逸，两岸江枫渔火时明时灭，树丛中的村庄时隐时现，晚归的渔家把诗情画意挥洒得淋漓尽致。是诗？是梦？莫可名状。

民宿处于山谷，枕于流水，讲述着时间的故事，细节的品质从命名开始：有小资的"遇见"，有俗世的"邻里"，有老者的"等烟雨舍"，有村姑的"楠溪花开"……纯粹的农家小院，青瓦白墙，榫卯实木的老屋，石垒围墙，石板铺路，竹篱下，野花肆意盛放。周围的梯田种着应时的蔬菜瓜果……或于木质步道，踏月徘徊；或于卷帘楼头，临窗而歇。简朴清淡的茶室，壁上墨梅数枝，案上清茗一壶，长箫古筝消尽万古愁……安坐蒲团，与老友叙旧，叹韶光易逝，人生无常。或相对而默，闲看落花，任落地窗外隔岸玉簪如屏，山岚起伏，任时光像无所事事的贵妇，慵懒踱过。不食人间烟火却又食尽人间烟火。

苍南望州山，突起在沿海平原；鹤顶山，山势如鹤顶；澳后村落，因多雾而称雾城。澳口东有凤山、西有龙山，曰"龙凤呈祥"。蒲壮所，明代抗倭城堡至今完整。寻千户，忆旗军，上辕台，不见烽火，空有凤弯燧。海浪拍击城垣，旌旗几度飞扬。月牙形的雾城岙沙滩，时常白雾缭绕，消弭了剑影刀光。

最是渔寮，海阔，浪缓，水碧，沙净，是中国东南沿海大陆架上最大、最平的黄金海滩。王孙村，集山光水色之大成：

音乐石，以小石击之可奏出音色优美的乐曲；十六奇礁，象鼻岩、狮头岩、龙头嘴，海上神龟，大小峡门迤逦而行；一年一度的观海节和沙滩音乐会，让海洋成了舞台；渔家的生猛海鲜，有恐龙时代的海生动物；黄杨木雕、彩石镶嵌、瓯绣、金版画与细纹剪纸，展示了苍南人的心灵手巧。

如果说温州是一幅青绿山水长卷，那么苍南的海湾，是长卷浓墨重彩的收笔！

温州山水兼胜，乐山仁者、乐水智者，皆乐而忘返。而仙岩梅雨潭，是我最愿意静静坐下的地方。

满世界是绿的清纯，水的柔情。升仙岩拔地而起，"凌风生羽翰"，也生出无尽的想象：

想象轩辕在这里修炼成仙，乘龙飞去；想象二十五岁的朱自清，在这里留下青春的心声；想象现代楼群下的老街区：茂林修竹的南戏故里，九山书会的铿锵说唱，墨池坊沿壁绵延的古书画，文艺苑穿楼而上的玉兰树，菜摊的新鲜、鱼档的海腥和灶火上的棕香。

也许是走过了太多的山山水水，经历过了太多的风尘仆仆，最喜欢宁静的风景。行到水穷处，坐看云起时，胸膛盛下一生的回声。路途有多漫长，思绪就有多遥远。

人生的每一次出发，也许并没有把目的想得十分清楚，懵懂只道是追求诗和远方。然后经历了大喜或是大悲、大胜或是大败，于是渴望有一个地方与你安安静静地相守，同声相应，同气相求。

于是，终于有了这一天，你感觉到自己找到了心灵栖息的归宿。

沉思中听到寺院的钟声，心灵释然如沐春风。真实的人生其实真的是这样简单。曾经追逐的一切，在凝望绿水青山的那一刻，变得如此淡然。

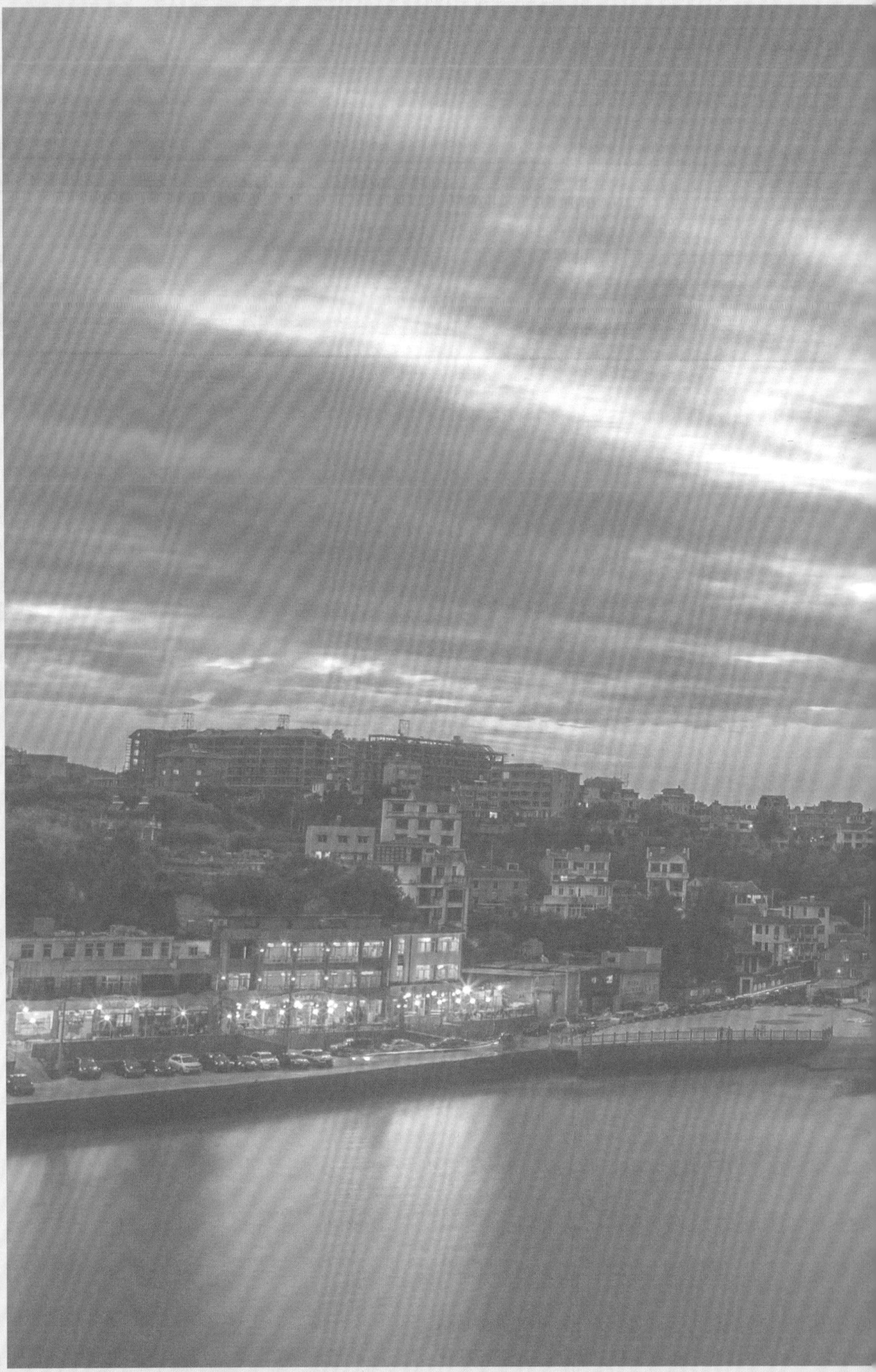

诗·岛·人

沈苇

"海上花园"洞头（苏巧将 摄）

一片繁华海上头

洞头的302座岛屿，随意撒在东海近海和远海的洋面上，大大小小、三五成群地漂浮着。在台风和季风时节，以及每天两次的潮涨潮落中，302座岛屿就像302艘船只，颠簸，沉浮，似乎随时会变成下一个亚特兰蒂斯。除了本岛和不多的几个岛屿，大部分岛屿无人居住、人迹罕至，构成不为我们所知的自足世界。有关捕鲸者和幽灵船的传说，早已葬身大海，大海也抹去了移民先祖和海盗们的来路去踪。

风平浪静的日子里，海平线像一根时针静卧不动，每一次眺望都令人凝神又失魂。日落日升，似一枚恐龙蛋，有时搅动记忆中的风暴眼……

离岛不孤，只是一个祈愿、一种祝福。海岛生活，有着一种与生俱来的孤寂感和游离性，以及波涛般命运的不确定。"五桥连岛"于2002年竣工，其实是"七桥连岛"，用七座跨海桥梁串联起洞头岛、三盘岛、花岗岛、状元岛、霓屿岛五座大岛和中屿岛、毛龙山岛、浅门山岛三座中岛，这是用人工将群岛半岛化的一个创举，一个缓慢而成的过程。在"五桥连岛"贯通之前，由于交通不便，大陆对于大多数岛民来说，是远的、生疏的，是另一个可望而不可即的世界。讨海人和他们的后代更多将目光投向东海：平静的海，发怒的海，神秘的海，渊薮般的海，他们的牧场与耕地、坟茔与摇篮、宿命与新生……仿佛那里，有一个混合的声音在回旋、徘徊：看哪，这"自由的元素"（普希金），这"死者永恒的摇床"（兰波），"如同没有回声的传言——一部史书刚刚开篇"（沃尔科特）！

就像我在新疆沙漠边见到的原住民一样，岛民们有一种天生的沉思默想的气质，心思缥缈又神情淡然。就生死拷问和终极启示而言，大海与瀚海的确有某种共通之处，然而，大海更加喜怒无常、不可捉摸，也更加令人敬畏、悲欣、百感交集，因为，按照希尼的说法，大海是一种"非宗教的神力"，海上归来则如大病初愈，"我终于抓住了它（岛屿）"。故而，对于今天的岛民来说，海岛既是被限定的生活场域，又是他们坚固的防护堤、汪洋中漂浮的救生圈。

这似乎就理解了，也回答了：为什么人口只有十多万的洞头，却诞生了一个两三百人的诗群。这在全国范围内，也是一个独特而罕有的文学现象。群岛诗人在纸上、互联网上建设他们的"诗歌群岛"，为大海注入现实、记忆和想象，并怀抱沃尔科特式的梦想——"去寻找历史"。作为老大哥的亦金、沙漠等，至今仍在热心张罗1998年成立的诗歌协会的工作；女诗人施立松转向散文创作，成绩不凡，但不忘诗歌初心，每年仍有诗作面世。其中作为核心群体的"海岸线青年诗群"，大多是80后、90后"渔后代"：余退、北鱼、沙之塔（王静新）、叶申仕、谢健健、水之光（余娟娟）……他们性格安静，待人诚恳，少言寡语的时刻，看上去就像海边天然成长的一株植物、一块礁石，下笔时，却是波涛激荡、风云际会。

余退是一位"渔三代"。曾祖父一代，家族五口男丁死于一次海难。这对于整个家族，是毁灭性的打击。在曾祖母和曾舅公悉心照料、操持下，家族香火得以延续，可谓劫后余生。到了祖父一代，开始离海上岸，发生了从"讨海人"向"手艺人"的演变。祖父是一位缝制船帆的工匠，当时全县的大部分船帆都出自他及家族其他人之手。外公也是一位能工巧匠，善于讲故事，十七八岁时就用收集的废旧木料造出了人生的第一艘船。父亲是洞头出名的理发师，母亲嫁给父亲后，也变成了理发师，染发、烫发的技术十分出色，两人开了一家本岛闻名、生意红火的夫妻店。

"我意识到，我也不过是和我祖父、父亲一样的手艺人，只是我所使用和处理的是语言。"在语言手艺人余退看来，"永不静止的海水装着马达"，无论海洋记忆，还是家族记忆，需要用一颗心去承载——大海是显在的，又是隐在的，似乎还在向内坍塌："每一寸海水都在变成皮肤／每一寸皮肤、骨骼／都在继续向内坍塌／坍塌到只剩下一颗跳动的心"（诗集《夜晚潜泳者》的同名诗）像隋炀帝的"迷楼"、兰波的"醉舟"一样，语言手艺人的使命是重新发明并制造一艘"迷船"和"幻舟"，心怀造船的冲动，动用能收集到的一切残物：古船木、沉船的家具、断了的缆绳、锈迹斑斑的铁锚，还有家谱内翻出的一面被遗忘的布帆。重新拼接一艘"迷船"，不再忠实于原型，只是听从了创造的召唤，"我用钢筋焊接龙骨／将我的手稿打成纸浆粉刷船体"……

像大多数海边长大的人一样，余退对海洋的感情是复杂的，大海在他眼里不是单一的，而是一种多重的、复合的存在。他不太喜欢渔船散发的浓烈的鱼腥味，也不熟悉船上的生活，大海凶险难测、令人畏惧，但同时养育海岛居民，渔家的孩子对大海永远都恨不起来。"空闲时，我喜欢到海边闲逛，爬上礁石，在无垠之前感受空寂、渺小，人仿佛消失了一般。大海，依旧在无知无觉地吞噬又接纳一切。"海边闲逛的诗人是一位手机摄影迷，用"第三只眼"拍摄汹涌或平静的海浪、五彩斑斓的礁石以及鱼骨、珊瑚、贝壳的碎片等。他的诗中，出现了许多观察、凝视和"看"的成分和细节：水泥地上，晾晒的海带慢慢变薄，缩成一页页半透明的经书；破损的渔网，逃脱过凶猛之物，像大海愤怒的伤口，留下一部"空洞史"；渔民老彭曾看见甲板上开膛去肠的鳗鱼跳回东海、游走了，诗人却在一盘红烧小鲍鱼中，看见忍受住高温的一只仍在汤汁中蠕动……

北岙镇埭口村，现北岙街道繁荣社区，11弄56号，余退带我和几位诗友去看他出生的"虎皮房"——四间两层的石头房子。老屋久未人居，孤单落寞，但依然坚固敦实，仿佛能够与风蚀雨淋和时光的磨损一直抗衡下去。老屋前，以前是大片的水稻田，现在是新建的居民区。左侧，一口清代古井，据说开挖于光绪初年，已有150年历史，井水仍为附近居民饮用。右侧，在楼房夹缝间，升起一棵利剑出鞘般的枯树，黑而怪异。屋后一座小山，山上有一片墓地，与老屋近在咫尺，看上去有些年代了。"墓地是我们的儿童乐园……"余退说。小时候，他常和小伙伴们在墓地里捉迷藏，用烟盒玩赌博游戏，用捡来的枯树枝、干透的树根点火，烤红薯吃，性子火暴的，常在墓地约架，打得烟尘四起、天昏地暗，直到大人们出来干预为止。在孩子们的世界里，生死本是一体，鬼和神都是生者世界的一部分，能够被近距离和零距离地认知，相互对弈又和谐共存。

两位小孩坐在墓顶对弈。墓中人

被静寂的厮杀惊扰,他听一位孩子说:

观棋的鬼魂靠近谁,谁就会赢

他笑了:赢了又如何?这消极的想法

阻止不了强烈的明媚。当累了

残局里的兵卒,在镀金的墓顶划拳

两位孩子在忙着挥舞

断树枝,刺杀夕阳——

所有的荒凉收留我们

在那里,荆棘花也在传授如何从

葬魂地取暖——

这是后来很难上到的美育课

——余退《墓顶弈棋》

  1917年,担任北大校长第二年的蔡元培,曾提出"美育代替宗教"的教育主张,因为在他看来,美育是自由的、进步的、普及的,而宗教是强制的、保守的、有界的。余退们的早年墓园"美育课",大概是今日"诗歌课"的先声与发端,也可视为最早的诗学训练。如果说,洞头岛上人鬼神的和谐共处是一个人类学、社会学和精神生态学的实例,那么,美育与诗学、与信仰,也是一种三位一体的奇异共存。"诗人"与"寺人"相比,多了一个"言"字,这世上,也就多了一些"修辞立其诚"的以语言为生的人。

  虎皮房后,有寺存焉。绕到余退家老宅后无名小山的背面,有交叉坡道和一条可以行走的古堤坝,堤坝内古堤塘,建于清雍正五年(1727年),300余亩垦田,是洞头先民围垦造地的历史见证。如今堤塘内,拔地而起的是一座庄严恢弘的寺庙——中普陀寺。寺内万佛塔,与不远处山冈绿荫丛中升起的海会塔(骨灰塔),相互呼应,寺院大殿之上的观音阁即将建成,很快会形成三塔

一片繁华海上头

并起的壮观景象。向东山坡上，还有大士爷庙、孔庙和盘古殿，相距甚近，盘古殿楹联"混沌初开功业茂，乾坤始奠化成资"，言辞比较通俗、粗糙，但颇具气势。这一方寸之地，竟容纳了三座高塔（阁）、四座大小庙宇，可谓壶里乾坤、芥子须弥。这一实存的奇观，正是洞头名目繁多信俗的一个缩影。

在我看来，生于斯长于斯的海岸线青年诗人，拥有两个启示录式写作背景：一是大海，二是信仰，两者互契。

据洞头本土学者邱国鹰先生调查、统计，全岛列入温州市级以上非遗名录的民俗类民间信仰，共有26个，其中国家级的有"妈祖祭典"，省级的有"七夕成人节""东岙普度节""陈十四信俗""迎头鬃"等五个。经世代赓续传承，洞头形成了一个普适性、全民性的海神信仰系统，各海神又或多或少融入了儒释道三教观念。位居神祇谱系首位的是妈祖，俗称"海神娘娘"，海上平安保护神，其次是妇幼保护神陈十四，她们都是羽化成神、人格神化的海神。洞头现有妈祖庙14座、合祀庙30座，陈十四庙20座。"人们信仰妈祖，希冀妈祖能救援海难，护佑航行平安。海难的不可预知性，也使其更加注重血脉的延续，寄信念于生育女神陈十四娘娘之上，希望永葆香火兴旺。天地水三官、财神爷、灶神爷、土地公作为中国民间主赐福和赦罪的神灵，在洞头神祇圈中，成为渔民祈求财福两旺、鱼虾满舱的对象。就连盘古、女娲和齐天大圣，也成为海神谱系中的一员。"（陈慧敏、刘旭青：《洞头妈祖信仰的文化考察》）

我和北鱼，从杭州出发，坐两个多小时高铁，到达温州。然后又坐小车，经瓯江口、"五桥连岛"，到达洞头本岛。这是三年疫情后，"新杭州人"北鱼的首次还乡。夜已阑珊，东沙渔港内正在涨潮，潮汐发出有节律的哗哗声……他的诗歌兄弟余退、谢健健，用手机照亮山路，将我们迎进纳山纳海民宿。久别重逢，夜酒是必不可少的，诗的话题也是必不可少的。这是我第二次到达洞头，第一次是2020年秋天参加余退策划的海岸线青年诗会，这一次，则专程采访海岸线青年诗群而来。

翌日一大早，我和北鱼去了山脚下的东沙妈祖宫。这是浙江省现存规模最大、构建最完整的妈祖庙。背山面海的"虎皮房"，坐北朝南，古朴雅致，色彩斑斓，如同依托自然落成的"童话宫殿"。宫内以妈祖神像为中心，两则各站一名金童玉女，神像前还有四艘海船（其中一艘为现代军舰）、四尊威风凛凛的保护神。信众大多为中老年女性，比我们起得更早，已在点香跪拜，供奉各色祭品，宫内热闹又庄重，有一种介乎神圣与世俗之间的喜乐感。引人注目的是一块湄洲祖庙圣石、三根数米长的鲸鱼肋骨，从中可想见这座宫庙的历史和地位。

在北鱼看来，洞头的民间信仰有一种模糊性和泛灵色彩，甚至还有一种类似北方萨满教原始信仰的成分在里头。记忆里，两百多平方公里岛屿面积的洞头，几乎每一个岙口都有一座庙，有的供养佛像，有的供养道教的神，有的供养羽化仙的神，有的供养历史上的真实人物，有一个村里，甚至供养马和鹿为神灵。"小时候，大人们总在提醒孩子，离大海远一些、更远一些。同时，有一些神秘兮兮的小庙，也不让孩子们接近，因为里面供养着凶神恶煞。"牵㰀，曾是洞头特有的信俗仪式，是专为海上遇难的人超度亡灵的，如今几乎失传。

北鱼的家乡在本岛西南的大瞿岛，是一个外岛，说它大，是相对于中瞿岛和小瞿岛而言，其实只有 2.3 平方公里，有 3 个自然村，两个山下的渔业村，一个山顶以林业和农业为主的自然村。农业很难养活人，山顶的自然村早已解散，搬到山下的渔业村了。这几年实施"小岛迁大岛"计划后，大部分渔民迁居本岛，但仍有部分渔民在渔季前往小岛短暂居住。北鱼出生于两个渔业村之一的蜡烛台门村。岛上缺水，能种活的口粮只有土豆、红薯、玉米。"一年四季吃鱼，鱼是菜肴，也是主食。红薯，洞头人叫'安子'，是人们的最爱，做法有十多种，有一道叫'团结一致'，在加水搅匀的红薯粉中加入肉丝、鳗鲞丝、梭子蟹膏、花生等佐料，煮熟，冷却，成块，两面油煎，十分美味可口！"在海边大排档，尝之，果不其然。

外岛—本岛—大陆，洞头—温州—北京—杭州，中学—大学—工作……北鱼的迁徙离海洋远了，乡愁浓了，海岛记忆却越发清晰了。在杭城定居后，他与卢山、敖运涛等创办了"诗青年"诗社，两次发起"诗青年"公益出版项目，与海岸线诗群的青年诗会、两岸诗会、诗歌沙龙、诗歌岛建设等遥相呼应。他常听到东海传来的"鱼声马达"，"当它哒哒作响／故人的信就从云中飘下来"；他记忆中的大海是一条"蓝色被单""一个在海边投寄童年的旅客／海浪起伏……这样一条／蓝色被单，盖着鱼群和溺亡者的鬼魂"；他将潮汐认作故乡来信：

一片繁华海上头

来时速写的追忆片段，多年后
如假消息淤积在喉，沙滩卵石堆叠

未能寄出的信，又高一尺
快要超出我的强度了

而肌肉松垮，源于我咽下难以消化的数行
我说玻璃碎片，你要继续对瓶口隐瞒

像大海隐藏更深处的蓝
告诉世人的，唯吞吞吐吐的海岸
——北鱼《潮汐来信》

与北鱼的迁徙有所不同，1997年出生的谢健健仍是海岛定居者，却是一位不断去向大陆、远方和边疆的"旅人"。这些年，他游历的包括西藏、甘肃、云南、贵州、广东、福建、重庆、江苏、安徽、上海、湖北等地，他将自己的旅行称作"游学"，游学各地，浪迹天涯，看世界如读天地人生之书，往往独身一人，很少与人结伴。"我想要脱离海岛带来的影响，到外面的世界看一看，再回来坚持我的生活，我不想被海岛困住。"有一次，在云南松赞林寺，他跟随采菌人，翻越腐木栅栏，去了附近的天葬台，"'大群的秃鹫折返在天葬台森林之上……'注视死亡的时候，他也在思考死亡：'当死者被鱼或秃鹫吃了，他们的生命会不会以另外一种方式延续，但真正的死亡可能不是死亡本身，而是被遗忘。'"（刘璐《在互联网上写诗的年轻人》，澎湃新闻，2023年2月21日）。

"我热爱边疆地区，从不同族群身上能够更好地发现自己。旅行已成为我创作的一种灵感来源，一种体验的方式，一种'生活在别处'的可能——不断地路过他者，成为他人，成为自我。"谢健健对我说。

谢健健的父亲是一名海上厨师，做得一手好菜。记忆和想象中的父亲，总

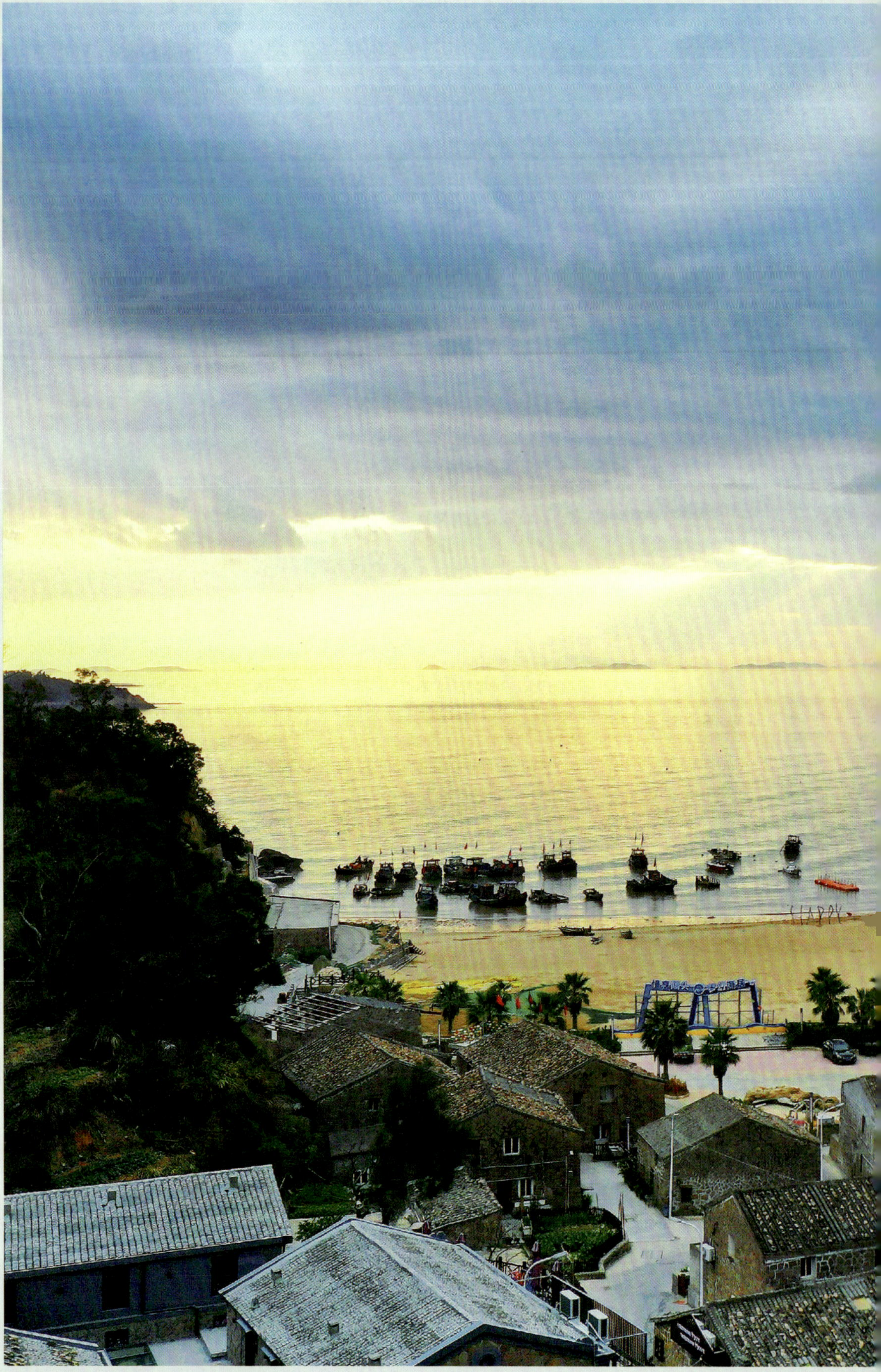

洞头区隔头村百迭沙滩（林军伟 摄）

在遥远的公海，在无垠的江洋中，在海上厨房一直忙碌，而大船已经废弃……因为父亲的缘故，他感到自己已在大海生活多年。"……月光拉长了父亲休憩的影子／他蹲在天线旁，正敲击着属于他的／莫尔斯电码，然后回餐室躺下／他梦见以后，一个他人世的影子／他的儿子也来到船上，并在虚无中／捕捉到他前一刻留下的讯号。"（《海上餐室》）

也因为父亲的缘故，更因为对父亲的等待，谢健健的诗，常在"出海"与"返港"之间形成显著的张力："在海上，雾兽像一张熟悉的脸／张大了嘴巴等着捕食钢铁"（《返港记》）。他将自己比作一个"旧时代端正誊写书信的游魂""你多爱那刺耳长鸣，带来人间的音讯"（《邮轮港》）。一位青年岛民，一再去向陆地、远方，是为了突破孤岛之"困境"，拓展自己人生与写作的边界，并从"远"再次发现"近"。当他从先人们世居的海岛上抬起头来，一再听到"远方"发出的真切召唤：

当我们走向战列舰的内部，
任由掩上的门吞噬大陆，
你将从罗盘上，旋转出一条航线，
并发现好望角正从远方显露。
——谢健健《战列舰》

叶申仕是洞头的"新移民"，老家在与福建毗邻的苍南县，属于闽南方言区。据史料记载，唐宋以来，陆续就有移民来洞头列岛定居，一部分来自福建沿海一带，以操闽南话方言为主，另一部分来自浙南沿海一带，以操温州话方言为主。洞头列岛成为闽南方言人群和温州方言人群的聚集区，形成了一种海岛所独有的、混血杂糅的"闽瓯文化"，你中有我，我中有你。在叶申仕的诗中，你看不到地域和身份的分裂感，他几乎天然地属于别处、他乡，很快融入其中，是一个"他乡的本土主义者"，像一个海融进入另一个海。他致力于"词语之孤岛"的建设，认为"云是大海的抽象／孤独是人间的抽象／而大海是自由的抽象"（《云是大海的抽象》）。与大海的规避者、逃离者有所不同，他是愿意时刻"面朝大海"的，即使没有"春暖花开"，"……让鱼腥味控制方向盘/……讨海人是我喜欢的人类"（《洞头列岛记》）。

他将自己出版的第一部诗集取名为《内心的潮汐》——献给妻子赖静静、儿子淘淘，以及纸上的故乡。"你们之间的引力，形成我内心的潮汐"。他诗中不但有潮涨潮落，更有警觉与内省、预感与预言，在对话与警句的大量穿插中展开从容的叙述：

语言之间的引力构成潮汐，
大海唯一的动词。当两人谈论什么
漫步于抒情的夏日海滩，
自然法则的馈赠。"人说世上有七大洋，
事实上只有统一的海。"
"像阳光，因没有国籍而拥有永恒的力量，
但每一滴大海的公民永不能返回前一秒的故乡。"
"像夕阳，每当你我几乎感受到它的衰老，
它旋即重新开始。"
——叶申仕《唯有两个诗人漫步夏日海滩》

瓦雷里写下"大海啊永远在重新开始！"，是在"沉寂"了二十多年之后，接着是："多好的酬劳啊，经过了一番深思/终得以放眼眺望神明的宁静！""酬劳"也好，"神明的宁静"也罢，其前提是需要经过"一番深思"——在"云时代"，更需要朝向大海这部"启示之书"的"苦思""苦吟"。瓦雷里的《海滨墓园》，对于沙之塔（王静新）和水之光（余娟娟）两位小学教师来说，是耳熟能详的，视为能够激励自己的巅峰之作。

沙之塔，这个笔名有意思，王静新认识到了汪洋大海与瀚海沙漠的某种相似性和共通性？别人在"聚沙成塔"，他则要"聚海成塔"？一滴海水，也是一粒不定型的苦咸之沙吧？于是，他写下："在山坡上，我注视着潮水涌来/不竭的激情扑上沙滩，泼向礁岩/仿佛每一条波浪，都是从远方/掀来的一页经文……//我的心/像一块经过远方无数次洗礼的/礁石，秘藏起大海无边的肃穆"（《大海与远方》）他对大海，怀有宗教般的敬畏心。

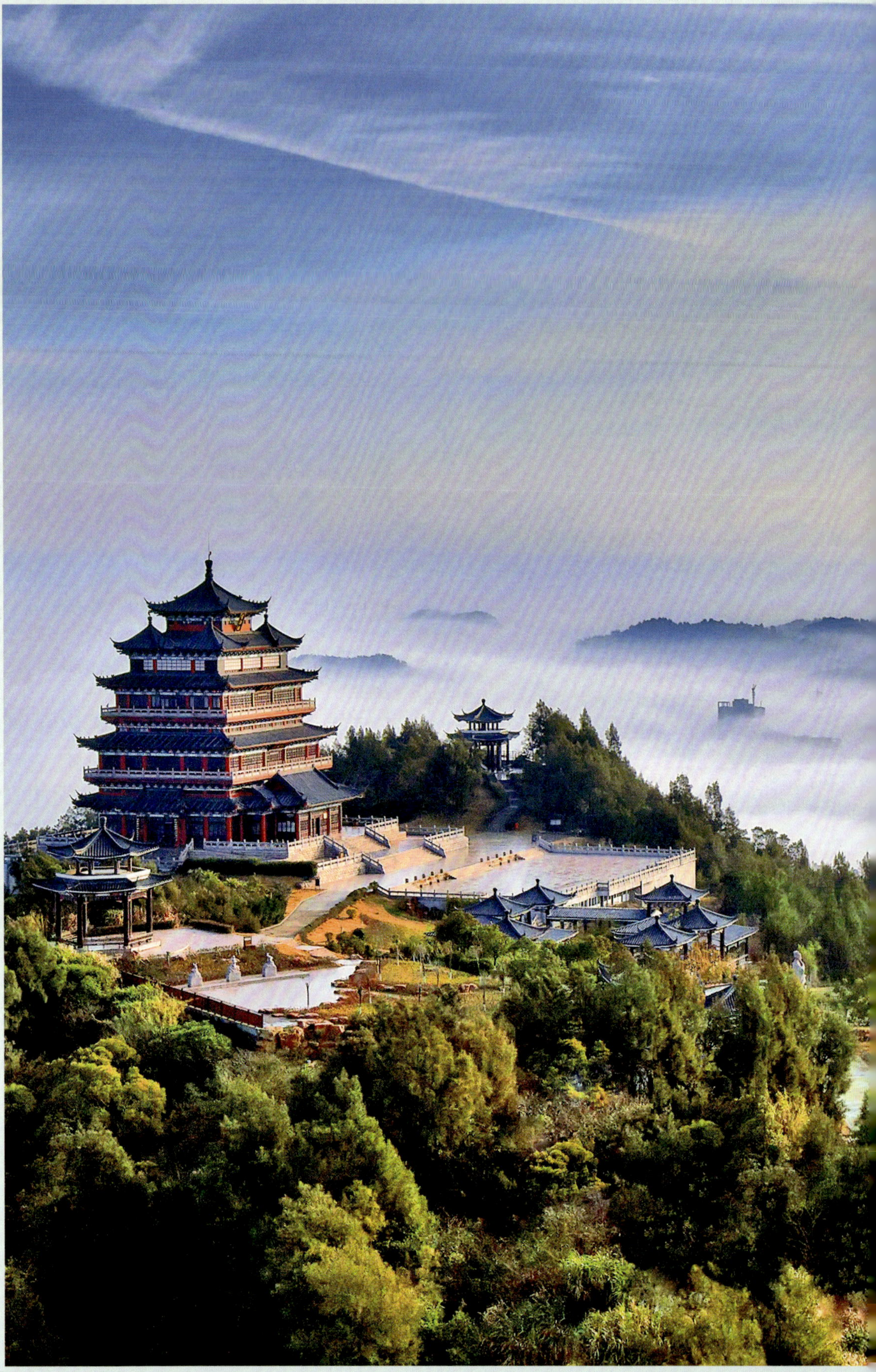

洞头望海楼（陈裕法 摄）

当王静新忙于"聚海成塔"的时候，余娟娟二度去了洞头最偏远的鹿西岛支教。这是目前温州唯一的一个离岛，有八千多人口，靠近台州玉环岛。她诗中经常出现"灯塔"意象，小时候认为灯塔是从石头中"长"出来的，因为它们大多坐落在大岩石上，一座座灯塔就是一个个"护卫勇士"。"我们村子小，家里的父辈无一不是赶海人，我父亲偶有几次去这个海域附近捕鱼，我一想起大人们曾说过的险情，就会一个人悄悄来到海边，坐在灯塔旁等父亲，现在想来，那时候的等待是多么无畏。因为知道父亲会回来，所以哪怕天再黑，也不会惧怕。"而在今天的余娟娟看来，灯塔恰恰是"精神原乡"的象征。

鹿西岛上有一座废弃的灯塔，白色，高不到两米，塔身有铁锁的锈迹，她常去那儿。一次，陪本岛来的闺蜜寻访灯塔后，写下《寻找灯塔的女孩》一诗："她要去岛上寻找一座灯塔／灯塔的挂锁里堵满锈迹／她来到海滩的时候／抱住了一颗圆形的大卵石／她用耳朵贴紧冰凉的石面／仿佛接收到了来自灯塔的信号／她说还好，灯塔没有想象中的那么孤独／可以永久地拥有一座岛屿／像一颗千年的藤壶／用雪白的身子点亮远处／这使它的孤独显得不那么重要……"

"支教是又一个新的开始。我想以自己的职业为纽带，为离岛的孩子们做一个'活的灯塔'，尽自己所能，照亮他们，走出这个岛，走出这片海。"水之光在发给我的微信中如是说。

…………

洞头的海岸线青年诗人，每个人都拥有一座"灯塔"、一个登高望远的视角。他们的"灯塔"，不同于伍尔夫"那座意识流上的灯塔／有着坚硬的塔身和耀眼的炫目灯柱"（谢健健《到灯塔去》）。他们的"灯塔"，质朴、谦卑、不事张扬，但同样坚固、耐久，它由语言、诗歌和行动共同构造。他们的"灯塔"，可以放眼眺望大海，也能回返、内观并点亮自身。

登上洞头岛的不多的古代文人，也曾拥有一个远眺的视角：望海楼。

公元 426 年，琅琊人，"元嘉三大家"之一的颜延之第二次被贬，沿好友谢灵运足迹南下，出任永嘉太守。不久，颜延之率众出海巡察，来到洞头本岛的青岙山，见这里群山雄奇、海域开敞，于是命人在山顶修筑楼亭，给人们提供一个观沧海、仰云天的好去处。后人命名这座楼亭为"望海楼"。四百年后，唐代诗人张又新被贬，任温州刺史，追随颜延之足迹来到青岙山，寻访望海楼，但楼亭早已湮灭于历史烟云中。张又新写下的《青岙山》一诗，收录于《全唐诗》中："灵海泓澄匝翠峰，昔贤心赏已成空。今朝亭馆无遗制，积水沧浪一望中。"到了清代，诗人戴文俊写过一首《望海楼》，"日暮云中君不至，高歌独有老龙听"，高迈而悲怆，这是在与颜延之、张又新隔空唱和。此后，古音难觅，绝也。

2005年，望海楼转移到烟墩山上开工重建，这在洞头老百姓心目中是一件大事，"东海第一座望海楼"由此焕发真容和新姿。

大海总是缺乏历史，所以沃尔科特说"大洋翻过一个个空页/去寻找历史"；大海从来不会结束，所以瓦雷里写下"大海啊永远在重新开始！"。古人的回声已经微乎其微，今人的创造开始登场。海岸线青年诗人是其中优秀的一群，也是守护"灯塔"、拥有"望海楼"的一群。每个诗人都是一座"孤岛"，但海岸线青年诗人拥有"群岛"上的交流与对话。他们性格各异，志趣不同，但能够相互砥砺、共同成长，预示了生活与写作的双重可能。我对他们的祝福，写在2020年秋天的一首诗中：

海岸线诗人进入贝雕博物馆
像一群鱼潜入大海的史籍
中年的泥马，仍在滩涂疾驰
啊青年，这些润唇凤凰螺
静卧海底的发射器
要赶着与一头蓝鲸去约会
　　　　——沈苇《贝雕博物馆》

在鼓词等曲艺较事基础上

则诚的琵琶

陆春祥

则诚高明，南戏鼻祖。高明的《琵琶记》，自诞生的六百多年来，一直在中国的戏剧舞台上发着璀璨的光芒。

一

2018年初秋，我去温州瑞安，阁巷柏树村（古称崇儒里）的集善院内，粗大的水杉相互掩映，工作人员在正堂停住，他指了指眼前说，"这里，以前有一大块醒目的崖山之战刻石"。我瞬间进入沉思，崖山战役四个字，让人心中顿时升起一股浓浓的悲凉。紧挨着集善院的，是高则诚纪念馆，馆内那些静静的图文，无声叙述着他的精彩人生。高则诚的墓也在院子左侧。我在想，原来的设计者还是用心，这崖山，与高则诚有联系，高的父辈就是南宋遗民，崖山之役二十多年后，高则诚就出生在飞云江畔的这个渔村。

集善院原来是个书院，高则诚的外公创办。他在集善院学习的时光有十来年，在此，他还收获了爱情，小他一岁的表妹，大舅的女儿，成了他的妻子。虽然高父英年早逝，但外公家温暖的怀抱，一直向高则诚敞开，很快，高则诚就成长为一个博闻多识的少年了，无论诗与词，皆高人一头。

高则诚出生前后，正值南戏盛行时光。温州的南戏博物馆，给我展现了这种立体多维度的戏曲表达形式，永嘉杂剧、温州鼓词，还有众多的村坊小戏，内容极为驳杂，说的虽大多是前朝事、别家事，却让人有一种现今事、身边事的针对性，唱词雅俗共赏，唱腔时而幽怨，时而高亢，演出场地灵活机动，大舞台小场景皆适。

在这样的大环境中，一个乡村少年，他的生活日常一定离不开戏文。村头村尾，商贸集镇，乃至瑞安城中，但凡有戏的地方，但凡有时间，高则诚一定会仔细欣赏。耳濡目染中，高则诚心中的戏曲种子也在慢慢生长，舞台上的各式人物，也会让他常常进入角色，仰望星空，仰头思量，或许，就在彼时，他心中已萌发了以后有机会一定要写大戏的宏愿。

二

　　机会来了。不过,这个机会是长久蓄积而成的。

　　四十岁前的高则诚,在考取进士以前,基本上在家设帐授徒。读书教书,写诗作文,这样的生活,平静而无波。看看高则诚的号"菜根道人",似乎就能理解他比较淡薄的功名意识。菜根,喻清淡的生活,道人,同时代的黄公望、倪瓒、杨维桢,都加入了全真教,我不知道高则诚有没有加入,但至少思想上有这种倾向。元朝开科取士迟,给汉人考生设置的条条杠杠又多,故元朝进士极难考,但读书一辈子,不参加考试,似乎就不能很好地证明自己的学问。或许有无奈与压力,反正,元至正五年(1345年),高则诚中了进士,随即被授处州录事,一个八品小官。录事,绍兴路判官,庆元路推官,高则诚十几年为官,多个岗位,对他的为官经历,用"干练娴熟、清介廉明"八字即可概括。这段经历,将其看作是创作《琵琶记》前的生活积累也未尝不可,元朝时代的黑暗,他有了更深刻的认识。

　　高则诚在底层为官十来年,身心俱疲,在鄞州友人的沈氏楼,他坐下来好好歇歇时,心中那戏曲种子就忽地喷薄而出了,这么多年过去,依然是赵贞女与蔡二郎的印象最深,但他不满意,特别是对那个书生蔡的命运安排,他早就不满意了,他要重新写一个。写出科举制度的弊端,写出仕宦道路的扭曲。《琵琶记》起首云:"论传奇,乐人易,动人难。"

　　为了这"动人难"三个字,高则诚将心血全注。看三则明人的评价。

　　雪蓑渔者的《宝剑记序》这样评价:"《琵琶记》冠绝诸戏文,自胜国已遍传宇内矣。高明闭关谢客,极力苦心,歌咏则口吐涎沫,按节拍则脚点楼板皆穿,积之岁月,然后出以示人。"徐渭的《南词叙录》则如此说《琵琶记》的用词:"用清丽之词,一洗作者之陋,于是村坊小伎,进与古法部相参。"胡应麟的《少室山房笔丛》则高度赞美此剧被奉为"曲祖","演习梨园,几半天下""每奏一剧,穷夕彻旦,虽有众乐,无暇杂陈"。

　　这些评价,简单可归结为三个层面:高则诚创作《琵琶记》,从唱词到唱腔,无不一一体验,反复推敲,唱得嘴上吐沫横飞,脚打节拍楼板也被踹破;《琵琶记》

南戏《琵琶记》剧照（赵用 摄）

的表达，品质脱胎换骨，脱离了低级趣味，登上了大雅之堂；《琵琶记》风靡剧坛，没有哪个剧本可以匹敌。

确实，《琵琶记》一反传统，将一个无情郎，脱胎改造成了无奈郎，别看这一字之差，蔡中郎的戏剧形象却是一百八十度大反转，由此也奠定了高则诚在中国戏剧史上南戏祖师地位。连朱元璋也大为赞赏：五经四书，布帛菽粟也，家家皆有，高明《琵琶记》如山珍海错，贵富人家不可无！

赵贞女还是那个赵贞女，上京寻夫身上还是背着那把琵琶一路行乞。原剧中的赵贞女赡养公婆，竭尽孝道，公婆亡故，她以罗裙包土，修筑坟茔，但蔡二郎不仅不相认，还放马踩踏，最后天神震怒，暴雷劈死了负心蔡。高则诚保留了这个传奇女主角的基本框架，也就是说，赵贞女，赵五娘，有贞有烈，任劳任怨的贤孝妇现象，她在观众心目中已经烙印深刻。要变的是蔡伯喈，他入赘牛府是被迫，想辞婚牛丞相不从，他想辞官归里皇上也不允，他是被强权所压无可奈何，但他时时想念父母的衣食冷暖，时刻惦记着家中的糟糠之妻。

中国的读书人，自小接受传统的伦理教育，陈世美毕竟少数，站在彼时高则诚的立场，从戏剧创新角度看，这种改变是符合普通大众人心的。即便是现今，

一片繁华海上头

思想内容，双线结构，戏剧人物的重塑，剧本的文采，高则诚的《琵琶记》都应该是不可多得的传世经典。

三

弦弦掩抑声声思，似诉心中悲与苦。赵五娘的琵琶声，还不断越洋跨海。

1924年，闻一多、梁实秋、冰心等留学美国，为推介中华文化，他们首选《琵琶记》改编。翻译，编剧，排练，1925年3月，波士顿大剧院，英语话剧《琵琶记》正式公演，梁实秋主演蔡伯喈，谢文秋、冰心饰演赵五娘和牛小姐，闻一多负责布景道具，尽管有诸多的稚嫩与笨拙，但台下依然轰动。

如果说，中国留学生自导自演，影响力有限，那么，美国专业人士的编与演，就纯粹是一种市场行为，它也标志着一部作品真正走向国际。

1946年2月，美国纽约，帕来茅斯剧院，百老汇演艺明星玛丽·马丁扮演的赵五娘，迤逦出场，细腻婉转的嗓音与独特的东方歌舞，一下子就牵引住了全场所有观众的目光。这是美国剧作家威尔·艾尔文与西德尼·霍华德联手，将《琵琶记》改编成英语音乐剧《琵琶歌》的首演，用全场震惊一点也不夸张，随后，百老汇连演142场。或许，改编后的《琵琶歌》，声光电俱佳，观众在新奇、惊讶、热烈中，有一种文化认同感被催发。确实，弘扬善良与鞭挞丑恶，皆为人类伦理的母题。

赵五娘没有羽翅，但她背着琵琶的凄美身影，却在六百多年的时空中上下肆意飞翔。无论中西，观众看完《琵琶记》都会发出一种如释重负的笑声，每见如此情景，飞云江畔，云端之上的高则诚，则拈须思索，一脸的严肃。

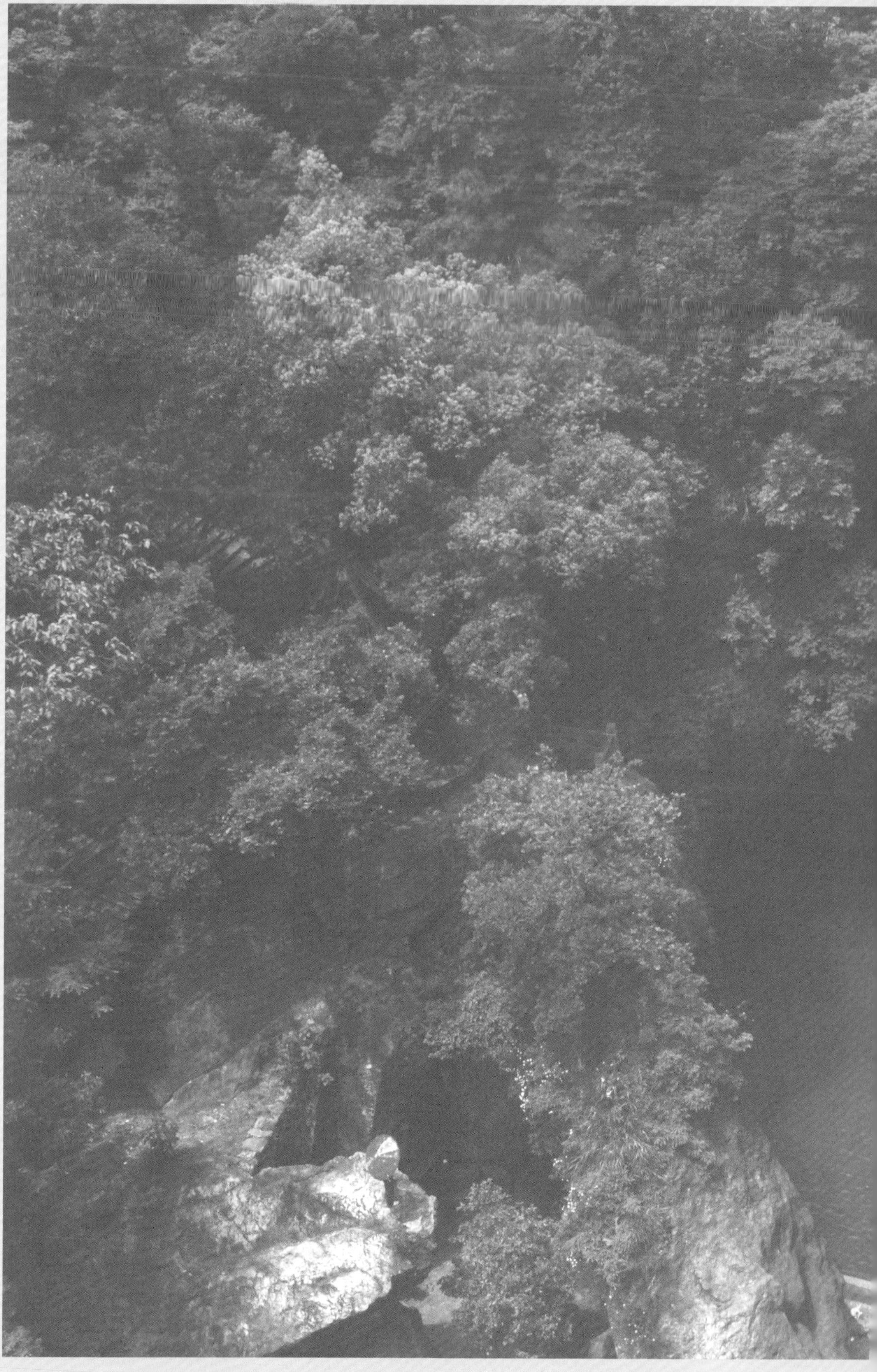

洗心来

冉正万

朱自清的《绿》上初中时背过，几十年过去后，一句也记不得。当时为了过关，强行记住后在语文老师面前磕磕巴巴地背诵，因为是第一个背，老师皱着眉头放了我一马。印象最深的是文中多次出现"了"字，还有"女儿绿"一词。在写长篇小说《纸房》时，我虚构了一个地名：女儿塘。当时不知道它的来处。重读这篇散文，才知道受惠于朱自清先生。

仙岩梅雨潭是一个小瀑布，对一个搞过十年野外地质工作的贵州人，见过的瀑布不少。它们最大的不同是前者经常有人光顾，后者藏在深山，连名字都没有。没有名字的瀑布上游也许有几户人家，也许是原始森林，它原本是一条小溪，或者从山洞里流出的泉水，突然遇到陡坎，来不及回头，只能一跃而下。梅雨潭下有著名的仙若书院和圣寿禅寺，其上有秀垟村。秀垟村不是普通村庄，旧时考上过几十位秀才。"梅雨潭闪闪的绿"是秀才喝过的水，它听见过朗朗的读书声。因为听见过书声，飞流而下的溪水也显得儒雅斯文，与狂奔跌落的大瀑布大不一样。梅雨潭得天独厚之处是地质岩层与大多数瀑布不同，其他地区形成瀑布的岩层多是沉积岩，而梅雨潭是岩浆岩。沉积岩是已成岩在外力作用下经过风化、搬运，再次沉积固结而成。岩浆岩则是地壳内部岩浆侵入地壳或喷出地表冷凝。这导致两者硬度相差较大，抗风化能力也不可同日而语。

梅雨潭摩崖石刻不少，字体都不大，隽永幽远。最早的是南朝刘宋时期开元寺恩惠大和尚书写的"通源胜境"，字口至今清晰如初。南朝继承东晋风气，上至帝王，下至庶民都非常喜欢写字。从两晋到南北朝，书法家灿若群星，耳熟能详的有王羲之、王献之、韦诞、虞世南。恩惠在书法史上并不出名，但与他同时期，比他有名的书家的原作都已不知去向，他的字于公元433年刻在梅雨潭花岗岩上，一千五百多年过去了，细细抚摸，字口锋利，不小心会割手。刻在石灰岩上的字最多两三百年字口就不再分明，有些甚至到不了一百年就风化剥蚀而模糊。刻在砂岩上要好一些，但也远不如花岗岩。南朝以来，梅雨潭的石刻有"飞泉""白龙飞上""梅玉""别有天""飞白""四时梅雨""喷玉矶"等三十多处，全都清晰可辨，一如刻字之初。在这些刻石中，在下以为最有意趣的是沈致坚的"洗眼来"。篆体阴刻，典雅娟秀，很见功力。沈致坚是湖北黄冈人，于民国十二年任温州瓯海道尹。

一片繁华海上头

仙岩梅雨潭 （郑高华 摄）

道尹是民国早年官名，相当于后世的州长，地级市市长。

江山留胜迹，我辈复登临。胜迹不是山川自然所造，是一代代文人雅士歌咏书写赋彩着色。谢灵运以"蹑履梅潭上，冰雪冷心悬"说梅雨潭的清凉。还把瀑布上悬崖叫作轩辕。谢灵运和今天的人一样，都不知道轩辕长什么样，但悬崖的形象暗合了雕塑家和画家的想象：天庭饱满，地阁方圆，浓眉大眼，鼻直口方。我们所能看到轩辕的塑像和插图正是这副长相。谢灵运之后还有大唐诗人路应、方干、诗论家司空图、南宋理学家朱熹、永嘉学派有承上启下贡献的陈傅良、明代张璁、清代潘耒和孙衣言，他们都为仙岩写过诗文。

梅雨潭是温州乃至浙南沿海的缩影。

在外地人眼里，温州商业发达，华侨多，有钱人多。至于文化，似乎不值一提。这与其说是一种误解，不如说是20世纪80年代以来经济迅猛发展转移了人们的注意力。

温州古称东瓯，唐代称温州。地处温岭以南，冬无严寒、夏无酷暑、温润多雨，

洗心来

是名温州。瓯是一种陶制器皿。一个瓯字足以说明早在改称温州之前，就有相当发达的手工业。换句话说，温州手工业并非始于改革开放之后，而是已有两千多年。两千多年前已有造纸、造船、鞋革、漆器等与农业融为一体的原初样貌的手工业。

被称为温州人文始祖的东瓯王驺摇在公元前192年建立了东瓯国。驺摇为了让东瓯向中原文化靠近，不准本族人断发文身，也不让他们吃蛇吃鱼吃蛤。断发文身，在现代是一种时髦。吃蛇吃鱼吃蛤，在沿海餐桌上颇为常见。在两千多年前，这是落后的象征。从这时起，浙南沿海一带逐渐形成既与华夏相承，又与本地相宜的文化。其中最重要的是视野超迈的永嘉之学。

永嘉之学源于北宋庆历之际的王开祖、丁昌期、林石等学者，以后周行己、许景衡等又把"洛学""关学"传到温州。南宋之时，永嘉地区的学者辈出：郑伯熊、郑伯海、郑伯英、陈傅良、徐谊等是前期永嘉学派的著名学者，到叶适则集永嘉学派之大成，与朱熹的"理学"、陆九渊的"心学"形成三足鼎立之势。

永嘉学派的精髓是"经世"与"外王"，形成之初就提出了"事功"思想，主张利与义要一致，"以利和义，不以义抑利"，反对空谈义理。认为"道不离器"，对董仲舒提出的"正其义不谋其利，明其道不计其功"的说法表示异议。对"夷夏之辨"与"正恶之辨"加以区分。夷夏确实有先进与落后之别，但绝不能以此与正邪善恶混为一谈。他们反对被视作正统的"重本抑末"，本是农，末是商。他们主张买卖自由，尊重富人，发展商业，并指出雇佣关系和私有制的合理性。强调为政要诚，发号施令必须以民生大计为重，不可以一人之喜怒为法度。

温州成为当代商港，正是永嘉学派理念所倡导。即便对今日经济社会的发展，也仍然有用，需要再次汲取并阐发。

永嘉学派的务实精神来源于生活。以最重要的人物叶适的经历即可说明经世致用的重要性。叶适年少时家境贫困，家乡又多次发生水灾，一次洪水后家里的物品被水冲走，房子被冲垮，长期居无定所，只得三天两头搬家，和父母漂泊于永嘉瑞安之间，前后住过二十一个地方，用他自己的话说，"穷居如是二十余年"。生活境况如此，空谈自然没有意义。"物之所在，道则在焉"。空口说空话于事无补。叶适的祖上三代都穷，但三代都是知识分子。父亲以教书为业，他因此一直没有失去读书的机会。二十八岁考中进士，还是榜眼（第二名），这和家庭良好教育分不开。史料记载，其父性情开朗且有大志，母亲杜氏善于教子。叶母如何教子，可从叶适做人做官做学问反推。他反对朱熹的理学，但1188年，朱熹被兵部侍郎林栗参劾，叶适立即上书抨击林栗，直言林栗以道学之名指斥朱熹，是小人残害忠良的惯用手法。

永嘉学派的事功与今天的成功学截然不同。成功学是自我管理，是为了实现一个人的理想。永嘉学派的事功是功劳、功绩、功业、责任。既要务实，也必须正直勇敢。不如此，叶适不会撑当朝皇帝，说你呀，虽然励精图治，但十多年过去了，没有一尺一寸的效果。朝廷偏安一隅，各种不适合的政务堆积到今天就应该废除。当时权相朝臣郡王之间矛盾重重，同一派别也不能调和。宰相韩侂胄力主抗金，叶适同样反对议和。但他们对局势和用兵却有不同的看法。1206年上半年，南宋攻下泗州、虹县、新息县、褒信县，一时形势大好，韩侂胄请皇帝正式下诏出兵北伐。叶适则严肃指出当时并不具备进攻金国的条件，准备不足必将失败。韩侂胄认为这是在反对他，毫不客气地夺去叶适兵部侍郎之职，改任代理工部侍郎。韩侂胄北伐部署确定后，让叶适改任吏部侍郎，并兼任直学士院。叶适坚持认为现在北伐不可能成功，于是辞去兼职，拒绝给韩侂胄起草北伐诏书。他建议沿江布防，韩侂胄也不答应。参加北伐的四路大军铩羽而归，只有镇江副都统毕再遇连战连捷，但大势已定，靠毕再遇无法扭转败局。第二年，投降派设计暗杀了韩侂胄，还将他的头割下来送到金朝。与此同时弹劾叶适，罪名是"附韩侂胄用兵"。叶适因此被免职，回到故乡永嘉。定居永嘉水心后，悉心讲学十六年。

来到温州，不仅有漂亮的风景可以洗眼，还有浓厚的激励人务实上进的文化可以洗心。洗眼并非只有梅雨潭，还有雁荡山大龙湫飞瀑，楠溪江茂密的森林，南麂岛丰富的海贝，南仙垟纵横的河道。而洗心，除了影响至今的永嘉学派，还有戏剧文化，陶瓷文化，民间文学。更有强烈的孜孜不倦的学习精神。温州是中国数学之乡，对中国数学的贡献亦可大书。1897年，温州人黄庆澄创办了中国第一个数学杂志《算学报》，这对后世的影响极大，从晚清到民国到当代，中国数学领域涌现了大量温州学者。从第一代数学家苏步青到第二代第三代，最辉煌时，国内大学数学系主任三分之一是温州人。苏步青解释温州为何出了那么多数学家时说："温州地处东南一隅，当年研究其他学科没有实验室等硬件，而数学的研究只要用功，有纸头便可。"这和永嘉学派的"事功"同出而异名。

"笙歌丛里抽身出，云水光中洗眼来。"去梅雨潭洗眼，来温州洗心，很有必要。

洗心来

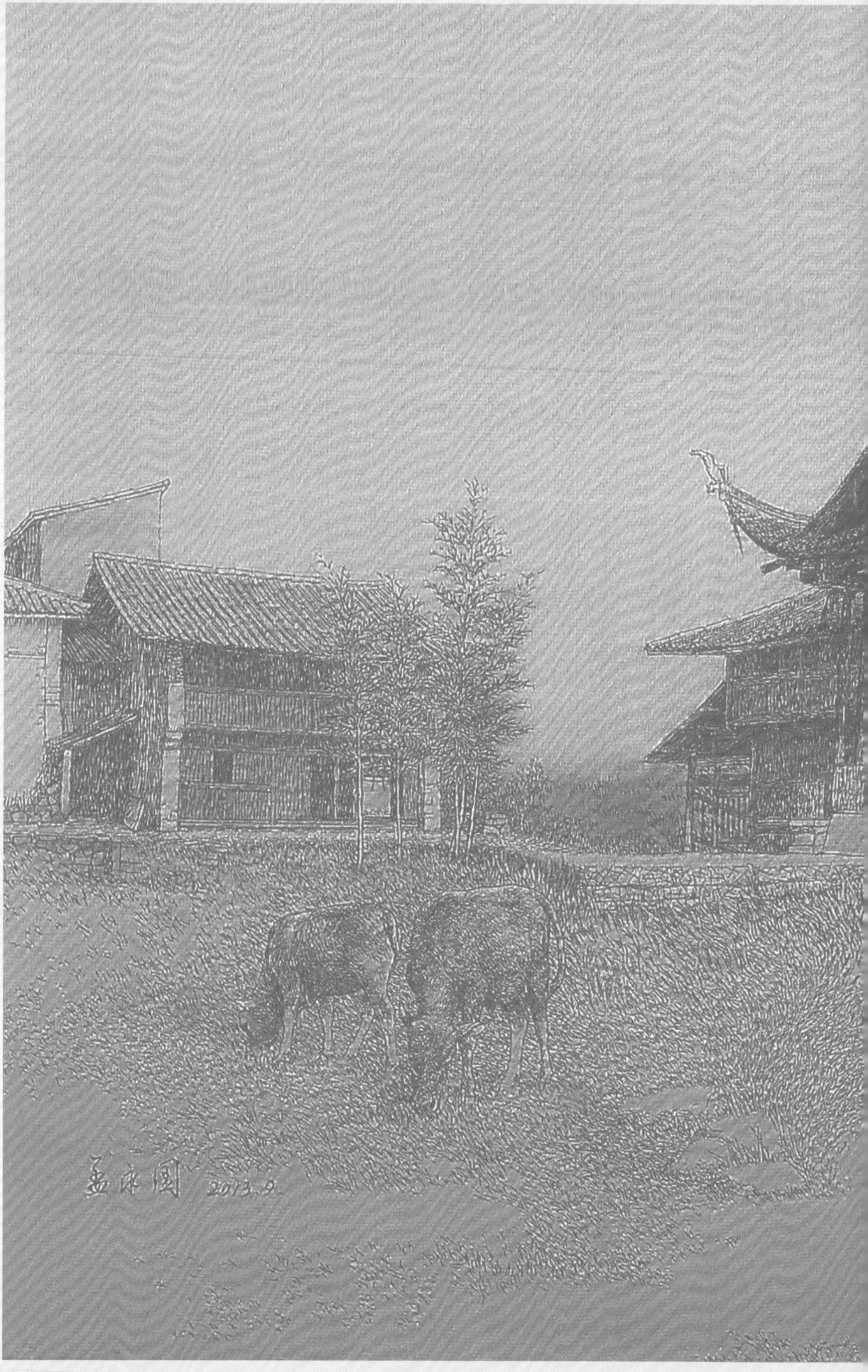
2013.9

在大学传承非遗

南翔

发绣大师孟永国（范珮玲 摄）

一片繁华海上头

一

　　站在二楼正对学校大门的办公室，远处的大罗山一脉起伏，绿意铺陈。校园大门外的右侧，早已矗立起一座桃红色的门墙。中英文书写的"温州大学九十周年校庆"之上，是一组四字句的凝练概括：九秩芳华，栉风沐雨，百年树人，继往开来。

　　回望室内，一张矮阔的大桌上，堆满了已成与未成的画稿，大都为铅笔淡淡描绘，偶见丹青，也是浅黄淡绿。窗下置放着发绣工具（方凳、绷凳、绣架），一张摊开的画稿，勾勒出远山近水，遒劲的树干，闲适的钓翁……一位身着灰麻色中式上衣，面目祥和的中年人招呼我进屋落座之后，便在电脑前打电话，听出来前一个电话是在安排教学事宜，后一个电话是准备接待外地的来访者。

　　他便是孟永国，现任温州大学发绣研究院常务副院长，高级工艺美术师。

　　此次，我来温州领取第六届林斤澜短篇小说奖，事先得知有采访任务，便想到与其去谋篇山川历史，不如发挥本人的特长，采写一篇本土的非遗项目及传承人。于是联系了温州市文联，他们欣然赞同，推荐了孟永国老师，说他不仅兼职温州市民间文艺家协会主席，浙江省民协副主席，对温州的非遗十分熟稔，孟老师自己就是国家级非遗项目温州发绣的省级代表性传承人。颁奖结束是夜，孟永国便来到我入住的鹿城区开元名都酒店，两人自七点半聊到夜半子时，窗外的大街已然灯火阑珊，他依然双目炯炯。一天的劳顿，我也感到疲惫，于是便相约次日上午，我放弃瓯海区的"走访仙岩"，去温州大学实地探勘。

　　近年我做过国内包括新疆、河北、广西、福建、安徽、江西及广东等地二三十个不同项目与层级的非遗人物采访，他们或来自闾巷，或蜷身工坊，或寄寓企业，或流徙远方。总之，各有各的喜怒哀乐，于困顿中坚守，是一种执着，是一份超然，也是一声慨叹。

　　如果说传统手艺人，有何共同面对的难点，那便手艺之上，有一顶遮风避雨的安全伞，那固然可以释义为源流相通的市场，更可释义为入册的岗职、对应的编制与稳定的薪酬。

那是传统非遗传人几乎站在一条线上的爱与痛。

孟永国与之温州发绣的团队，是我迄今为止遇到的唯一一个例外。我在惊诧之余，也感到几许振奋。

尽管我事先对一个寄身在一所综合性大学里的发绣研究机构，穷尽了想象，但得跟随孟永国的脚步，一步步，一间间，丈量他的领地，感受一种非遗无远弗届的影响，我不由得心跳加速，双眼大睁，被深深震到了。

温大南校区行政楼二楼西侧，一排盆栽绿植之上，"温州大学发绣研究院"几字行书跃然白墙之上。走道旁开两侧，尽皆研究院的办公室、研习课堂。走道尽头，是灯火通明的温州发绣艺术馆，深阔达六百多平方米。既有文字诠释了温州发绣的发展历程，更有百余幅不同时代的不同作品，呈现了发绣之精细，发绣之深蕴，发绣之柔美。

绣像既有各国政要、文艺名家，也有畲家少女、花鸟虫鱼、竹石风泉、大漠驼铃……人物则栩栩如生，动物则玲珑可喜，竹石则飒飒有声。

其中有一些张挂的只是图片，乃因实物作为国礼送给外国元首，如苏联领导人的肖像、尼泊尔国王和王后的肖像……在不同时期送达他们的案头，有些得到元首的回信与签名照。发绣在国际交往中发挥了独特的作用，故有"发绣外交"一说。

艺术馆里有一幅温州籍的中国当代诗文学家南怀瑾母亲南太夫人的绣像，这是孟永国的老师、温州发绣的开创性人物魏敬先1992年的作品。南太夫人的绣像下面有一段文字，记载了一则感人的故事：这幅绣像的脸部是用老夫人生前留下的头发所绣，作为市政府的礼物送给南怀瑾。当年温州市政府正在筹建金温铁路，因缺少资金而寻求合作，市委领导赴香港，欲与南怀瑾洽谈合作的可能性，带此绣像作为见面礼。四十多年未曾返乡的南老，见此绣像大为感动，跪倒在母亲的绣像前长拜不起，掩面痛哭，在场者无不动容。随行人员扶起南老，他落座之后，得知市领导的想法，当即表示愿意为家乡的公益事业尽心尽力。在他的发动助力下，金温铁路不久便破土动工，付诸建造。

《丝语廊桥》，孟永国发绣作品（孟永国 摄）

《渴望》,孟永国发绣作品(孟永国 摄)

一片繁华海上头

二

  人到中年的孟永国，五十六年前出生在浙江台州东北沿海的三门县，一个背山面海的小乡村，枕着涛声长大。印象最深的就是大潮涌来，海水涨进了家门，一地的鞋子都如小船浮起。每天下午放学，夕阳西坠，霞光洒满海湾，一群孩童光着脚丫子，趁着退潮，赶紧在海滩上找寻海鲜：螃蟹、海螺和小鱼。捡拾最多的是锯缘青蟹，此蟹背壳隆起而光滑，因体色青绿而得名，肉质鲜嫩。每当举起一只张牙舞爪的青蟹，便呼朋引类，大声张扬。那种人、水、天光浑然互动的一幕，长久留在他的记忆里，成为他喜欢自然题材绘画成绣的源头。

  八岁才始发蒙是在隔壁村的仙岩小学，初中进了三岩中学，高中两年是在里蒲镇的沿江中学。到了1981年参加高考，因外语成绩好，拟专攻英语专业，终因数学拖了后腿而功亏一篑。此时因一个同学的父亲做木雕手艺，十五六岁的俩同学便一道来当学徒，后来到三门工艺美术厂做笔筒等木雕件。为订货，近取上海，远到广交会。既工且商的日子过得并不顺心，每每觉得未来的生活不应该是这个样子的日复一日。二十出头的那一年，跟着厂长去沪东工人文化宫参加订货会，但见来此洽谈业务的大都是年轻人，他们虽然比自己大不了太多，个个谈吐不凡，多为大学毕业。孟永国顿时自惭形秽，下决心回炉学习。跟厂长一说，得到的是肯定："你只要自己想好了，我没意见。年轻人都学习总是好的啊。"

  返回三门之后不久，孟永国负笈省会杭州求学，在工艺美术厂的耳濡目染，参加的是杭州六中开办的绘画培训班，入门色彩、素描与造型诸科。回来之后，又一头扎入三门县文化馆继续学美术。馆长林日斌曾毕业于浙江美术学院油画系，功底扎实，诲人不倦。次年报考中国美院的师范专业，美术专业课高居第二名，文化课却不给力，令一位日夜憧憬美院大门的青年，与丹青课堂失之交臂。一而再地失利，骤然袭上眼帘里的沮丧与忧伤，只有天欲雨前的暗淡可与之相比。

  待得来年还想"再而三"，已为中国美院本科生二十三岁以内的报考年龄门槛推在门外了。于是转而报考温州师院（亦即2006年两校合并而成的温州大学）美术教育专业，"再而三"成绩骄人，虽是退而求其次，却也算如愿以偿。读书期间，他就任班长、美术系学生会主席。美术诸科的教师个个身手不凡，魏敬先老师的水彩画对他吸引尤深。魏老师在苏州学过刺绣，在温州瓯绣厂也有过历练；调入温州师院之后，既搞刺绣，亦搞发绣，课堂上的技艺讲解与作品赏析并进，老师的人物绣深深打动了他。孟永国暗自思忖，发绣既古老又出新，自己酷爱素描，可以朝此专业努力。

毕业之后，孟永国以优异成绩留校，此时有两个选择，一是安排学校宣传部做宣传，写美术字；再是进入安放在温州师院的温州市人像绣研究所。他略一考虑，并选择了后者。当时的人像所共有五人，魏老师兼任所长。一间不足30平方米的房子，既是办公室，也是研习所，还是培训室。五张小桌，五副绣架，条件堪称艰苦。

只要自己喜欢做的事情，就不那么觉得苦和累。孟永国清晰地记得处女作诞生的全过程，双手擎着一张伟人像，反复琢磨光影和聚焦，眼神的坚毅与线条的柔和……之后在缎面上用浅色铅笔淡淡地勾勒——发绣不比刺绣，素描稿如果画得太浓，那是不容易被完全遮盖的。一幅孙中山的发绣终于娩出，看见老师和同事们赞许的目光，孟永国心中的一块石头落地了，几个月的埋头走针，有了第一声试飞的莺啼，时在1992年仲夏。

任何艺术创作都不能只沉浸在书斋或坐在工作室里冥想，读万卷书之侧是行万里路，火热的生活中才是获取灵感的不竭源泉。如果说魏老师给外国元首绣像，得以展示温州发绣的风采，那么师生结伴出游，展示与演讲，则大大拓展了孟永国创作的视野与题材。得益于改革开放的春风和大学的敞放，他行走了欧亚不少国家：德国、奥地利、瑞士、匈牙利、阿联酋、日本、印度、越南、泰国……那次随团去阿联酋做文化交流，展演活动长达四十多天，期间，他与团友搭乘外国朋友的沙漠车到沙漠腹地采风。5月初的沙漠干燥灼热，他有点兴奋又有点担忧，终于还是提心吊胆地乘车出发了。一路风景粗粝而抢眼，时不时地见到路边的沉默而倔强的骆驼。距离城市越来越远，放眼茫茫一片的沙天一色。车停了，他们喝了水下车，站在沙地上，没过几分钟，一股热气从裤管一直往上升腾，类似洗桑拿的感觉，空气异常干燥，嗓子和鼻子都有灼热感。停留十几分钟后上车继续前行，当他向前方眺望时，发现远处沙丘弧线上似有一群野骆驼，兴奋与紧张同时抓住了他，生怕骆驼跑掉，相机准备就绪，车子向前开了一段路停下。一群真真切切的野骆驼就在前方，真是太激动了！他借着沙丘的起伏作掩护，猫着腰慢慢向目标移步，越来越近了，被野骆驼发现了。野骆驼警惕地抬头，一头个子大的停下注视着他们，其他的骆驼开始往沙漠深处撤离。司机朋友介绍，个头大的是公骆驼，其他都是它的妻妾子女，骆驼也有它们的社会伦理。其实在沙漠的边缘也有绿洲，它们完全可以迁徙过去，可骆驼的生命品格并不在乎严重缺水少食的恶劣环境，从不后撤。孟永国拍了好多照片，在回来的路上又遇见被驯养的骆驼，或许是为了不让它跑远，这种骆驼在前小腿之间有一根短绳系着，考察队员接近它也不在意。趋前可以仔细地看到驼毛的生长规律，关节上烙下了沙漠中躺下时被炙烤的黑块。

此种切近的体验和观察，是在画册上感受不到的，他为骆驼顽强的生命力所震撼，一帧《生命颂歌》的完成，便是异国大漠采风的硕果。他在国内的各种采风体验就更多，到温州泰顺廊桥，他被山水廊桥的迷人风姿所吸引，遂有《丝语廊桥》；在云南昆明，为少数民族的风土人情所鼓舞，于是有了《渴望》……

有些作品属于订单性质，可要真正做到让用户满意，那就绝不仅仅是精工细活、一丝不苟那么简单，从立意到构图，还得有独具个性的创意、联想与生发。

那次，他忽然接到一个陌生电话，是上海复旦附中一位教师打来的，说是在温州大学网站上看到发绣介绍，怦然心动，希望能为她创作一幅婚庆作品。他口里答应了，心下尚不明确具体做什么样的作品。没过几天就收到顾客从上海寄来的头发，没想到那么快，既然答应了就要付诸行动，他思考了好几天还没想出合适的内容。一天清晨被窗外的鸟鸣吵醒，他爬起来走到客厅，骤然发现窗外的树枝上停落着一对神态悠闲的白头翁。看到这一场景，眼前倏然一亮，这不正是自己要的题材吗！他赶紧去取相机，鸟忽地飞走了。他心情有些沮丧，只能凭当时印象，默写了几幅小构图，其中有一幅比较满意。由于平时见到的鸟都是远距离的，落笔画稿还没有把握。为此他特意去买了一个长焦镜头，一有时间就等在窗边"抓拍"。一个双休日早上，他等在窗边，窗台有一盆海棠花遮挡身影不易被鸟发现。屏息刚在窗边沉静下来，一对白头翁就落到离窗较近的高枝上，他迅速按下快门，拍下来了！照片冲洗出来之后，有几个动态符合他的构图要求，便很快就把小稿放大，以圆形构图呈现画面。稿子拿到办公室请同事们提提意见。一位同事指出，人家结婚喜庆，你这个画面的却是树枝光秃秃的。一句话启发了他，当下修改，可是改来改去都不满意，找不着感觉，干脆不画了先去吃午饭。也巧，当他经过学校图书馆东边的竹林时，一对白头翁因受惊吓飞出竹林。见此情景，他一下子来了灵感，竹子、白头翁，谐音："祝新人白头偕老"！他吃饭也没了心思，赶紧回到办公室改稿，还有一些不确定的细节，再去现场补充写生。确定绣稿之后，他把图片和构思发给上海那位教师，她收阅后很是激动。经过一个半月的精心绣制，一帧寓意丰富的《白头偕老》如期寄到了客户手里。

温州是著名的侨乡，百余年来，远赴欧美、落地生根的华侨很多，他们对故国故土的文化遗存很有兴趣，温州发绣便成了其中最知名的友好使者。

有一天，孟永国接到一位来自海外的温籍荷兰华侨的电话，点名请他绣一幅荷兰国王的发绣肖像，老华侨寄来了国王的照片和生平简介，情意殷殷。那些日，只要有空孟永国就埋首从资料中提取有用信息进行创作，经三个多月的精心绣制，一幅国王肖像绣成。老华侨在肖像交接时颇为满意，赞颂道，我们的温州发绣真了不起！

发绣创作与诸类美术作品的原理相似，就是把客观物象提炼成审美意象，再通过独特的物质媒介——头发，物化为一帧帧可供人们欣赏的艺术作品。在这个领域，孟永国带领一个团队二十来年的躬耕精耘，春华秋实；深潜默察，探骊得珠。

三

我在那本荣获过中华优秀读物奖的《手上春秋——中国手艺人》中，采访与收入了两位刺绣人物，一位是江西新余的夏布绣传人张小红，一位是四川成都的蜀绣传人孟德芝，对刺绣的工具、技法及材料并不陌生。国内四大名绣，用的无疑都是丝线。即便杭绣、宁波绣、瓯绣、台绣与发绣合成浙江省的五大刺绣，前四种所用，无疑也多是丝绣，为何单独会有一样发绣呢？

孟永国告诉我，发绣，古称墨绣——因为以黑色为主，最早起源于唐代，是一种以人的天然色泽发丝为材料，以针为工具，遵循造型艺术的规律，在绷得平整的布帛上，施针度线创造艺术形象的民间手工艺。发绣因其以人的生命精元之丝为承载，兼具丰富的人文内涵和审美价值。被认为是距离人的情感最近的艺术，享有"天下一绝"之美誉。

我遂问，发丝和丝线，看似都是丝，却是两种完全不同的材质，飞针走线之时，差别何在？

他答：材质不同，则手法与技法均有区别。大致说来，头发硬如铁线，丝线软如面条。发丝掌握起来，难度很高，此其一；头发色泽单一，开始为黑色，后来加入外国人的棕色发丝，丝线则色彩丰富很多，如一种灰色，用于渐变，就需要很多种灰，发丝就没有这样的优势，在处理明暗上需要多重比对，此其二；丝线可以密针布线，遮盖挪移，等等，发绣只有仰赖针脚的疏密变化或叠加来塑形，此其三；因为发绣很重要的一方面就是明暗的布局来呈现不同点面的效果，对素描及基本画工要求比较高，铅笔稿越淡越好，只能画出一个大致轮廓，丝线则可借助画家或画师的画稿去做，再用不同色彩的丝线去覆盖。

当他谈到发丝的人文色彩之时，我想到了一句古谚："身体发肤，受之父母，不敢毁伤。"

他告诉我，头发作为人体生命物质的一部分，从母体继承而来，带有父母亲的生命信息，是人的精神和元气的凝聚体，随着人的一生经历了四个阶段：幼儿时期、少年时期、中青年时期和老年时期。头发为毛鳞片特质结构，有顺逆手感，健康状态的头发毛鳞片是完整地贴合着，从外到里可分为：毛表皮、毛皮质和毛髓质三部分，细胞中含有麦拉宁黑色素是决定头发颜色的关键。头发的基本成分是角质蛋白，角质蛋白由氨基酸组成，各种氨基酸原纤维通过螺旋式、弹簧式的结构相互缠绕交联，形成角质蛋白的强度和柔韧，从而赋予头发所独有的钢韧性能，这种钢韧性适应发绣施针度线的拉力。

我们共同探讨了头发在我国传统文化中的一些人文内涵与指向性意义：旧时男女相爱，两心相许，女方常以一缕青丝托付给对方，遂成了爱情的信物；"乡音未改鬓毛衰""镜中衰鬓已先斑"是文人对人生易老的感慨；"孤臣霜发三千丈，每岁烟花一万重"表达的是忧国忧民的感时伤逝。清朝入主中原，汉族士人表现出宁断头不断发的气节；剪发弃旧又成了清末革命党人的义举；对佛门僧众而言，头发是俗世尘缘的象征，指认是烦恼丝，出家人必须剪发（俗称落发）；对于现代人来说头发是人们精心呵护，塑造自我形象的尤物。如此等等，不胜枚举。头发是人体最亲切与熟知的一部分，用独具特质属性的头发来制作肖像具有无与伦比的人文价值和纪念意义。

讲到此，孟永国双目发亮，打开手机，给我看了一组图片。乃是九十周年校庆，一百五十六对温州大学的新老校友，齐聚校园，各自领受他们爱情信物：一百五十六对发绣唇印，以及他们的发绣留言。唇印弯弯如月，又似漆黑的眉弓。留言则如：我与你相遇，只为了亿万光年的刹那。又如：只此一人，挚爱一生。

谈到发绣从时光隧道的远方走来，也常要经历洗濯和打磨，方能历久弥新。

孟永国给我谈到了他带领团队的五次创新：第一次早在1994年，把传统的单色发绣发展成为彩色发绣，改变了温州发绣色彩单一的局限，孟永国的彩色发绣作品是一幅蒙娜丽莎。第二次创新在2000年，首次在发绣中引入乱针绣法，温州发绣技艺从此由传统程式走向应物施针，并提出刺绣写生的艺术主张，逐渐形成"应物施针、法随心意"的创作理念。第三次创新在2002年，新创"做底补色法"，弥补了发绣色彩的局限，为表达主题营造了氛围，将表现题材拓展到静物、风景、花鸟等更为广阔的空间。第四次创新在2010年，此次主要为革新发绣创作工具，通过解构重组的办法，创造性地将传统工具转化为美观好用的现代发绣工具；此项技术获得了专利。第五次创新是改良发绣装裱方法，以平薄的硬木框后加上衬板，替代原本直接在缎地背面贴三夹板的方法，既能保持绣面平整稳固又利于长期保存，解决了发绣下绷装裱的难题。

是啊，唯创新方能生存与发展，一门古老的技艺，也只有不断创新，才能寻找到更为充沛的水源，更为丰沃的土壤，更为高远的天空。

四

连着两天的实地采访，温州发绣不仅给了我较深的感受和理解，也触发了我对国内层出不穷的非遗项目的整体思考。在此前几年采写诸多非遗项目和传承人的过程中，我感觉他们有一个共同的难点，那就是传承。孟永国回答，温州发绣完全没有这方面的问题。他的团队多半是来自各大学美术专业的优才生。

那天和孟永国在温大食堂午餐，他身边就座的两位"传承人"，一位是来自中国美术学院版画专业的蔡淑明,一位是来自贵州民族大学民间美术专业的朱艳艳,我从她俩开朗热情的眼眸、谈吐自如的状态和意气风发的精神,印证了孟永国的自信。

依托大学的编制、机构及人才来生发、拓宽与提升非遗项目,包括招揽专业研发及教学人员,在大学开出非遗公选课……或许不可能是保护非遗的首选,更不能大面积铺开,却为一些急需或紧要项目提供了一种闪亮的思路。古往今来,遍布大江南北不可胜数的非遗,背负与折射出五十六个民族的传统文化,似百舸争流,如万木争荣,当需不同的引领、擢拔与浇灌。

"落日千帆低不度,惊涛一片雪山来。"斯情斯境,令人缅想。

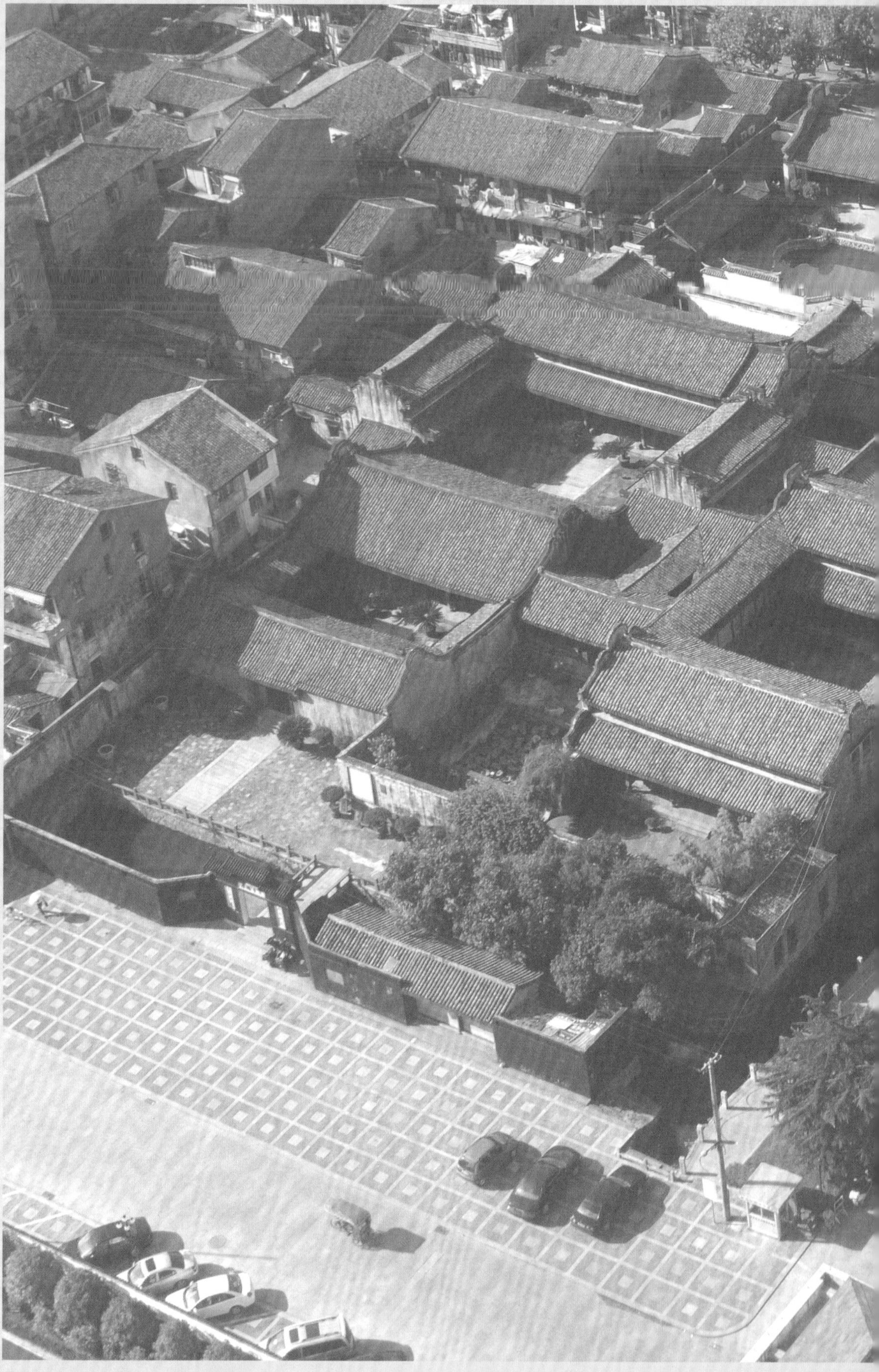

黄昏中的玉海楼

红孩

我们是在下午四时走进玉海楼的。毕竟是秋天了，阳光淡淡的又有些懒散地斜挂在天空上，或许是院深人稀的缘故，当我们推开那木制的没有刷一丝油漆的大门时，霎时被眼前的景象迷住了：坐北朝南两进五间的木构重檐建筑，上下左右连以回廊，形成一个封闭式院落。其藏书之所是前后进的楼上，前楼左偏间置史部及目录书，中间置经部及子部，次中间置子部及集部，右偏间则置丛书、类书。后楼第一间置经部及政典书和医书，第二第三间置史部之各省地方志。其间共有书柜一百多个，分一上一下，重叠而列。前楼楼下贮藏《永嘉丛书》版刻四千余片，古晋砖百余方，并辟精室作为外人观览书籍的地方。

刚进门的时候，阳光尚能照在东面的屋脊。十几分钟后，阳光便消失了。主人引领我们走上二楼。顺着窄窄的长长的通道，我们分别在每一个藏书的柜前驻足凝视，仿佛这书柜里的书们真的是什么旷世的真经。一个年轻的馆员，正伏在桌案上编辑整理目录，见是馆长亲自陪我们参观，就非常"开恩"地给我们打开了几个柜门，他的双手戴着白色的手套，取书的动作非常夸张，唯恐一个没注意会把书弄化了似的。见他这样，本来我们想接过来仔细看看，结果一点勇气都没了。我想，这大概是此时的气氛所致吧。通道临窗的一侧，有一条长长的窗沿，正好人可以坐在上边。我猜这该是供人读书休憩的地方。馆长说，是啊，读书读累了，透过窗户，呼吸呼吸新鲜空气，再极目远望，确实考虑的周全。再者，还可以看看院里来了什么人，说不定常有青年男女在此相约呢。

玉海楼非现代建筑，乃为清末温州瑞安名士孙衣言、孙诒让父子所建。古代藏书的地方大都称为阁，比如同为浙江四大藏书楼的宁波天一阁。再如清时纂修的《四库全书》，便分别藏在北京紫禁城内的文渊阁、圆明园的文源阁、承德避暑山庄的文津阁、沈阳故宫内的文溯阁、杭州孤山的文澜阁、镇江金山寺的文淙阁和扬州大观堂的文汇阁。非常有意思的是，每一个藏书阁中间的一个字都带"水"字旁，其用意自然是用于防火了。玉海楼得名概因如此，不过它还有一个出处，那就是孙氏父子非常推崇南宋学者王应麟。王应麟有一部自诩为"如玉之珍贵，若海之浩瀚"的《玉海》。爱屋及乌，孙氏在藏书楼落成后，便正式定名"玉海楼"。玉海楼显然是私家藏书楼，但孙氏从来不为己独自享用，很慷慨地向社会开放。不过，要想到玉海楼看书、借书，还是有门槛要遵循的。孙衣言在其所做的《玉海楼藏书记》中就坦言："乡里后生，有读书之才，读书之志，而能无谬我约,皆可以就我庐,读我书,天下之宝,我固不欲为一家之储也。"其中的"我约",指的是孙衣言制订的《玉海楼藏书规约》十六条,内容涉及读书之法、书目的编纂、书籍的保管、借书的规则和经费的使用等等,可谓面面俱到。有些条款,即使今天的人看来,也是大有裨益和肃然起敬的。如"每年八月天气晴燥有风之时,另雇坊友四五人,将所有藏书统行晒晾一次。其有破损须粘补或书皮钉线散断者,即时加工修整"。又如"读书如对严师庄友,不可跛倚倾侧或欹枕灯火之旁。阅时先将楼下几案拂净,用蓝布一方,拥在几上,再次所借书取出,打开函帙,正身端正,细心阅读"云云。

  瑞安这个地方虽历史悠久,但真正的为世人瞩目却是在20世纪80年代初,即温州私营经济的模式就诞生在这里。如今,温州人的足迹已经走到世界七八十个国家。或许在很多人的眼里,温州人经商赚钱算得上武林高手,但读书做学问就属小脚老太了。我觉得这种认识不完全算武断,但当我从玉海楼走出的时候,在门口办公的一个静若处子的姑娘吸引了我。馆长告诉我说姑娘姓易,是前任馆长的女儿,在这里已经工作十一年了。我问那姑娘,在温州瑞安私营经济异常发达的地方,你何以能在这个地方坚守十一年呢?姑娘回答,人各有志,我觉得在这里守着书读挺好的。我注意到,在姑娘右前方的电脑旁,摆放着一张她自己的生活照,照片上的她自然、恬淡,宛如一朵盛开在乡间的喇叭花。闻着那喇叭花的清香,我似乎感觉到一个文化的瑞安已经开始苏醒。尽管,现在正是夕阳渐渐褪尽的黄昏。

玉海楼(吴小淮 摄)

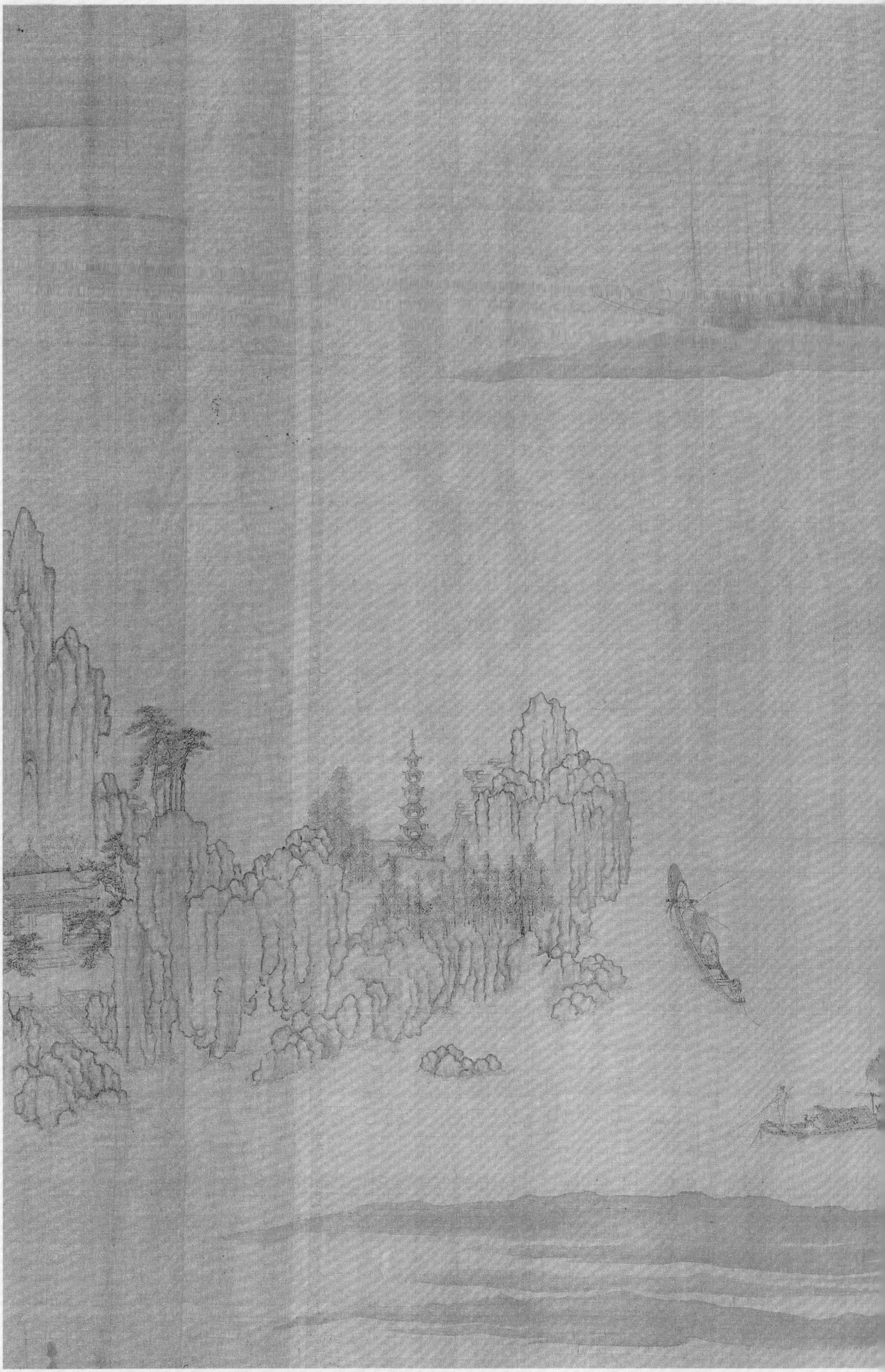

辑三 水韵温州

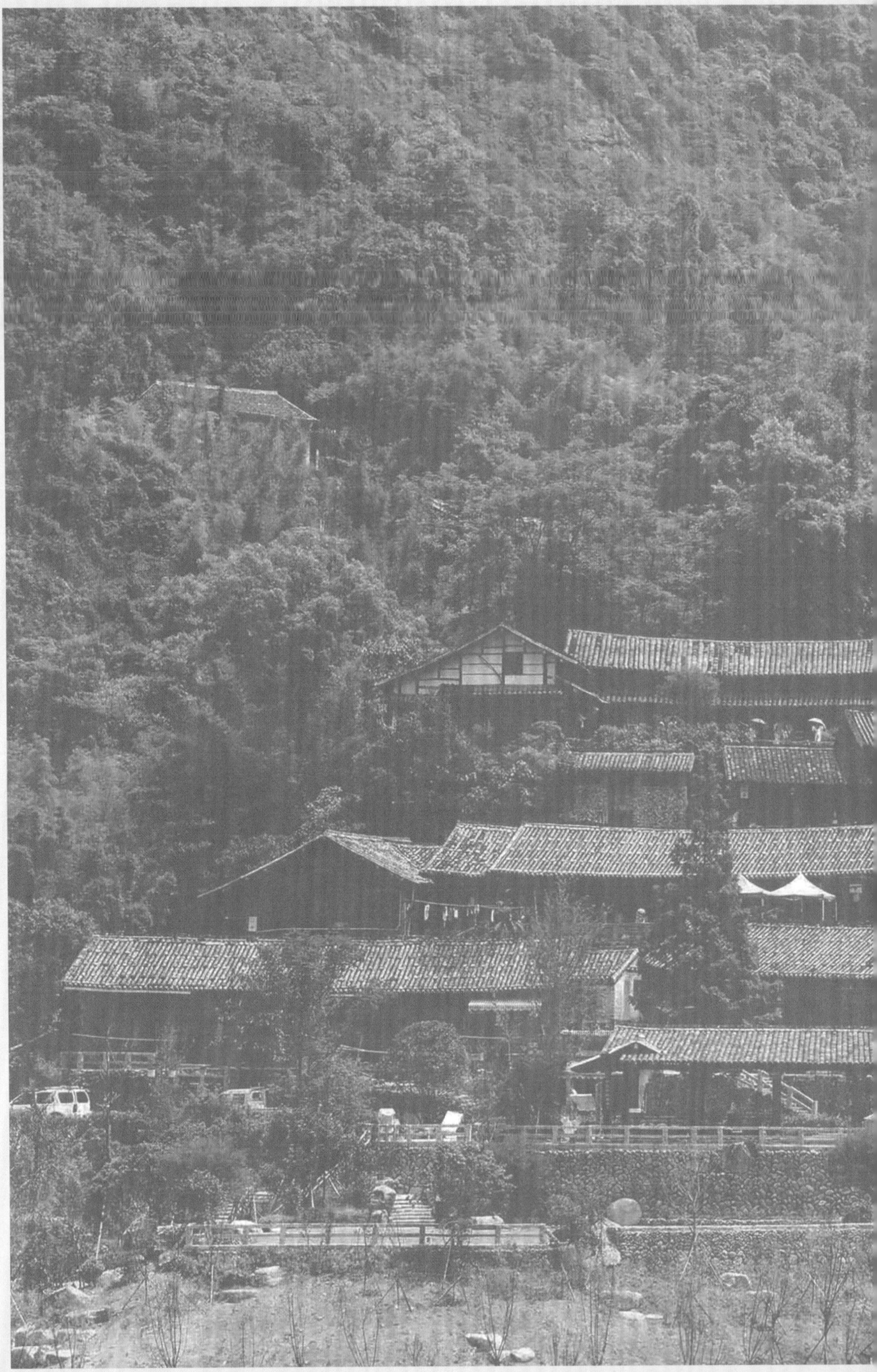

我的名字叫苍南

黄传会

温州苍南渔寮沙滩（董学安 摄）

亮出一张名片，我的名字叫苍南！居玉苍山之南，蕴横阳支江之钟灵毓秀。灵溪、龙港、金乡、钱库、矾山、桥墩……十九个乡镇像十九位兄弟姐妹，组成一个和睦大家庭；闽南话、瓯语、畲话、蛮话、金乡话，一千二百九十一平方公里的土地上，一百三十万人口说五种方言，在中国亦属罕见。

我的颜值蛮高哦，玉苍晨曦、鹤顶杜鹃、渔寮沙滩、矾都老矿、碗窑清窑、鲸头古庙、福德湾旧街……一道道风光美景，会让你流连忘返、叹为观止。单档布袋戏、道教音乐、蓝夹缬这些国家级非物质文化遗产，更会让你一饱眼福耳福。还有美味佳肴呢：螃蟹炒年糕、海蜈蚣烧咸菜、清蒸黄梅鱼、凉拌虾皮紫菜……真不是有意在馋你！

显摆一下我光芒四射的祖辈好吗？这里诞生了八名文武状元，养育了文章名

世的状元徐俨夫、笔砚独步的王自中、诗名宋元的林景熙、国学超群的刘绍宽，走出了苍南道学和武学开山者林倪，还有名闻遐迩的数学家黄庆澄、姜立夫等。

苍南英烈甘洒热血写春秋。持续一百多年的宋代学子前赴后继斗贪官，可歌可泣的明代军民携手抗倭寇，轰动全国的清代"平阳三大案"反抗压迫，百折不挠的民国大刀会奋勇斗争，壮怀激烈的抗日民军司令朱程痛击日寇……

我的名字叫苍南。

民风淳朴，热情好客。口袋里有十元钱，恨不得请朋友吃一百元。早晨进小店吃粉干，两眼一扫，先把熟人的粉干钱付了。夜晚去理发，见有熟人，照样抢先付钱。我回乡探亲，多次"被付钱"。想表示谢意，人家已悄然离去。每每想起，温馨无比！

苍南人爱吃海鲜，三日不闻腥味，恨不得亲自下海去捞。

苍南人先订婚，再结婚。订婚酒不收红包，邀你白吃；结婚酒红包不全收，你送一千，他收二百，还回礼。

苍南男人先买西服，再学打领带。

苍南女人勤俭时一分钱会掰成两半用，大方起来却可以搭飞机去韩国美容。

苍南人诚信，借钱不用打借条，口头承诺即可。谁借钱不还，谁就没脸做人。有位"诚信老爹"，"桑美"台风夺去三个儿子，留下八十万元债务。他种菜、养鸡、拾废品，默默还清儿子的债款。老爹明晓，诚信比金钱金贵。

苍南人能吃苦。

改革开放初期，苍南人为了推销产品，踏遍千山万水，走进千家万户，吃过千辛万苦，说尽千言万语。

苍南人爱穿皮鞋，也能光脚；敢进殿堂，照样睡得了地板。苍南人人都想当老板，老板个个都从打工做起。

能吃苦不值得炫耀，敢创新才真算本事。

西北干旱，苍南人却去卖蜡烛。为啥？缺水，小水电必停，蜡烛自然抢手，这叫商业眼光。公安"严打"，苍南人到监狱兜售棉被，监狱长惊讶：你们怎么知道缺棉被？回答道：犯人增多，哪能不要棉被？这叫商业敏感。大学刚刚开始招生，苍南人不仅设计好了校徽，连样品都准备好了，极受校长们欢迎。凡此种种，俯拾皆是。

一片繁华海上头

温州苍南碗窑古村（李士明 摄）

  苍南人"敢为天下先"，这一个个"第一"便是明证："中国第一座农民城""新中国第一家私人钱庄""第一家股份合作制企业章程""第一例民告官""第一条农民承包经营民航客运班机航线""全省第一个浙台经贸合作区"……

  中国印刷之都、中国礼品城、中国塑编之都、中国井巷之乡……苍南已经走出一条独具区域特色的发展之路。

  创新日日新，追求无止境。

  我的名字叫苍南。

  苍南拥有全国首个县级动车始发站。每天有五十七趟动车始发或停靠苍南站。你没来，苍南毕竟与你隔着山隔着水。

  你来了，苍南的山，苍南的水，苍南人，都会成为你的朋友！

我的名字叫苍南

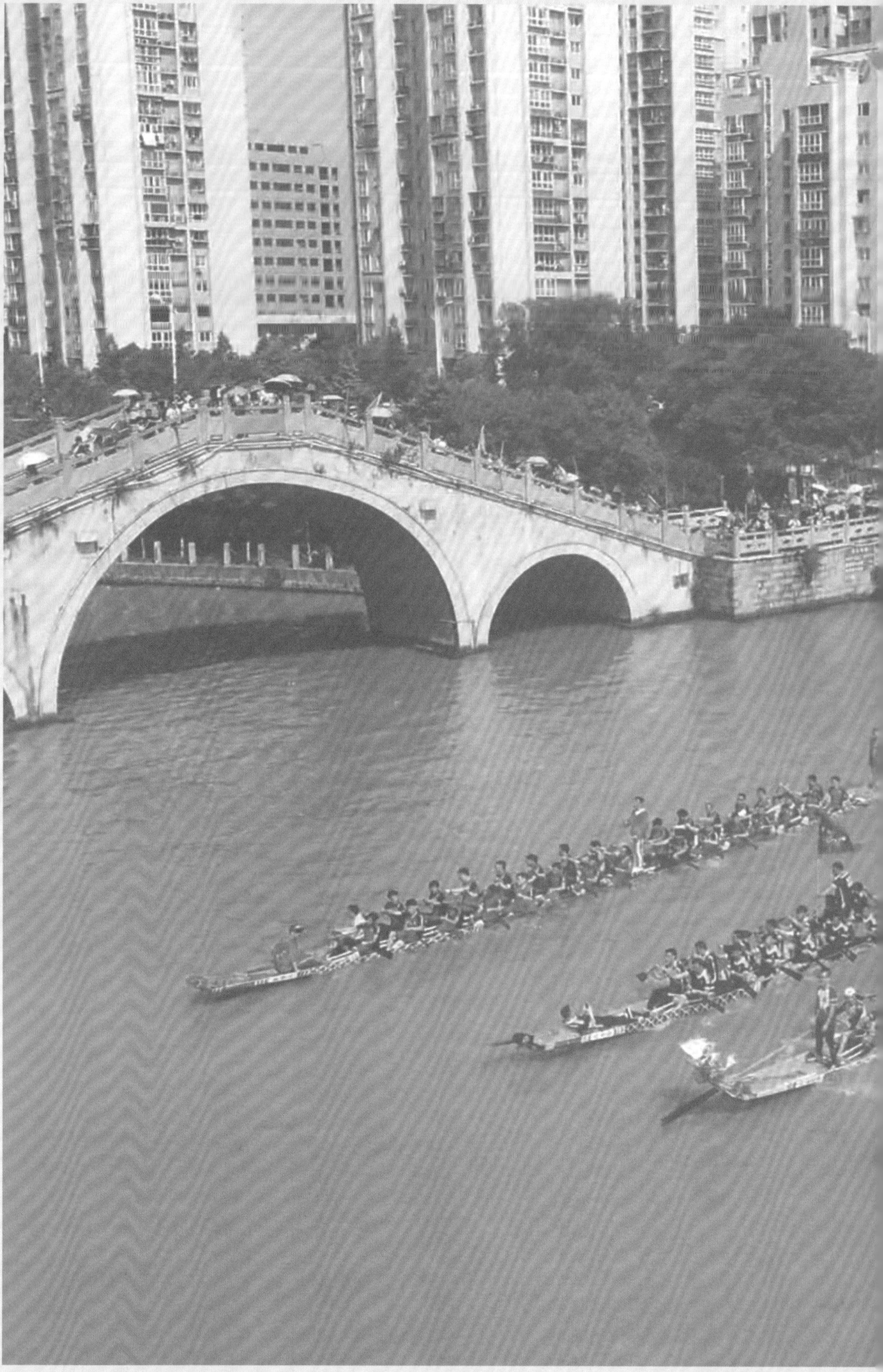

水城念想

刘文起

我对水城有很强烈的念想，凡是走过靠水或水多的城市，就念念不忘。国外是威尼斯，看着整个都浮在水里的城市，我喜欢得只想跳入水中与它融合在一起；国内是苏州、绍兴，看着小篷船在那弯弯曲曲的城市水道里穿行如梭时，我真想变成那小篷船上的一只桨，或是桨声灯影里的那一声欸乃。

忽然想起我们温州，曾几何时也是一座水城。

温州古称永嘉，意为"水长而美"。弘治《温州府志》云：温州"一坊一渠，舟楫必达。可濯可湘，居者有澡洁之利；可载可泛，行者无负载之劳。"又说："门前流水，户限系船；""楼台俯舟楫，水巷小桥多。"据清光绪八年（1882年）《永嘉府志》的《温州城池坊巷图》中所标，一百五十多年前，温州老城中还有大小河流54条。河流总长为65公里，远超苏州和绍兴的河流密度。河道边上是街巷。南北走向的河街，是河东街西；东西走向的河巷，是河南巷北。其时南北大街后河居东，小南门河居中，信河居南，旧城东西向的百里坊河将信河与大街后河贯通起来。有了大河的支撑，城里那些流淌在街坊巷弄的小河都水流汩汩了。河多了桥也多。据《永嘉县志》载：城内有桥143座，仅信河上就有桥72座。桥梁不仅与地址和能工巧匠有关，也与它自己的传奇有关。比如四顾桥，就记载着张璁四度入阁两朝元辅的故事。温州的桥名，承载着温州历史文化的底蕴。温州城内桥的密度，也多于苏州而仅次于绍兴。《瓯江竹枝词》云："大高桥接小高桥，近水楼开红绮寮。语郎记取门前路，八字桥边劳几家。"

那是何等美丽的水城啊！不要说苏州、绍兴，简直要与威尼斯比美了。

城内水多，城外水更多，更多的水在塘河。塘河流域面积740平方公里，水面面积22平方公里，水系河网总长度1178.4公里。塘河分二段，从鹿城小南门到瓯海瞿溪称西湖，也叫会昌河；从小南门到瑞安称南湖，也叫温瑞塘河。温瑞塘河过去是温州到瑞安内河航运的重要水道，有小轮船、驳船70艘。

温州塘河开凿于东晋时期，谢灵运当永嘉太守时就坐船从温州到仙岩的，他有诗《舟向仙岩寻三皇井仙迹》及《游赤石进帆海》以记之。晋以后经唐大和会昌年间大规模疏浚，那段河就叫会昌河。南宋以后又修筑堤坝，形成"八十里荷塘"的温州水城特征和标志。有《早春塘河》诗为证：

芳郊惊蛰后，洞壤蛹能掀。
绿水平春岸，红葩发晓园。
鱼游鳞暖耀，鸟鬻翮晴翻。
淑径行人静，偏怜过楫喧。

这是对美丽的塘河水景、岸景的形象生动的注解。

与城内一样，城外的温州塘河上也有许多桥。石桥、木桥、石梁桥、石拱桥，各种各样的桥，人行其上映在水中，又是另一种风情。桥多桥名也多，有以数字命名的：第一桥、四顾桥；有以官衔命名的：御史桥、状元桥；有以地名命名的：会昌桥、株拍桥；有以人物命名的：中山桥、窦妇桥……真是美不胜收。清代女诗人范薿香有诗曰："缓步同行过小桥，春风吹暖卖饧箫。忽惊背后来游客，退入垂阴折柳条。"可见在这如画的水边，都是游人如织的。

而塘河上划龙舟，又是另一幅景象。

据《温州民俗大全》中称，温州竞渡，至迟在宋时已很流行。关于宋时温州划龙舟的盛况，叶适的诗称："一村一船遍一邦（乡），处处旗脚争飞扬。"弘治《温州府志》载：是月，各乡皆造龙舟竞渡。除了龙舟，昔日梧田、花柳塘、蝉街等地还有最为著名的一种供观赏之用的龙舟，叫"水上台阁"，亦称"彩舫"，堪称温州独有。

《温州民俗大全》中记述：台阁约长18米，宽4米，可容百余人。前后装饰龙头龙尾，均用木头精雕细刻而成。须脚、眼睛、鳞片等，用彩色油漆或贴金装饰。龙舟台阁上均用木材或竹竿搭设亭台三座，中亭高耸，形似亭台楼阁。台阁遍插飞虎旗、蜈蚣旗、六色彩旗等。龙头龙尾与三层"台""阁"之间，各有一个秋千架，秋千架下有专人手摇把手，用木齿轮带动秋千旋转。每个秋千架上，有四名儿童身着戏装，手握绳子，坐在软绳上，随着秋千的回转起伏，腾空翻飞。台阁上还有乐队演奏丝竹琴弦，细乐悠扬，悦耳动听。

这台阁一般要在城内外河道漫游四五天，漫游时两边小船蚁聚，竟以靠近欣赏为快。有《温州竹枝词》对其盛况描述道："午日江城竞渡时，倚楼画阁望迷离。半天忽动秋千影，龙女腾空作水嬉。"清时郭钟岳《东瓯百咏》又云："龙舟竞渡

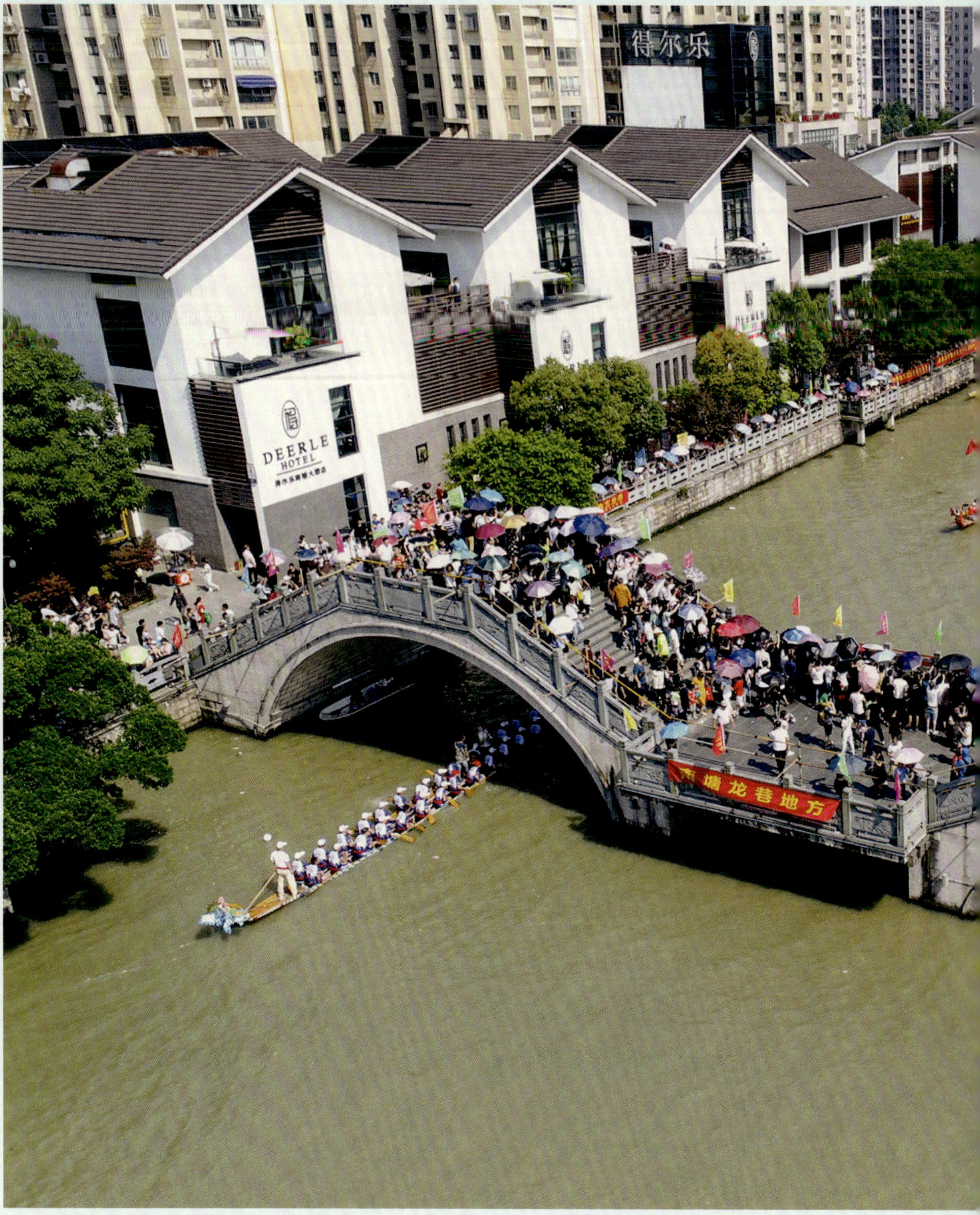

得尔乐
DEERLE
HOTEL
塘龙巷地方

南塘万人眙斗龙（杨冰杰 摄）

闹端阳，五色旌旗水上扬。争看秋千天外荡，艄婆笑学女儿装。"

这时候的温州水城，不光是清悠如水，更是热闹如潮了。

这些都是文字的记载，具体的场面只能靠人去想象。真正让我对温州水城念想的是英国驻温州首任领事阿尔巴斯特拍于1877年的老温州照片，以及老摄影家邵度、孙守庄等人拍的老温州照片。当年的传教士苏慧廉夫人在她的回忆录《走向中国》里说："温州城里布满河流，宛如威尼斯。"这些都让我对"门前流水，户限系船"的水城温州有了对威尼斯、苏州、绍兴那样的念想。

当然，我1964年从乐清到温一中（温州中学）读书时，还能看到道前桥和河。那个桥有7米阔，可能是市区最阔的桥了，故有"道阔道前桥"之说。道前桥下的河水也很阔很长，从远方流来，一直流到地委大院墙外和华大利酒店的墙下。我们温一中旁边的九山河，也是水满水清，夏天来游泳的人如下饺子。住在九山河畔的温一中里，还有一点"门前流水，户限系船"的感觉。

什么时候开始在城内填河拆桥呢？

资料记载：1934年，五马街南侧的河道改为下水道，老城开始填河拓巷。次年瓦市殿巷小河也被填平。新中国成立后，从1950年填塞康乐坊路旁的小河改下水道起，至1960年到1962年，继续填塞市区内河。从小南门到大高桥、小高桥、四顾桥、府前桥、洗马桥、大洲桥、鱼丰桥……凡桥必拆，凡河必填。直至20世纪70年代末，旧城区内所有街巷旁的河全被填塞。我1964年还能看到的道前桥和河，也是在1971年被拆被填的。从此后，凡是河的名字，都成街巷名；凡是桥的名字，都是地名。当年有威尼斯之称的浙南水城不复存在了。仅存不多的河，如九山河、温瑞塘河的水也严重污染。当年温州有句说水质的顺口溜，叫作："60年代淘米洗菜，70年代水质变坏，80年代鱼虾绝代，90年代洗不净一个马桶盖。"

河流干涸了，水城的念想却并不干涸；桥梁夷为平地了，水城的念想反倒升腾了，成为永远化不开的浓浓的乡愁。

还好有个三垟湿地。

三垟湿地规划总面积13平方公里，仅比杭州的西溪湿地小几亩。湿地内一百多河流纵横交织，密如蛛网，形成了一百六十余个大小不等、形状各异的"小岛屿"，水域面积和陆地比例达1.1∶1。三垟湿地水网密布，村落沿河布局，民居临水而筑。尤其阳春三月，沿河处处是葱郁的翠木，布谷鸟啼，飞燕穿梭，橙黄色瓯柑挂满岛上果树，自然景色独具异彩。明代大臣张璁曾以"落日放舟循桔浦，轻霞入路是桃源"的诗句赞誉三垟。如今，按照规划方案，要把三垟湿地建设成"桔浦芳洲、白鹭野鸭、菱角莲藕、河网人家"的生态园。泛舟水面，绕岛而行，如置身于水乡的"世外桃源"。

我想：老温州城内外有一百多条河，而三垟湿地也有一百多条河，这不是一个微缩了的老温州吗？在三垟湿地，我们就能找回老温州水城的感觉啊！

还有塘河。

如今的塘河，经过多年的整治改造，河宽了，水清了，河两边恢复了古老的建筑。生态管理部门积极努力，决心把温州塘河和三垟湿地努力打造成安全流畅、生态健康、水清景美、人文彰显、人水和谐的具有诗画江南韵味的美丽河湖；打造成水网相通、山水相融、城水相依、人水相亲的河湖环境。如今的南塘和三垟好景如画，如当年有商店有寺院有临水建筑的水城，再现了水清可鱼、河岸可憩、街繁可商、景美可赏的山水城市风貌。那一片树灯辉映、桥水相衬、白鹭翱翔的江南风景，彰显了一桥一水的老温州水城的风情风貌。尤其是印象南塘文化旅游区，呈现了一批精品景物。将自然与人文、文化与旅游、时尚与记忆完美地融合，成了温州人缠绵深沉的文化乡愁！

清人余永森有诗云：

放棹南塘雨乍晴，柳桥深处叫鸲鹆。
谁家小艇维芳岸，人向青山影里行。
岸曲人家半掩扉，扁舟咿呀趁斜晖。
渔翁冒雨收纶早，一鹭和烟立钓矶。

珍惜塘河、湿地，就是珍惜老温州水城的乡愁。
留住老温州水城，就是留住温州人对老温州的永久念想！

水城念想

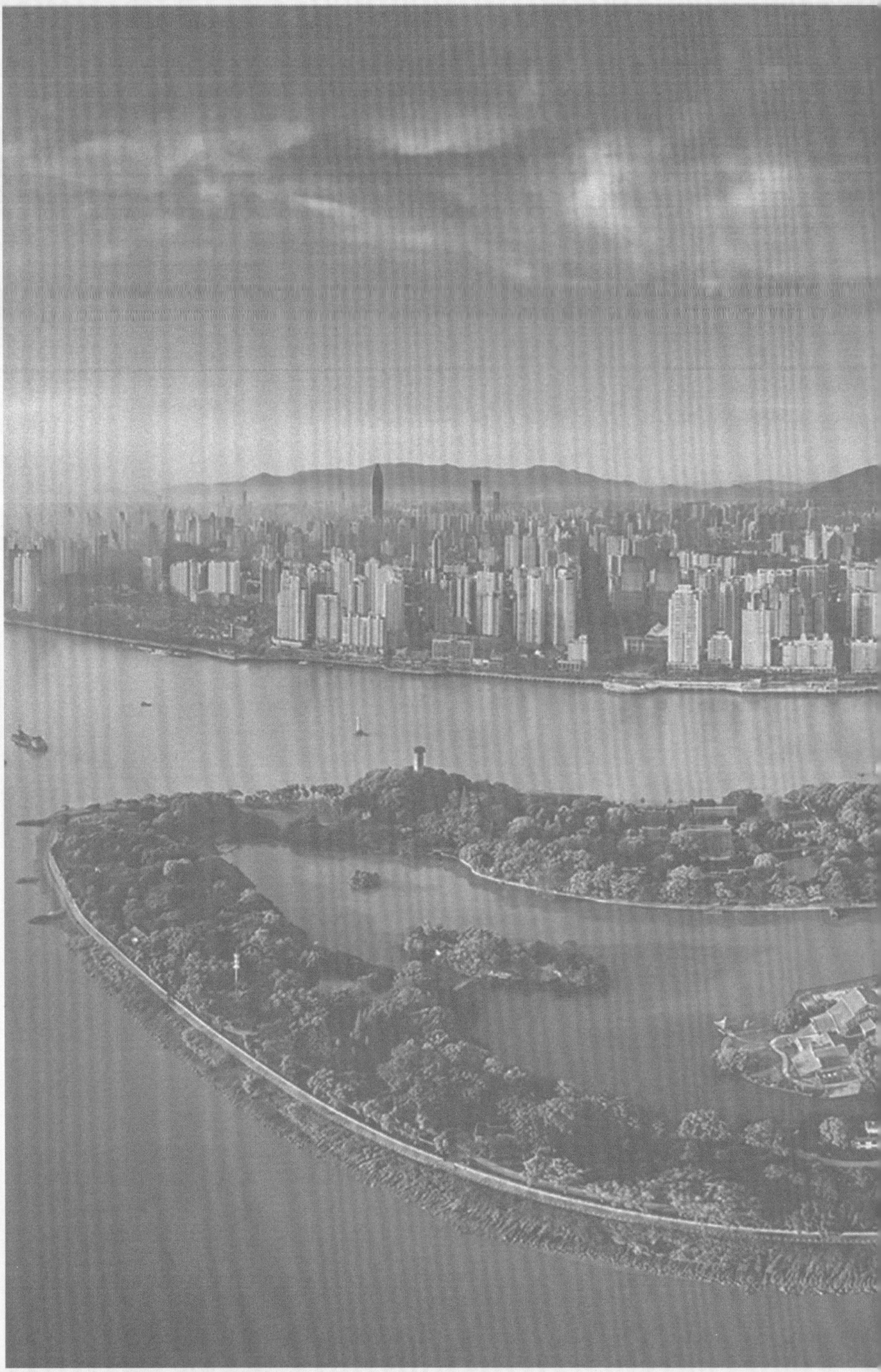

夜读《孤屿志》

马叙

1955 年，江心屿全景（朱家兴 摄）

一、时间，春堤先生

江心屿办事处印制于 2004 年秋的影印版《孤屿志》。八开，550 页。张索题封签。此志书为清人陈舜咨（春堤）订修。影印版的纸张剔除了刻印文字在宣纸上的诗意，现代人工厂化的规范、高效，以牺牲时间之痕与形式诗意为前提。翻阅这本沉重的八卷影印合订本，我会辟出另一个时间通道来想象二百多年前的木雕版刻印本：字迹清晰。笔画清瘦。手感柔和。每一分卷，握在手上均有轻盈诗意。原志书如今被存放在温州图书馆的幽暗之处。书写的温度。沉睡的文字。现代建筑里存放古籍《孤屿志》，既是一个时间的隐喻，也一个关于江心屿历史的半密闭时间盒子。去温州图书馆须经机场大道、市府路、世纪广场、府西路。图书馆内阅读人群中，极少有人去借阅它，伸手拿起它，阅读它。但静止的诗意，仍在温图存在着，每隔几年总有后人会慎重借阅。翻开。阅读。凡此类志书，雕版刻印工匠总是有着上等的细心，耐心。每印出一卷，即码齐，装订，线装勒出

的书脊，手指拂过，传递给感官的线条走向与交接，感知无与伦比。这是一种装订历史、时间与书写的诗意手艺，仿佛即将开读前的精致短序，精致上好的书，上好的文字，阅读即心悸。于江心屿，于两百年前的辑录文字，阅读是重要的，想象也同样重要。

把深夜的灯光调暗，照到这卷影印版《孤屿志》上，云南游历归来的陈舜咨修订此书时，他是怎样翻阅案头的一本本旧志、古籍，铺开宣纸，手握毛笔，一字一字地辑写？一个文人书生，专注地做了一件有意义的事，书写、归类、辑录。传之后世。

《孤屿志》内、外时间线：

陈舜咨辑写完《孤屿志》1807年，成书刊印于1808年，嘉庆十三年（戊辰年，1808年）。温州知府杨兆鹤作序。

1807年（《孤屿志》书写完毕，陈舜咨）—2004年江心屿办事处影印《孤屿志》—2023年（阅读《孤屿志》，读者，马叙）。

公元422年（谢灵运，山水诗人，永嘉太守）—1127年（建炎元年，靖康之难）—1130年（宋高宗赵构，江心屿，龙翔禅院，御书：清辉、浴光）—1807年（陈舜咨，春堤先生，志书书写者）。

阅读《孤屿志》，阅读春堤先生，即阅读时间本身。

人物，谢灵运及后人

《孤屿志》收录最早的是诗人谢灵运，卷三，首篇，《登江中孤屿》：

江南倦历览，
江北旷周旋。
…………

谢灵运放舟横渡。登江心屿。温州随处山水，江心屿虽小而与众不同。瓯江在此往东南四十里经灵昆岛入东海。江心屿静默而海潮涨落剧烈，退潮之时，江

一片繁华海上头

流湍激，观潮者心绪复杂，感岁月，叹自身，思时政。潮平之时，心境复平静，闲悠，诸事不想，诸事好。四十多年中我登江心屿五次，四次都是午饭前后轮渡抵达，行走，再到码头，回程。唯有一次午后四点抵达，至晚方回程。置身江心屿恰逢平潮傍晚，黄昏中潮面平静瑰丽，西边的天空金黄动人。那一次是独自登屿。陌生的一天。陌生的岛屿。陌生的自己。谢灵运在温州一年，会再次登江心屿吗？许是那唯一一次登江心屿。若一天内逗留时间够长，则经潮落（乱流趋孤屿，又乱流趋正绝）复潮平（空水共澄鲜）的全过程。早晨或黄昏，或晴日胜景，潮亮云幻，水石描金，瑰丽感人。或台风天乌云低垂，乱云撞拂双塔，惊心莫名。也是台风中，江涛狂澜，江心屿仿佛莫大的隐忍，双塔坚定。儿童时代的我，有一面小圆镜，镜子背面铝箔压出有江心屿及双塔浮雕，手指拂过，感受画面的凸出部分对手指的压力，有时闭着眼睛也能以手拂过感受到画面整体构图，感受最突出的是双塔部分，常伸手在口袋里以手指抚摸背面的江心屿图案。它的形状与力量，早已通过手指的感知，转而嵌入在孩童的心里。

"江心屿"是全国四大名屿之一，历代著名诗人李白、杜甫、孟浩然、韩愈、谢灵运、陆游、文天祥等都曾在此留下足迹和诗章，享有"中国诗之岛"的美誉。

《孤屿志》卷三辑录之二，孟浩然《永嘉浦逢张子容》：

逆旅相逢处，江村日暮时。
众山遥对酒，孤屿共题诗。
…………

开元二十年（732年），临近年关，孟浩然来温州见好友张子容。至此孟浩然已游历江南二年余，张子容时任乐成（乐清）县尉。是日，张子容船至永嘉浦接孟浩然至江心屿游览饮酒。相逢。倾谈。叙旧。深冬。孤屿。黄昏。张子容自任职乐成后，从未有过这样家乡好友久别重逢对酒当歌之时，此时此景，人是多么易于沉入伤悲。饮酒处正对江北岸，迢迢青山，冬日流水，孤屿日暮，江风凛冽。友情愈深，感慨愈多。收录《孤屿志》的还有一首张子容赠孟浩然诗《送孟六浩然归襄阳》。张子容接孟浩然游江心屿再到乐清，继续喝酒，叙旧，住了几宿，又过了一个除夕，之后孟浩然才启程回襄阳。"远客襄阳郡，来过海岸家"（张子

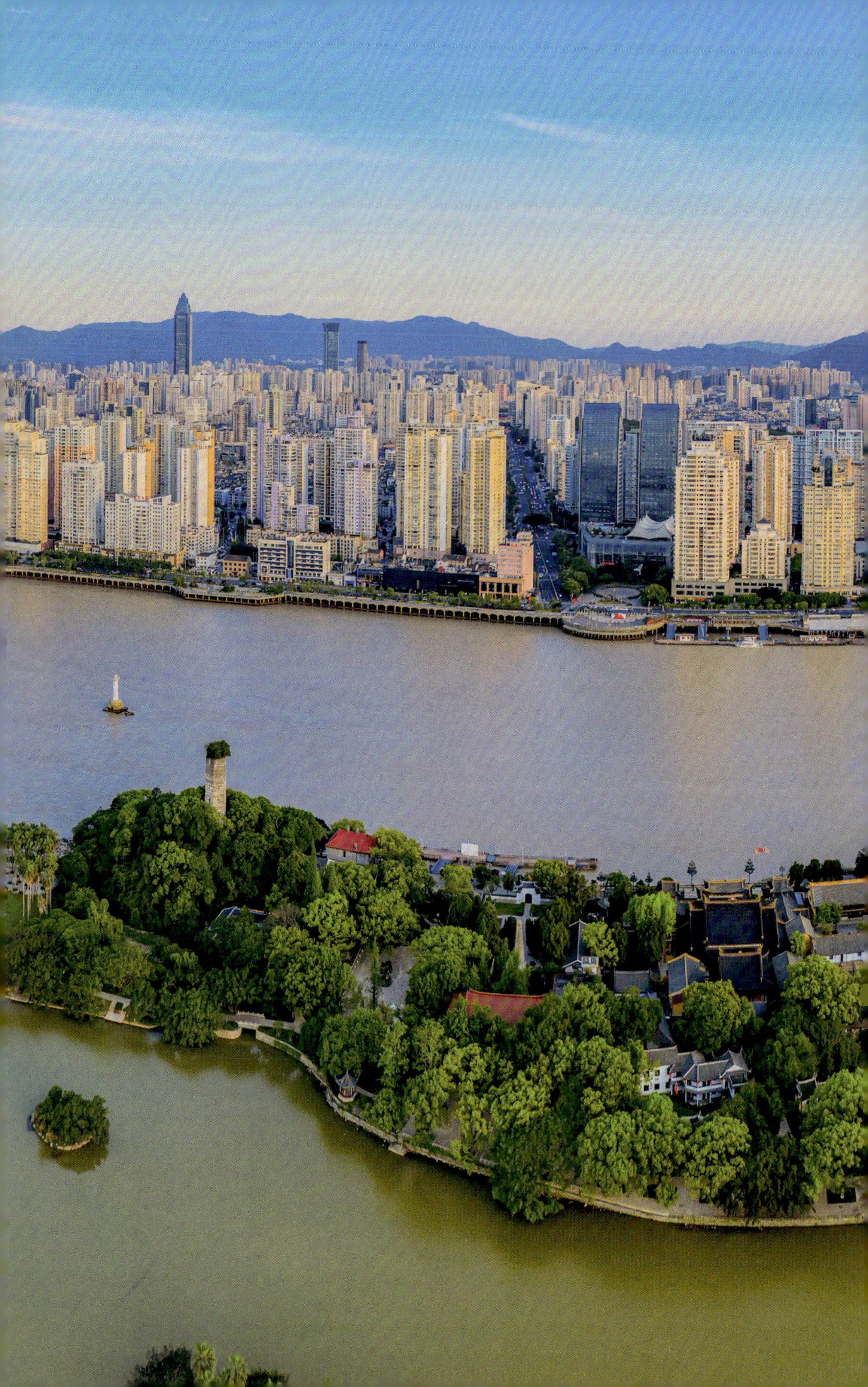

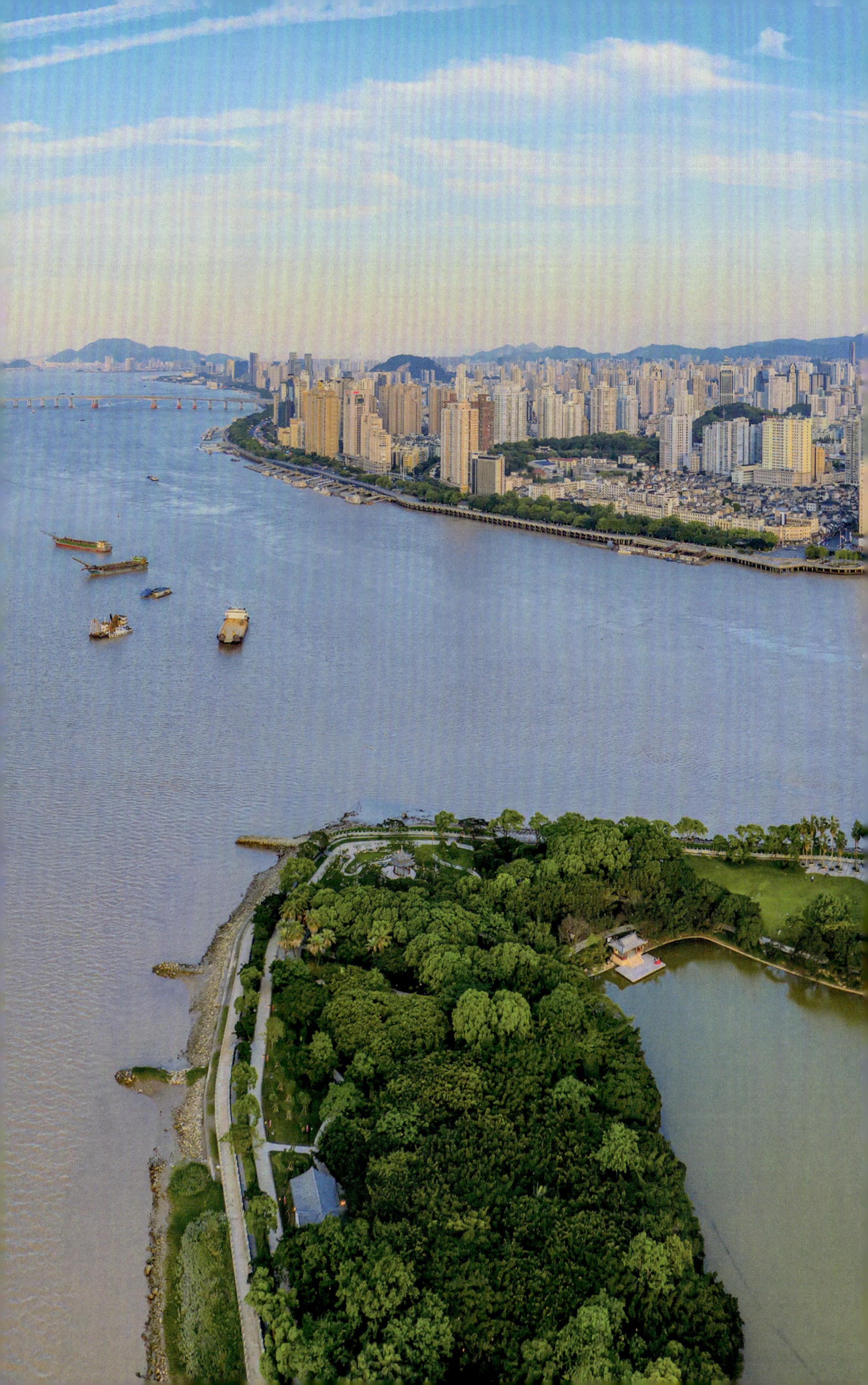

容《除夜乐城逢孟浩然》），身在乐清的我为自己能读到如此舒服的句子而倍感欣慰，好诗的力量总是那么平静而深远。此后，张子容被大多乐清人所忽略。开元年间乐成县衙，紧傍城北山上流下的金溪河，砌筑有度，北风掠过河面，年关的县衙比平时冷落不少，却是喝酒叙旧的最好时刻。县衙离海岸线七里许，张子容应是陪孟浩然去过不远处海边的，只是海水浑黄，且寒风劲吹。深冬的酒喝了之后孟浩然却病倒，《初年乐城馆中卧疾怀归作》："异县天隅僻，孤帆海畔过……徒对芳尊酒，其如伏枕何？归欤理舟楫，江海正无波。"与前些天在江心屿写下的诗相比，多了几分内心的焦虑。如果不病倒，孟浩然很可能会多住几天，再去雁荡山走走，看看大小龙湫与筋竹涧，而人一病，则兴致全无，再好的山水景致也感索然。《孤屿志》中，还收了一首孟浩然写襄阳汉江孤屿的诗，诗中的鹿门山位于今襄阳城南。陈舜咨误把这首诗移作写温州江心屿收录进志。

辑录之三：卷首，胜迹，龙翔禅院篇，"建炎四年高宗南渡驻跸寺中改名龙翔"，此禅院原名普寂禅院；另一座原名净兴禅院也为宋高宗改名为兴庆禅院，并御书"清辉楼""浴光精舍"（另说题"清辉""浴光"四字）。前些天再登江心屿，见"清辉"二字犹在。赵构至温州江心屿，与谢灵运、孟浩然登江心屿时大为不同，此时为靖康之变三年后。其父赵佶被禁于金国。而赵构则自南京（商丘）一路奔逃至温州。住江心屿禅院得以渐渐平复惶恐不安之心。视其"清辉"二字，安宁，有力，无亡命奔逃心焦之痕。写时或有禅院钟声、虫鸣、微风，自有一种深远力量，让一个原本惶恐不安的人得以心安、静谧。此字风格，奠定了书写主人此后南宋年间治国信心与方式。

建炎四年（1130年）二月初一至二月十七日，赵构在江心屿停留16天后，自拱北门（后改称朔门）入城。几天前来朔门外，看到正在挖掘的温州古朔门港遗址，其文化层中，定有南宋150年跨度的物质沉积层。在古港遗址，一字排开的许多个考古挖掘坑，其时间诗意，落在南宋一号沉船等多个沉船、建筑遗址上。它讲述温州南宋时期的兴盛。碎瓷。沉船。龙骨。朽木。木栈道。干栏式建筑。它们的身上沉积着时间密度与朝代诗意。而《孤屿志》则是以文字诗意辑录历朝江心屿人、事、文。

卷三，文天祥诗《北归宿中川寺》：万里风霜鬓已丝，飘零回首壮心悲……英雄壮志，慷慨沛然诗意，仰首抬头有长风破浪风范。若双塔象征人世悲歌，必

古屿隔江望新城（陈立 摄）

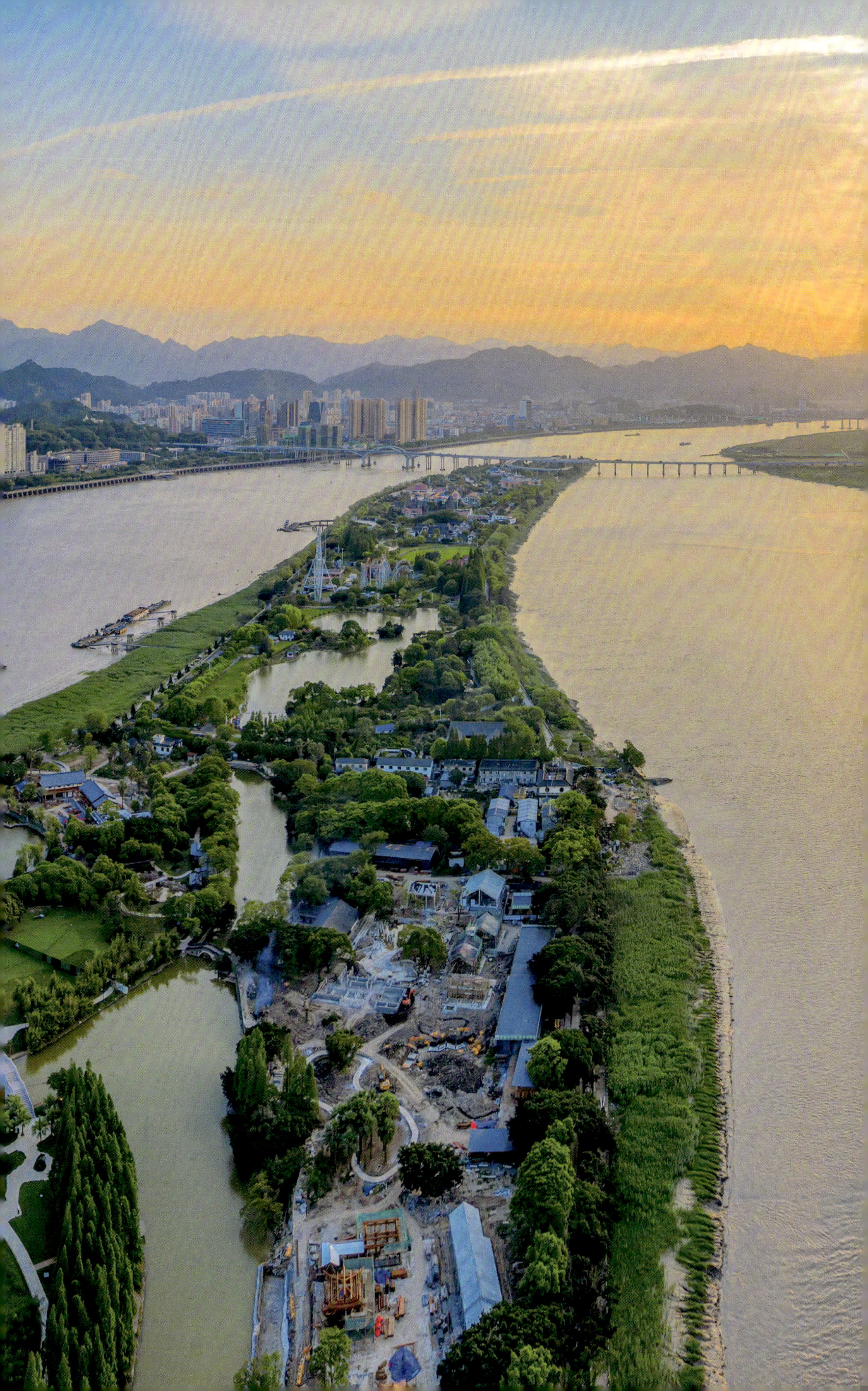

有一塔是文山先生。江心屿外，江流千载，潮起潮落，又风起云涌。《孤屿志》共录文天祥诗两首，另一首《江心寺》句：何年飞来两巨石，孤撑肮脏分江流……两首诗与坐像，成为江心屿文字的骨头和砝码。江心屿有文信国公祠。潮声与韵律。诗与骨头。孤心。长啸。

三件事，梅、酒、井

卷六，清乐成人李象坤《孤屿种梅序》："……故雪仙中艳也，梅艳中仙也……梅信久杳，雪君狼藉……今春集梅得百本，散植庵前后。"

当年李象坤来江心屿，林木、梅树寥落，今天再来江心屿，处处花草，游人如织，满目墙画。凡景区，近年来一直做着加法，当初留置的空白，被逐一填满，一日日地做着锦上添花。当叠加过多，视线无栖息处。过多的锦上添花之后，减法当是上乘之美。在多里，少，即格调，即骄傲。古人孤屿种梅，有风中孤鹤之意，四周荒凉时，植梅以象征：傲，孤，寂。大雪空院，琼枝梅信。古寺。钟声。（明·张岱有《补孤山种梅叙》）。古时荒凉的江心屿，也许至李象坤时，植物渐盛，古榕树的气根也早已飘荡在湿润的空气中。栽梅百余，寺墙作屏，梅心亦禅意。清晨幽香，是肺腑之言。月夜疏影，则是朋友促膝倾谈。

梅树。凝视。空寂。风。鸟影。

庵寺前后，古人弯腰种梅，江流潮汛，阔大背景下的孤独，寂傲。有若诗人独自伫立江边，吟一阕寂寥的孤屿之诗。

卷六，清人林必登《江心宴集序》："……江流白涌，噌吰鞺鞳，宛然写照东坡。山气青来，缭绕参差，大似画成北苑。骚人共唱，数叶两平；韵府各分，诗俱七律……"

卷二，王复礼《孤屿雅集赋》。钱塘人王复礼，王阳明的六世裔。钱塘文风至盛，文人间多诗书雅兴。康熙二十三年（1684年）立夏前，王复礼自钱塘到温州，有心交往一批温州的文人墨客，遂呼朋唤友，召集三十余人至江心雅集，吟诗作画。王羲之于兰亭雅集，曲水流觞，舞文弄墨，饮酒赋诗。王复礼效前人雅集，摆酒与笔墨纸砚于孤屿。骚人墨客，三三两两，乘船斜渡湍急的江流，系舟码道，度向寺中。酒酣耳热，诗兴渐起。唱。吟。书。纸要平铺。研墨要安静耐心。

王复礼举孤屿雅集时间晚于李象坤孤屿种梅数十年。王复礼来江心屿时，李象坤当年植的梅树已遒隽成林。王复礼《孤屿雅集赋》："海气聚成夫朝雨，秋灯半照乎涛声，其四时之不同也，林花灼灼，杨柳依依，梅霖乍歇，麦浪初齐。"岁月时间至王复礼到来时，江心屿已是多种林木景观齐现，初夏景致盎然。文字即酒。诗酒互发。"把酒闻鹂""吹笙娱客""人齐三十，韵起一东"。热闹在后人回忆里，在读者断句中。而宴尽人散后，则会有人忧思更远。雅集终是短暂，酒醒处，人散尽，最后回家者，倍感孤寂空茫。而辑录者陈舜咨，当抄写到《孤屿雅集赋》时，不知有何感想。

卷七，杂著，南宋西蜀高僧释青了《开井发愿文》："我今开井，志求洪泉，现在未来，饶益一切，我居兹地，江水回环……一众僧居，乏水饮用。"释青了是宋高宗钦定的江心寺高僧住持。释青了先是派人以泥土石头堵塞东西两屿之间中川，变中川激流为可平步往来之坦途。为祈求泉水，得一吉祥好梦，果见泉水渐大，随之开井扩泉，彻底解决了一众僧人的饮水之难。"以此水广益众生，饮此水时如味甘露"。在江心屿，能够随时可饮用清凉如甘的井水，且惠及众人，从此结束了江心屿历朝历代严重缺水的历史。并把此井命名为"海眼泉"，海之眼，明澈，晶莹，仿若天心圆月。温州本地人以朝代称，把这井叫宋井。

甘怡。清洌。于江心屿，一口井是一篇大文章。这文章读的人众多，且持久。

四、夜宿

是夜，宿置信大厦三十六楼。深夜的沉睡。悬空。虚无。西边是流向瑞安的一线塘河，东边是八百里瓯江温州段。两条夜空下的江河，一条（塘河）静谧流淌，一条（瓯江）涌潮激荡。平静午夜，感知温州平面上的两条河流，深远，宽阔。

晨起，于置信大厦顶层俯视楠溪江瓯江两江汇流处，江面辽阔，晨岚轻笼，江心屿位于汇流处略上游江中央。双塔相对，相看两不厌的绝好注脚。桌上《孤屿志》影印版，还有许多文字未读及。《孤屿志》内文字，经视觉空间经时间线经安静的阅读连接江心屿，它也以同样的方式连接温州其他处，以及温州之外的与江心屿有关的人与物。

此时此刻，只看远处的潮起潮落，江流奔涌。看架越辽阔江面上的瓯越大桥、瓯北大桥、七都大桥、温州大桥，看桥上稠密车流。看桥下有船航过，驶向远方。

俯视温州城：高楼。街道。高架。车流。

以及华盖山、松台山、积谷山。

江心寺有南宋乐清人王十朋的双音字长联：云朝朝朝朝朝朝朝散；潮长长长长长长长长消。是朝（zhao，早），亦是朝(chao)。是长，亦是涨。

朝朝，朝散。

长涨，长消。

——人世亦如此。

一

温州

程绍国

少年时，站在温州城麻行僧街，能听得到瓯江汹涌，能听得到江心屿边大雁的鸣叫。嘖，近处还有声响，沙沙沙沙，沙沙沙沙，那是蓊蓊郁郁的大榕树（也叫大青树）掉叶了，叶子在街面石头路上飞舞。因为秋天，起风了。河中欸乃，乡下梧田的"河鳗船"进城了，船里是当年孙权进贡给曹操的那种瓯柑和菱角。敲梆声激越，"奔！奔！"那是乡人在唤卖馄饨。间以长音："油炸果（油条）……"（男声）"纸蓬（当年很厚的一种手纸）"（女声）。

哪里有人，哪里就有谋生的声音。

温州古称"瓯"，其地形最早被《山海经》提及："瓯居海中。"说法不一定科学，但当年七零八落的，没有被东海和瓯江冲积好，完全是可能的。丘迟有佳句："暮春三月，江南草长，杂花生树，群莺乱飞。"他是温州临近湖州人，任永嘉太守期间，说温州"控带山海，利兼水陆"，对地理的好处概括准确。但"利"究竟大到什么程度，就很难说了。老实说，古时候，相对于中原，温州乃边蛮之地，经济和战略地位太不重要了。中原征服了，温州跟随征服了。温州萧条而清冷。东汉顺帝永和三年（138年），置永宁县，辖温州连同处州（现在的丽水市），"户不满万"。你看这人数！只有在美好的唐宋王朝，社会高速发展，北宋神宗元丰八年，即1085年，温州四县已有121916户。

大体上说，南宋以后，温州和温州人才被外界关注，声名日隆。为什么呢？那是大宋一分为二，南宋偏安杭州（那时叫临安），温州就近杭州，温州于是捡了个大便宜。南宋时，文状元就有五位，武状元更多，十七位。进士达一千余人！

温州人常常自豪于"谢灵运守永嘉"。但谢灵运实在不是一个好"市长"。他为人骄纵，"性奢豪，车服鲜丽""游娱宴集，以夜续昼"。《宋书》作者沈约，和谢灵运同为南北朝之南朝人，说话最为权威。在温州，他什么事都不干，疏于政务，不听民讼，穿着自制的登山鞋，整天游山玩水。"肆意游遨，遍历诸县，动逾旬朔"。对温州有积极意义的人物，当是七八百年后，南宋"永嘉学派"的集大成者，本土的叶适。他继承与发展温州前辈事功学说，哲、史、文诸学均有成就；在经济、政治思想方面有卓绝见解，是我国首个批判传统"抑末（工商业）厚本（农业）"的学者。认为"既无功利、则道义者乃无用之虚语"。主张通商惠工，以国家之力扶持商贾。叶适平生提倡经制功利之学，反对空谈性理。叶适来"实"的，主张扶持商贾，这很重要。叶适及其"永嘉学派"的"事功"主张，对温州后世影响是很大的。

有人说温州人是中国的犹太人，这是别人的解读。犹太人当年是没有"家"的，温州人却有温州。为什么温州人会出现四海为家的情况？非常简单，温州在温带上，人口繁衍快，而人多地少，资源匮乏，自然环境和社会环境都不好。但温州有江有海，并不十分封闭。温州一方水土不能养一方人。为了活着，为了活得好，温州人笑别故土，敢为天下先。

"有飞鸟的地方，就有温州人"，话是夸张，也无不道理。一代又一代，一年又一年，温州人闯荡天下，生生不息。温州西郊有个地方叫驿头，离我的老家三公里，我的祖上就是驿头人。——驿头程志平，又名程三康，和我同宗，抗战前闯入法兰西，日子难过。1933年转辗法属殖民地非洲加蓬国经商，娶当地人为妻，吃尽苦中苦，渐成庄园主，著名的富商，至加蓬国会议员。儿子让·平1942年11月出生于加蓬，在法国读完大学，后参政，当过加蓬外长，2004年当选第59届联合国大会主席，2008年当选非盟委员会主席，几年前与前舅子竞选总统（险败）。他多次到驿头寻根问祖。让·平"正"字辈，我是"明"字辈，"明成正广"，算起来，他是我的孙辈。他有一个外甥是我朋友，姓徐，聪明能干，20世纪90年代去加蓬，经常回国。我短信问徐，让·平的下落，徐没有回话。听人说，徐也不在加蓬，没有下落了。

程志平是传奇人生，儿子让·平也是传奇人生。传奇背后的酸甜苦辣，又有谁知道呢？知道又有什么意思呢？

我在《父亲是程颐的后代》中写道：据古碑考证，程颐曾孙程节在福州做官，秩满回京述职，途经白沙驿时，其母刘氏卒。他见白沙驿风水甚好，即择地以葬，并留下一子守墓。留子守墓，这是合"理"必须的。这一子，即驿头程氏的源流。驿头宋时叫白沙驿，明时叫驿山，驿头是后来的简称俗称。驿头不同于一般的村落，人文古迹丰富，古屋、古桥、古碑、古墓多有保存。立于明代成化十九年（1483年）的圣旨碑，是省内现存较少的圣旨碑之一。张璁，温州人，进士出身，明朝嘉靖时期累官至内阁首辅。他在《驿山程氏宗谱序》中说："驿山之有程氏，其源最远。自宋伊川公之四世孙大中公铎于瓯，其子孙遂家焉。迄今凡十三世，忠厚相承，诗书继美，为永嘉诸著姓。"

"伊川公"，就是程颐。程颐与比他大一岁的哥哥程颢并称"二程"，以"理"为最高范畴，以"理"为世界本原。后来被朱熹继承发扬，我以为对后世的影响，负面较大。这，我们驿头程氏是不知道的。一辈一辈驿头程氏摸爬滚打，走叶适指引的路，也是程颐所料不到的。

温州在外省经商创业人数175万，上海和北京各20来万，深圳一地10来万。2000年，我随西部大开发采访团到达新疆，新疆温州商会会长说，那里温州人有10万。那么在世界各地的温州人有多少呢？温州侨联前主席告诉我68.8万。

诗人、评论家邵燕祥先生说："温州人即使在国外，一不做乞丐，二不做妓女。"实是不易。温籍文学大家林斤澜先生有散文《温州人》，其中有流泪含血的小品，使人感慨：

欧洲旅行社带着各国游客，来到狐狸洞口，奇臭扑鼻，异味闹心。不想倒拨动了另类游客的别样心弦，倡议进洞比赛默坐，谁坐不住出洞交一块钱。法国人犹太人温州人各一位应声进洞。不多一会儿，法国人出来了，拿出一块钱放在洞口。再一会儿，犹太人出洞交钱。再一会儿，出来的是老狐狸，做个深呼吸，也交一块钱。末后温州人跟着出来，把三块钱拿走，晕倒在路边。

温州现今常住人口960多万。每年上缴税金约60亿元。珊溪水库自己造，金温铁路自己造，飞机场也自己造。只是有个要求，一个乘客交50元机场建设费。温州机场这样做了，全国机场跟着也这样做了。

江南水乡，"控带山海"的温州，很少出蜂目豺声的人、张扬张狂的人、凶悍生猛的人，也很少出气吞万里如虎的人。所多是平和内敛的人、温敦慈爱的人、智慧通达的人、吃苦耐劳的人、逆来顺受的人、务实积极的人、坚韧不拔的人。

我走过欧美澳等三十来个国家，走遍全中国，见到在温州的温州人，在各省的温州人、在国外的温州人，他们韧性的生命在开花，蓬蓬勃勃，灿灿烂烂！

朱自清《绿》之爱

钟求是

为了创作一部长篇小说，2006年夏天起，我在温州瑞安挂职一年。写字儿之余，我时常在街头乡间东窜西走，企图遇上一些有趣的人与事。这一日，我到了一个叫仙岩的地方（原属瑞安，后归瓯海）。这是一处风景地，有寺庙有山水，一路行走还没太累，便一眼捉住了一座亭子。再往里走一截路，梅雨潭出现在了眼前。

梅雨潭是一个很有味道的挂瀑水池，瀑声响亮，潭水幽深，于是有着动和静的交织。同时那瀑布是白的，白得透明，而水色又是绿的，绿得彻底，所以又有了白与绿的相守。就是这彻底的绿，被1924年初的朱自清写成了散文《绿》。本来不算著名的景点，由于此文学名篇的加持，便添了扩张名声的底气。

其实之前我来过梅雨潭不止一次，不过均是与友人结伴而行。三五人站在梅雨潭前指指点点，再加入一些欢言戏语，看得便有些潦草，或者说不够走心。现在一个人休闲而来，心是静的，身子也可以是静的。我坐在水潭旁边石块上，耳朵听着瀑声，眼睛望着水面，脑子里慢慢淌出《绿》中的文字——这些句子似乎是从我的中学课本出发，走过许多岁月，抵达了所写景物的现场："那醉人的绿呀，仿佛一张极大极大的荷叶铺着，满是奇异的绿呀。我想张开两臂抱住她，但这是怎样一个妄想呀。""这平铺着、厚积着的绿，着实可爱……像跳动的初恋的处女的心，她滑滑的明亮着，像涂了'明油'一般，有鸡蛋清那样软、那样嫩""我舍不得你，我怎舍得你呢？我用手拍着你，抚摩着你，如同一个十二三岁的小姑娘。我又掬你入口，便是吻着她了。我送你一个名字，我从此叫你'女儿绿'，好么？"

呵呵，我得承认，年少时读这篇散文，觉着词句柔美，异想大胆，而最容易记住的就是"初恋""姑娘""吻着她"这些好词好句。此刻脑子里抢先跳出来的，自然也是这些文字。从少年来到中年，现在的我重新品味这些文字，识出了其中的谐趣，那一种无中生有的顽皮。我觉得，只有一个松心放闲的年轻男人，而且很投入地喜爱山水，才能写出这种细腻精致、自生情思的文字。

是的，那天我坐在潭水边，就是这么想的。

但事情没有至此为止。过一些时日，我挂职完毕回到温州市区，有一天与几位文学朋友聚酒闲聊，不经意间引出朱自清的《绿》。有位朋友说，这篇文章借水写情，是赠给一个女人的。我吃了一惊，问是赠给哪个女人？朋友说，不用猜也知道，当然是马家姑娘。我再往细里追问，朋友便不能应答了。他承认这只是坊间一种说法，无法考证的。

虽然一时难以考证，但我的好奇心一直是存着的。通过查阅一些资料，知道朱自清是1923年2月第一次到温州，执教了省立十中（温州中学的前身），离开则是1924年10月，共计一年又八个月。其间也去宁波教过书，但在温州的时日居多。在温的日子，因是外来人员，朱自清不可能有许多朋友，不过与同校教员马孟容、马公愚兄弟交往甚密，渐成挚友。马家是温州望族，以"书画传家三百年"而著称。当时朱自清租住在四营堂巷，与马宅相隔仅数百米，而从学校回家，必途经马家，拐进门儿停留一下应是经常的。马家院内花草繁荣，屋里书画四挂，在花草与书画之间，又游走着几位文气又好看的马家妹妹（马公愚妹妹和堂妹）。她们在院子里嬉玩，也在书画前赏评，且时时制造一些可爱的笑声。朱自清驻足其间，年轻之心若被撩动并产生暗恋之情，实在是不意外的。当然，这只是推想中的故事背景，具体细节可能只存在于当时的"悄悄观察者"眼中。经过时间的尘封和削减，具体细节也会渐渐淡去，成为残留于岁月中的坊间传说。

2023年4月10日，"朱自清文学周"在浙江临海启幕。活动期间，召开了一个关于朱自清作品中情感和气质的文学座谈会。扣着这个话题，在会上我将这个坊间传说讲了出来。在场的有许多作家，还有朱自清的孙子朱小涛先生。朱先生颇有兴趣地说，第一次听到这个说法，倒挺有意思的。

我不是八卦爱好者，并不想拣取一些历史趣闻来制作文学谈资。对朱自清这样的文学前辈，我始终是敬重的，不仅敬重文学中的他，也敬重生活里的他。正因为敬重，就愿意以好奇之心去追究真实情节。在座谈会前一天，我还特地向温州一位资深作家求证此事。他回复中引用了一位马家老诗人的话"马家女子漂亮、朱自清欣赏"，并判断"这个没有文字实证，但《绿》可能是写给马家一女子的"。

遥想一百年前的一日，即1923年9月30日，朱自清与马公愚等人在温州小南门码头坐上小火轮，约半小时后抵达仙岩——这是朱自清第二次来到仙岩。他们先在圣寿禅寺逗留片刻，然后沿着台阶登上梅雨亭。作为一个情感细腻的年轻文人，朱自清一会儿站在亭里往下打量潭水，一会儿又站在潭边细细品味绿水，心里涌动着一阵阵的欢喜。他对马公愚说："这潭水太好了！我这几年看过不少好山水，哪儿也没有这潭水绿得这么静，这么有活力。平时见了深潭，总未免有点心悸，偏这个潭越看越爱，掉进去也是痛快的事。"可以想见，说这些话的时候，他脸上一定有着爱恋般的神情。一些日子后，他写出了著名的《绿》。

作为朱自清的嫡孙和研究者，朱小涛数次到温州寻访先辈踪迹。他曾经自设问号，却不得其解：朱自清在去梅雨潭之前，游过不少名山大川，也写过不少游记散文，为何唯独这篇《绿》能成为精品名篇？通常朱自清的写作速度是比较慢的，但为何在温州这么才情亢奋，写出了这么饱含深情的《绿》？

其实还有一个问号需要探究。朱自清在1923年初刚到温州不久，便与几个学生游过梅雨潭。此时正值春日，山青水绿，风景大好，但他的写作情趣未被触发。而在该年秋天，"我第二次到仙岩的时候，我惊诧于梅雨潭的绿了"，这是为什么呢？

也许答案就在温州一个花草繁茂生长的院子里。在那儿，一个青年文人暗生情愫的故事也在悄悄生长，并且以若隐若现的方式存在于旁观者的眼中。

我想讲的是，爱情是自生成长力量的，即使在那个年代有着家庭和礼教的限制，爱意也会不知不觉地破土而长——这是人性之所驱。同时，暗中生长的爱意是能滋养人的，会让写作者才情饱满，笔生春意。是的，对年轻的朱自清来说，如若身上藏爱，心里便有了光亮，便有了坚定和柔软，而把这些元素带入文字中，自然能产生佳境好句——这是多么美好的事情呀。

还要讲一句补语，我掏出此传说，确无可靠依据，目的只是引出别的好奇者去细心考证。不过我又认为，这种考证也许已不重要，因为对爱恋之事的想象不仅很舒心，也很文学。

朱自清《绿》之爱

香港大厦

水韵温州

杨 鸥

江心屿上的江心寺（郑高华 摄）

一片繁华海上头

那条叫瓯江的江，此时就在我的面前，浓稠浑黄的江水泛着层层叠叠的波纹，像是流动着的黄沙。潮湿的江风扑面而来，带着一点水腥气，传来水浪拍击的声音。宽阔的水面闪着白亮的光，浩浩荡荡流向远方。在这山明水秀的江南，这条江显得雄浑粗犷，是个另类。

瓯江，发源于丽水庆元县的百山祖之西南侧，向东流经龙泉、云和、丽水、青田诸县而入温州，经永嘉、瓯海、鹿城、龙湾，至乐清注入东海。我从小在瓯江边上长大，看惯了这条江上的朝晖夕阴，听惯了姨姥姥用温州话念叨江心屿上江心寺的对联"云朝朝朝朝朝朝朝散，潮长长长长长长长消"，小时候不明白是什么意思，只是觉得很有趣。长大后去江心寺，弄明白了它的含义，应该是这样断句："云朝朝，朝朝朝，朝朝朝散，潮长长，长长长，长长长消。"吟咏这副对联，看水天浩渺，有一种苍茫悠远的意境。那时在望江路的边上，看瓯江上过往的船只，对瓯江流向的大海充满神往。每次到望江路，都能看到江心屿耸峙的双塔，江心屿如海市蜃楼般悬浮在瓯江的江心。双塔耸峙的江心屿是温州的地标。节假日里，我们一家人常常坐轮渡去江心屿游玩。

这次重登江心屿，有了不一样的感受，我发现江心屿还隐藏着许多我所不知道的往事。温州被誉为中国山水诗的发祥地。1600年前，中国山水诗鼻祖谢灵运任永嘉太守时，游历温州山水，写下了许多山水诗。谢灵运在《登江中孤屿》中描绘了温州江心屿的美景："乱流趋正绝，孤屿媚中川。云日相辉映，空水共澄鲜。"我竟不知道李白、杜甫、孟浩然、韩愈等历代诗人也曾以他们的诗篇润泽过江心屿这座小小的岛屿，为江心屿留下八百多首诗词，江心屿被称为"中国诗之岛"。

江心寺的那副对联相传为南宋状元温州人王十朋所写，他以"揽权"中兴为对，被宋高宗亲擢为进士第一。他是南宋著名的政治家、诗人、爱国名臣。江心屿上留有很多王十朋的传说，东塔之下，至今有一处王十朋坐读的塑像，这里被称为王十朋读书处。而弘一法师曾在江心寺隐姓埋名住了一年。见多识广的弘一法师深感温州的温润气候和人文之胜适宜居住，在温州住了12年，他把温州视作第二故乡。在温州期间，他不仅完成了佛学律宗经典之作《四分律比丘戒相表

水韵温州

记》，还留下了信札一百三十多件和众多墨宝。

　　江心屿上的唐宋双塔，历经千年，屹立不倒，被国际航标协会评选为世界历史文物灯塔。古老的双塔见证了历史的沧桑，还曾经经历过劫难。清光绪二年（1876年），《中英烟台条约》签订，温州被辟为商埠。1894年在东塔山下建造英国驻温领事馆。次年领事馆东首又建造一座三间两层楼房，作为警卫人员住所。两座西式小楼至今保存完好。领事馆建成后，英国人称临近的东塔上野鸟吵闹，且因塔中楼梯盘旋而上，游客登临可俯视领馆，带来安全隐患，因此强令地方当局拆除东塔内外的飞檐回廊。塔中所存佛经等文物由此失窃，留下了一座中空无顶的东塔。后来塔顶奇迹般地生出一棵榕树，根垂塔中，枝繁叶茂。我们今天看到的东塔塔顶像是长出一丛绿色的头发。

一片繁华海上头

孤屿媚中川（杨冰杰 摄）

  更早的1130年，被金兵追赶的宋高宗逃难到江心屿，并在七年后念感其恩，命人填平了原本东西相隔的两屿之间的空隙，江心屿遂成一岛。而追随南宋末年二王的脚步来到江心屿的文天祥，为孤屿平添了豪迈而悲壮的英雄气息。文天祥夜宿江心写下《北归宿中川寺》诗："万里风霜鬓已丝，飘零回首壮心悲。罗浮山下雪来未，扬子江心月照谁。只谓虎头非贵相，不图羝乳有归期。乘潮一到中川寺，暗度中兴第二碑。"江心屿上有文信公祠和浩然楼，抗元英雄文天祥的浩然正气，回荡在东瓯大地。

  瓯江，是一条承载着厚重历史的江，历史的兴兴衰衰、明明灭灭，都隐藏在这浑黄的江水中，江水含而不露，无语东流。

  漫步江心屿，领略到瓯江江中有屿，屿中有湖，屿中的湖水倒映着绿树，波

水韵温州

平浪静。屿中还有宋代挖掘的水井，看到井中的清水，我想起小时候院子里也有一口这样的井，我常用绳子拴着的铁桶在井里打水。如今在这宋井打井水成了一个旅游项目，旧时的种种光景在我们是回忆，在今天的游人看来是新奇。

温州，古称东瓯，位于我国东南沿海黄金海岸线中部，北临瓯江，东濒大海，通江达海。唐高宗上元二年（675年），析处州，置温州，这是温州得名的开始。因其地处温峤岭以南，冬无严寒，夏无酷暑，气候温润，"虽隆冬而恒燠"，所以称为温州。

许多次，我打量温州这个我从小长大的城市，每一次总会有新的发现。比如这次来温州，发现温州长高了，矗立起很多高楼，从我住的宾馆高楼望下去，四周都被高楼包围。走在街上，两旁都是高楼，好像走在峡谷里。温州的水路变多了，四通八达，一条大河穿城而过，坐船从市区可以一直走到瑞安。这条河称为"塘河"，东晋时人工开凿，后来被严重污染，近年做了疏通和治理，重现了水清岸绿、小桥流水人家的景象。温州的树变多了，江心屿上绿树成荫，小叶榕树林、杉树林、芭蕉树郁郁葱葱。榕树这种生命力很强的树成了温州的市树。

在舅舅家，舅舅指着楼下的绿化带说，温州现在也重视生态了，栽了很多绿树。印象中我小时候很少看到绿树，后院有一棵高大的棕榈树，我觉得很神奇。如今永嘉的楠溪江畔建起了绿道，标牌上写着："青山清我目，流水静我耳。"楠溪江的水清澈无污染。坐竹筏在楠溪江上漂流，水清见底，能看到水底的石头，两岸绿色的滩林悠然而过，水边有白鹭翩翩飞舞。蓝天碧水的楠溪江美得像个梦境，好的风景总是有梦的特质。温州面向大海，背靠大山，如果说瓯江是奔向大海的雄健豪放的男儿，情一样深、梦一样美的楠溪江，则像一个藏在深山的温婉清丽的少女，山与海遥相呼应，刚柔并济，构成了温州山水的魂魄。

温州是个不断变化的城市。就像不息奔流的瓯江，每时每刻都在发生变化。温州在我的心目中是个亲情之城，那里是我的故乡，是我生长的地方，那里还有我的亲人。每次回温州，主要是探亲，对温州的了解其实很少。这次来温州，用他者的眼光打量温州，看到一个全新的温州。

温州总是给人意外的惊喜。刚刚过去的2022年，在温州朔门发掘出的宋元时期古港遗址惊艳了世界，温州朔门古港遗址入选了"2022年度全国十大考古新发现"。温州朔门古港遗址，即位于温州古城"朔门"之外，瓯江畔北埠之上。此次发掘揭露了古城朔门瓮城、奉恩水门河、宋代码头8座、沉船2艘、木栈道及干栏式建筑等一系列与古城、古港密切相关的重要遗迹,还出土大量宋元时期瓷片及漆木器等文物,这些遗存年代从北宋延续至民国,以宋元时期为主,证明温州是海上丝绸之路的重要节点,也为我国海上丝绸之路的申遗提供重大实证。我们在古港遗址上行走,出土的东西都已被移到了博物馆,我们面对的是一个个空荡荡的土坑。这些空空的土坑引发人们无限的遐想。南宋的干栏式建筑如今只留下一长条的土埂。小时候我家就住在瓯江边的朔门,住的院子就是干栏式建筑,我对院子里的台地、阁楼记忆犹新。想不到我小时候所住地的地下埋着这么丰富的宝藏,有这么重大的意义。朔门一举成名天下知。这里是古老的港口。想当年是商贸繁荣的地方,各种商船从这里出发,运载着龙泉瓷器等物品去往世界各地。过去我每次从北京去温州探亲,都要从上海坐海船经东海进入瓯江,在望江路的港口进入温州。在东海上颠簸了一天一夜,第二天早上看到瓯江和东海的交接处,总会引起船上人的惊叹。

《山海经》曰:"瓯居海中"。依山傍海的优越地理位置,使温州成为一座河港和海湾港兼备的通商口岸。温州是一个因港而生、因港而兴的城市。创建于东晋太宁元年(323年)的温州古城已有1700年的历史,城东西依山,北临瓯江,南濒会昌湖,因城址附近九山错列,状如北斗,号称斗城。瓯江下游南岸有郭公山、海坛山两山东西相对,可以抵御江流与海潮的冲击,因此,两山之间的江段,港阔水深,温州城便建于这段港湾之中。

翻阅历史,令人感叹温州港曾经的兴旺。早在战国时期,温州就是我国沿海的重要港口之一。到宋元时期,随着市舶管理机构的设置,温州迅速成为海上丝绸之路重要的节点城市,温州港成为"番人荟萃"的通商口岸。温州港北临宁波港,南近泉州港,与台湾基隆港隔海相望,又靠近日韩、东南亚等国。当时,温州港的海船,可直达高丽、日本、真腊、菲律宾和东南亚等地许多港口。据史载,宋元时期,中国同60个国家有着贸易往来。温州在其中扮演举足轻重的角色。大量的温州漆器、丝绸、经书和龙泉青瓷等货物,都是通过温州港远涉重洋,广销至日本、朝鲜、东南亚、南非、东非等地,后又辗转至欧洲,销往世界各地。当时,温州不仅国内商人云集,还有来自国外的商人和僧侣等,这种来往也带来了文化的交流和兼容。

温州朔门古港遗址（苏巧将 摄）

  温州在战国时期就被列入全国十大造船港口之一，东吴时期一跃成为全国三大造船基地之一，宋代造船技术更超越前代，成为当时全国的造船中心之一。造船业的发展，有力促进了海上交通，为温州"港通天下"提供了有利条件。

  在洞头的海滨，我看到了无边无际铺展开去的大海，一排排海浪不断涌上海滩，激起白色浪花，像白色的礼花盛开又熄灭，熄灭又盛开，生生不息。面对大海，让我第一次从海洋文明的角度打量我的温州老乡们。古代的瓯人作为百越民族中的一支，有着"亲水"的特征。早在新石器时代，温州先民们就已借助简单的航海工具，迎风逐海，拓展生活的视野与空间。南朝梁著名诗人丘迟，用"控制山海，利兼水陆，实东南之沃壤，一郡之巨会"，形容当时温州港口城市雏形初具、商贾活动活跃的景象。

  另一方面，以叶适为代表的永嘉学派，注重"经世致用""通商惠工"的事功思想，为温州人勇立潮头、敢为天下先提供了精神源泉。温州人的敢想敢干是有温州学者的理论做支撑的，所以这么有底气。这也是温州的独特之处。

天时、地利、人和，计无数温州人从温州港出发，沿着海上丝绸之路，将商品与科技带往世界各地。大批温州人沿着海上丝绸之路闯荡商海，并从中获得巨利。北宋官员程俱称温州"其货纤靡，其人多贾"，可见温州民间海上贸易的繁荣。北宋时期，温州人周伫乘海船至高丽经商，因其才华得到高丽王赏识，而官至礼部尚书。他成为温州人侨居海外的先驱。元代人周达观，沿着海上丝路抵达吴哥窟，所著《真腊风土记》是迄今为止最早记录吴哥窟的文献。数百年后，另一位温州人、中国考古学的奠基人夏鼐先生，校注了这部元代老乡著作。

　　海上丝绸之路上的温州港，正是温州人乘风破浪、直挂云帆济沧海的起点和港湾。此次发现的朔门古港遗址，文物遗迹年代集中在宋元时期，正好覆盖了周伫、周达观出海的年代。他们就是从这个港口出发，踏上充满未知的探索之旅。

　　宋元时期的古港遗址，与建于唐、宋时期的古航标江心屿东、西双塔遥遥相对，勾勒了宋元时期温州港"城脚千家具舟楫，江心双塔压涛波"的历史画卷。

　　从江南造船基地到设立市舶司，从开埠通商再到成为第一批沿海开放城市，温州谱写了一曲海洋文明的壮歌。瓯江在温州湾流入东海，是海洋文明造就了瓯

温州朔门古港遗址发掘出的龙泉窑瓷器（陈真健 摄）

水韵温州

江的雄健气势，也造就了温州人的个性。海洋文明的开放性造就了温州人勇于开拓的性格和进取精神。

从温州人的饮食来看，丰富的水资源使温州人形成好食水产的饮食习惯，温州菜注重食材的原汁、原味、原色、原形，形成以"鲜"为上的价值观。温州人吃海鲜以生猛为上品，由此形成了温州人价值观念上的时效性和赶潮意识，温州人意识到，任何事物的价值都不是恒久的，要敢于等待时机，抓住时机。

一代又一代的温州人沿着瓯江出发再出发，走向东海，走向全国各地，走向世界各地。也许他们也是面对东流入海的瓯江时，萌生了走向大海、走向远方的渴望。就像瓯江是一条风格独特的江，温州人在人们眼中是另类的人，不按常理出牌。温州人总是异想天开，思维方式很特别，一个80后的温州企业家雄心勃勃地说他打算开发飞行汽车，一个温州的收藏家从收藏各种青灯再到收藏各种石刻，创办了文创产品交流和各类文化交流的青灯市集。温州的年轻人还喜欢玩无人机这类新潮产品，我们在九山书会的露天舞台观看瓯剧演出时，夜空中有不少无人机的光点在闪烁。温州永嘉县是"包产到户第一县"，早在1956年，永嘉县的干部就在燎原农业社进行包产到户试验，比安徽小岗村"大包干"早了二十二年，被称为"中国农村改革的源头"。

我看到路边一家饭馆叫"瓯菜研发中心"，觉得很有意思。路边卖永嘉麦饼的小贩放喇叭用温州话吆喝一遍，再用普通话吆喝一遍。温州话的难懂是有名的，有道是"天不怕地不怕，就怕人说温州话"。温州话也体现了温州人的个性。我对温州的记忆是和温州话连在一起的。听到温州话，关于温州的记忆活色生香地展开。想起姨姥姥说的某句话，说的是温州话，姨姥姥说话的神态和口气都浮现在脑海里。比如温州话"吃天光"，吃早饭的意思。比如说很合适，温州话说"像缎一样"，也许是因为缎子摸起来光滑舒服。比如温州话"外乡道"，接近于不像话的意思。温州人还爱说鱼极其鲜，是"鲜兮鲜"，很夸张的口气。温州人在外地，凭着独一无二的温州话就能认出老乡："温州人？""温州人哪。"两人会心一笑，有一种心照不宣的默契，还有一种优越感。外地人是听不懂温州话的，所以温州人听、说温州话有优越感。温州话就像温州人的接头密码，是天然的纽带。有一次听到一首用温州话合唱的歌，我对着字幕听不禁失笑，温州话把很严肃的词句变得带有土味，比如把"站起来"说成"爬起快"，本来是很励志的歌听起来有点滑稽，但温州人就像对上接头暗号一样心领神会。温州话总是这样土生土长，似乎和严肃不搭界。而这个合唱团看起来是在大雅之堂，有钢琴伴奏，还有一支乐队在伴奏，合唱队员穿着西服打着领带，在这样正式的场合里唱温州话的歌，觉得有点搞笑。温州话也登上了大雅之堂，这是过去没有料到的。那个温州话合唱团应该也是头脑灵活的温州人的创意，让外地人听得一头雾水，只有温州人自己明白，为温州话壮了名声。温州人崇尚自由，喜欢自己做老板，哪怕是小老板，说别人不懂的温州话也是一种自由自在的表现。现在温州的下一代在学校讲普通话，有不少人不会说温州话了，我听到当地的年轻人谈工作用的是普通话。温州话会不会失传，成为非物质文化遗产？温州人不讲温州话就不像温州人了。讲一口流利的温州话的温州人才显示出温州特色。曾经有一篇报纸上发的报道题目叫《神秘的温州人》，温州人的所作所为在外地人看来觉得神秘。在今天看来温州人成了开风气之先的人，第一个吃螃蟹的人。如今随着温州与外地交流越来越多，越来越多的外地人进入温州，温州的语言也和温州的美食一样，渐渐融入全球一体化的潮流。

  唐代诗人孟浩然曾经由海路乘船到温州，"卧闻海潮至，起视江月斜。借问同舟客，何时到永嘉？"温州古称"永嘉"，他写到了经过东海进入瓯江的情景。在温州他与旧友相逢，"逆旅相逢处，江村日暮时。众山遥对酒，孤屿共题诗。"可见温州的山水给他带来愉悦的心情。如今瓯江上不见了客运的海船，从外地到温州主要乘坐飞机或火车，速度更快了，但没有了那种遨游大海、在海的怀抱里与海亲密接触的体验，也没有了坐海船从东海进入瓯江时那种接近故乡的兴奋和喜悦。转换的是时空，也是情怀。海是那么博大深邃，又是那么神秘莫测，带给人无穷的遐想，也激发起温州人无穷的创造力和生命活力。

  孔子在水边感叹"逝者如斯夫"。而滔滔瓯江东流水，带着坚定的流向大海的信念，百折不回，给予温州人力量和向往。

水韵温州

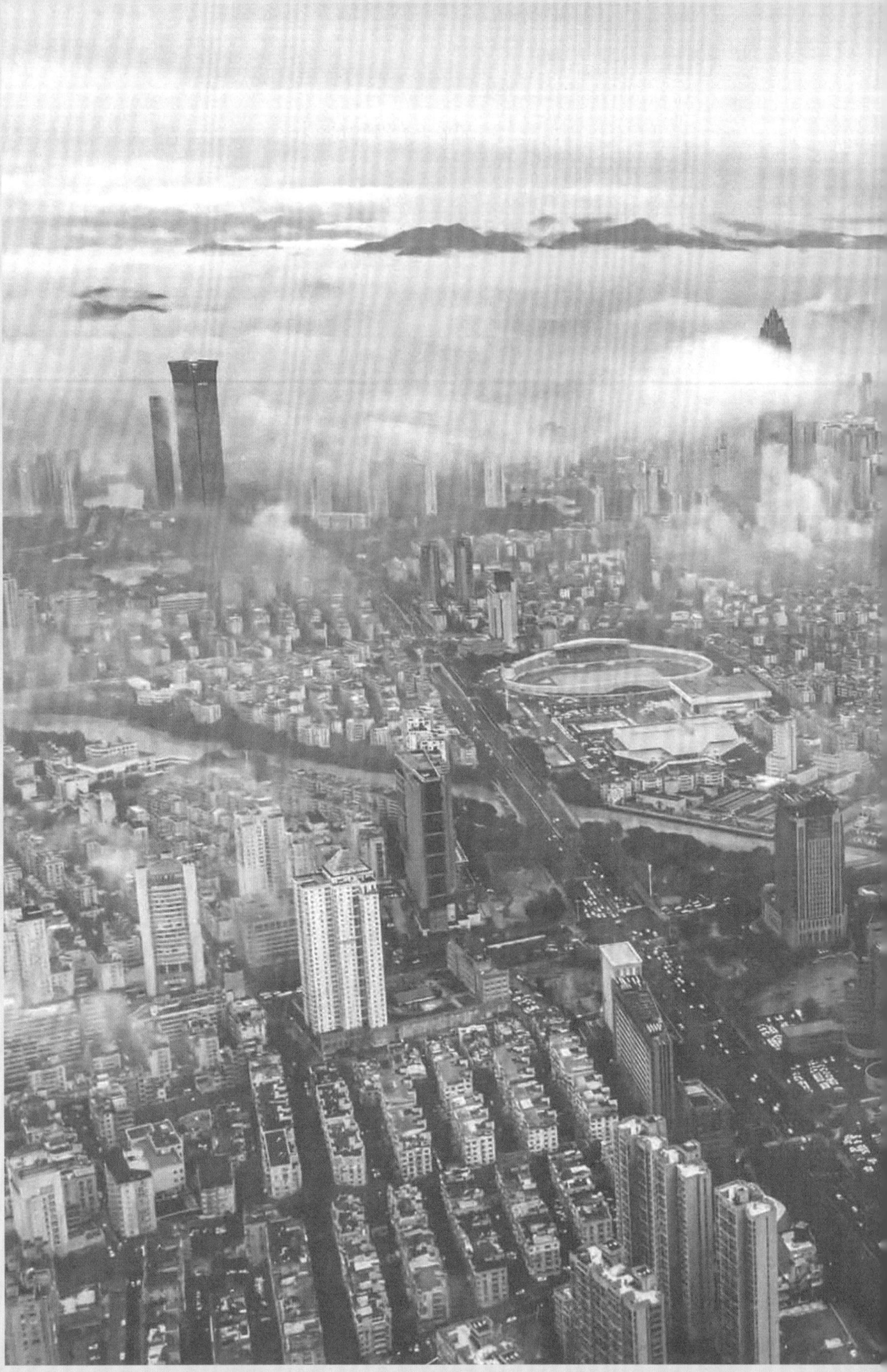

看温州

王在恩

烟雨白鹿城（刘吉利 摄）

一片繁华海上头

我看温州有三种方式：俯视、速览和省视。

飞机上俯视温州，会有一种让灵魂飞一会儿的感觉。那是一个晴朗到骨子里的夜晚，我飞临温州上空。飞机渐渐下降，机翼下的温州是一片光的海，灯的海。我让眼睛贴近飞机舷窗玻璃，贪婪地看。虽然这看稍纵即逝，但我的眼睛里依然装下一座光芒四射的城。

这城是我生活的城。我熟悉她，我依赖她，在1000多米的高空中，我读得懂她的很多内容。那块闪烁成五彩光束的地方，是印象南塘；那个最高的像玲珑的仙宫的建筑物，是68层的温州世贸中心；那常常从市区滚滚向前，又从龙湾方向滚滚奔回市区的"星河"，是温州自己的高速路——瓯海大道。那一条光一样飞驰的箭是温州自己的轻轨……我贪看着那一座座星星堆成的楼，那一条条流动的"星河"，那一簇簇蓬蓬勃勃的星座，我都能想象出那星光下的温州人民。或工作，或消遣，或朋友小聚，或举行某种典礼……我读得懂我的家所在的方向，我读得懂工作的单

看温州

位所在的方位，我读得懂那个方位有朋友……

　　我看到了闪烁航标灯的东海，我看到了点点灯光游动的瓯江，看到了灯光蜿蜒流动的山头。这样看温州，很爽，很过瘾。这样看，内心就像东海翻腾呢。记得温州刚有了飞机场时，我也曾在夜晚俯视过机翼下的温州，灯光没有今天稠密，范围也小。如果说那时温州夜晚的灯是一片湖，今天就是一片海。这片海扩展到了永嘉、龙湾甚至瑞安呢。这片海，不断地涌起五彩浪花，这片海，不断地拍击着时代的堤坝……

　　白天。乘坐温州自己的动车。车窗外，温州的高楼一闪而过。小区、饭店、办公大楼，鳞次栉比，像一个个迅速后退的巨人。三垟湿地站，离尘不离市。下车，去玩。就感受到了湿地的风光，尤其是秋冬季，那温州特有的水果——瓯柑，像一轮轮金太阳，照耀你。吃一口，口感有点苦，终究是甜，清热败火。离开三垟湿地站，继续前行，就到了惠民路站。从这里出来，可以换乘公交，走遍温州城的方方面面。购物、逛街，方便极了。尤其是去飞机场和火车站，就更方便了。在动车上看，就看到飞速发展的城市，在一处站点走下来看，就看到了温州城的独具魅力的风景。在动车上看温州，会看到很多厂房，很多工地，还有正在竖起的高高的脚手架，会看到这座城市正像拔节的庄稼一样，咯吱咯吱生长着呢。

　　温州第一次有了自己的动车。第一次乘坐的时候，几乎没有人不会速览窗外的风景。读着温州这部书，每个人的眼睛都溢满了兴奋呢。这样看温州，你都不敢让心跳加速呢，因为你害怕太过于激动呢。我觉得，以前乘坐任何交通工具，都没有在动车上看温州有一种现代人的感觉。

　　飞机、动车，毕竟太快了。看温州，是速览。是随便翻阅一部大部头的名著。我看温州的第三种方式，是骑车去看。买了一辆自行车，周末就可以出发了。走大街，串小巷，看人情，明事理。小巷里，温州人种花花草草，温州人聊天打牌。是不是还有碰到老店。有一次，五马街旁边的巷子里，看到一张金字招牌：鱼丸面。就走进去，要了一碗。那碗面，鲜得很。青菜的鲜，鱼丸的鲜，让舌头得到了前所未有的体验。尤其是鱼丸，吃着劲道，嚼出海的味道。有一次，在一个巷子里遇到猪脏粉，小店干干净净。就停车，要了一碗猪脏粉。猪肠一点不腥、不腻、不臭，汤味正，肉味美，在口腔里滚成风暴。很多时候，可以买一个灯盏糕，可以买一个油蛋，可以买一个松糕。灯盏糕恰如灯盏，金黄油亮。可以让摊主加肉、加蛋。咬开口，白萝卜条和面融合，有了对素食的追求，肉条和蛋联手，满足对荤的满足。油蛋像一个大个的皮球，球上沾满了饱满的芝麻粒儿。吃一口，软、糯、甜。松糕里有豆有芝麻有核桃有枣，有肥肉片。这松糕，让你感受到温州的大气和包容。在温州，应该都吃过鸭舌吧。这小小的舌头，让温州人做到了极致。这鸭舌，似乎没有多少肉，可是入口就欲罢不能。这舌头，让你自己的舌头不能不调动所有的接受能力，去吮，去舔，去感受。一根鸭舌，让外地人不能不惊叹温州在细微处下足了多少功夫。以前，它是温州人的美食，现在它是全国人的美食。有的漂洋过海，让老外为这小小的美食连连赞叹。有一年，意大利人到永昌堡参观，吃了鸭舌后，惊得张大了嘴巴。吃在温州，更多是海鲜。烤牡蛎，能让人以最近的距离感受海。那牡蛎是出水不久，烤熟后，肉软软的，一种最接近原始味道的鲜，就让舌头和牙齿都饕餮了一次。温州的小吃，是温州最温情的一张牌了。政府总想方设法让温州的美食走出去，让人们在舌尖上感受温州。让人们知道，温州人不仅有经商的精明头脑，还是善于烹制美食的都市。

有一次，骑行到交行广场。那儿正有唱温州鼓词的。就停下来听。鼓词，是温州的曲艺。像京韵大鼓，像河南坠子。温州话，本来就又甜又软，是吴侬软语。一唱，就让你掉进温柔的陷阱里。看着词，才能勉强听懂。而一边有跳广场舞的大妈。我在北方看过广场舞，但总觉得不如南方的大妈的广场舞花样多。一群老大妈，竟然像小姑娘，全身绿配红，像花。离开交行广场，一路骑到信河街。就狠狠地感受了古老的温州的韵味。老式的小楼，镌刻着明清记忆。在那一带，我走进过郑振铎旧居，走进过温州最早的银行。斑斑驳驳的墙，鱼鳞一样的瓦，就把人一下子摁进了历史的烟云中去了。传统和现代，在这里交融。让我觉得，温州是多元的，是有强烈的生命力的。

温州城的行道树多是榕树、樟树。在树荫下骑车，即使在夏天，也不感到热。身上披着淡黑的影子，不紧不慢地骑。累了，就在某棵树下休息。榕树，树冠极大，垂着气根，像流苏。樟树，香味浓郁。尤其是春天，落叶哗哗如雨。在落叶阵中，就觉得春天有些秋天的味儿。但不苍凉，更不伤感。有一年，朋友来访，我带他到一个行道树是羊蹄甲树的街上玩。九月底，两行树正在开花，红艳艳，树树如火，两行火，就让人热情顿然升高。我和朋友在一个饭馆吃饭，窗外就能看见树上的花。

俯瞰夜晚的解放路像条火龙 （郑继晨 摄）

骑车看温州，我去过温州很多公园。公园越来越多，人也越来越多。树荫下，聚着一群群娱乐的市民。下棋、练剑、跳舞、打扑克、侃大山，让你感受到扑面而来的热情。尤其是三垟湿地，更有万种风情。车子放在一边，就可以躺在草坪上放松自己。有人带来帐篷，在里面摆出零食，拎出几瓶啤酒，喝得湿地的景物都在眼前旋转呢。

　　更能感受到温州的路越来越宽，路越来越多。拓宽再拓宽，延伸再延伸。温州在开辟更多的路，让这座城市插上更多的翅膀。现在温州正在建设 S2 线，以后还会有地铁。据说路线都规划定了。地下看温州，就是钻进温州的腹部去看，那一定另有一番样子吧。

　　看温州城，是我在温州的生活方式。飞一般看温州，是粗略地阅读。而骑着自行车看温州，是细读，是深读。这样读着，就读进了我的骨头里了。我的生命的印记里，不觉有了温州的元素。我觉得俯视温州，能读出温州的大气，速览温州，能读出温州的豪气，而省视温州，才能感受到温州的脉动、心跳吧。

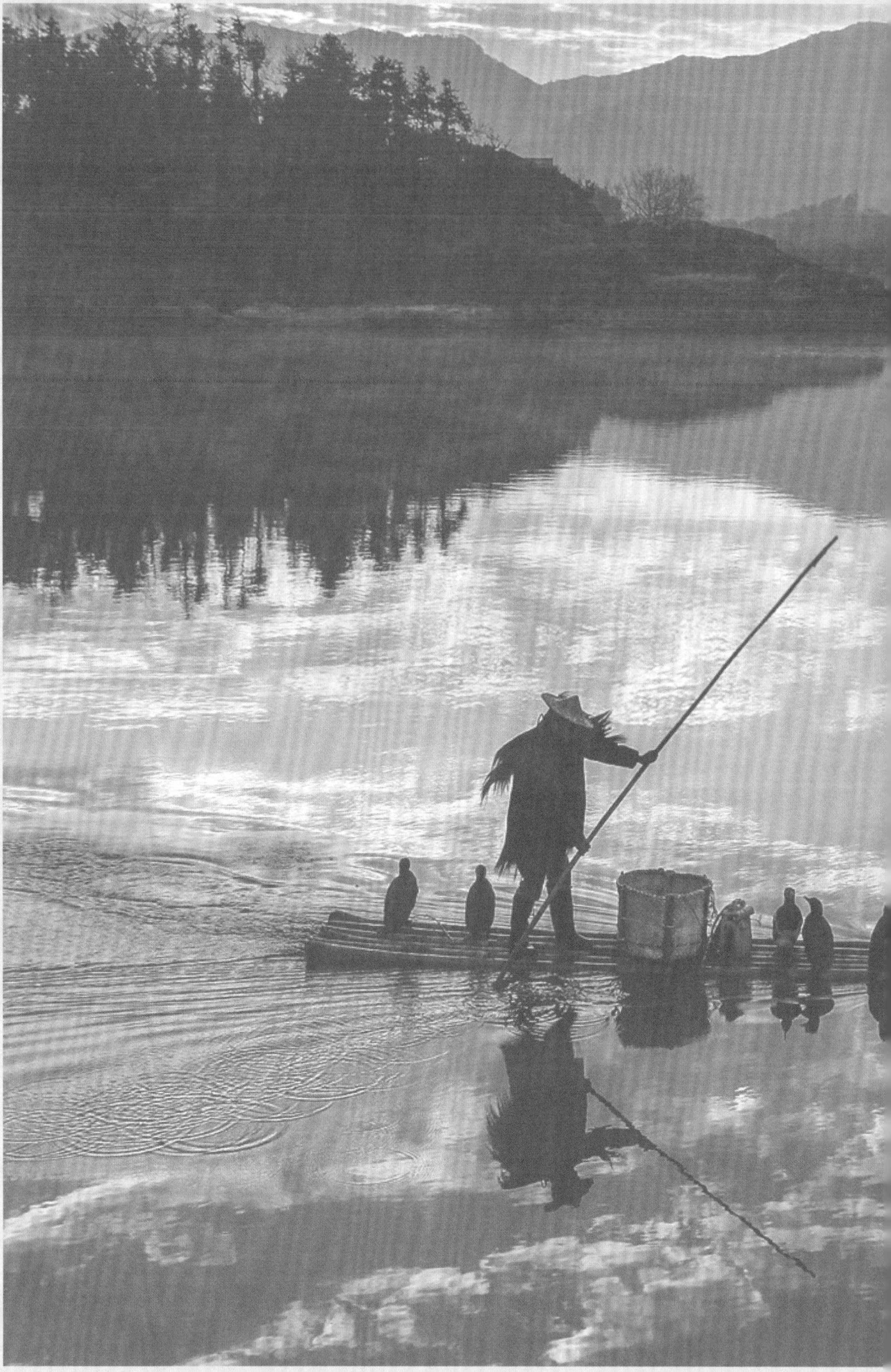

一片繁华海上头

曹凌云

狮子岩畔，一叶竹筏，渔夫撑着长篙，鸬鹚正待捕鱼（赵用 摄）

一片繁华海上头

阳春三月，惠风和畅，七十八岁高龄的北宋诗人杨蟠出任温州知州，那一年是宋哲宗绍圣二年（1095年）。他见温州郡城襟江带海，水网密布，人口安宁，郡城北门外的瓯江口，江水泛着微波，江上帆影漂流，两岸是宽广的滨海平原，田畴多稼，炊烟袅袅。杨蟠不禁感慨，作《咏永嘉》（温州在古时曾叫永嘉）："一片繁华海上头，从来唤作小杭州。水如棋局分街陌，山似屏帏绕画楼。"

温州瓯江口区以这种动静结合的形态，构成了温州城区的基底，成为繁荣城市的缘由之一。瓯江口区对我来说是多么的熟悉，我生于斯，长于斯，开蒙启智、求学工作、成家立业于斯。我时常行走在瓯江口岸，有时会一直走到东海岸边，看潮涨潮落，船来船往，瓯江口又像一本读不完的书，写满了广为人知又神秘莫测的故事。

瓯江河口的平面形态呈喇叭型，潮差大，江流海潮相互激荡，自古以来海上交通贸易发达，外海直接面向东南亚及整个环太平洋地区，也是历代航海与探险者乘风破浪、扬帆远航的终点和起点。在古代航海活动中，据说在秦汉时期，中国东南沿海就有勇敢者用漂流的方式远航日本列岛和朝鲜半岛，是否有温州人，没有记载。

有据可查的是在唐朝，温州与宁波、台州有十分频繁的海上运输，温州商船借用海上航线直达日本，并与日本保持密切的往来关系。唐会昌二年（824年），日本名僧惠运乘坐一艘楠木建造的商船，借助季风，从日本经过六天漂洋过海抵达温州，然后去五台山朝圣。

南宋至元朝，由于龙泉窑瓷器崛起，龙泉青瓷成为瓯江港最主要的出口商品。南宋绍兴元年（1131年），温州设立市舶司，实行对外开放，青瓷和漆器、木材、丝织品、蠲纸、茶叶、食盐等物资，通过船舶源源不断运往国内外各地港口。瓯江港区也停泊着众多来自日本、高丽、东南亚等地的外国商船，瓯江港成为瓯江流域、浙南以及毗邻地区内外贸物资的集散和中转枢纽港，海上贸易进入了前所未有的繁荣。

元朝的文献记载着温州港的繁华景象，最为直观的，要算留存至今的元代宫廷画家王振鹏的绢本水墨手卷《江山胜览图》，在长达9.5米的画面上，纪实性地描绘了元代的山水风情，全面反映了瓯江港口的海运码头和船运活动场景，画作中共有68艘船只，有海船、江船，有即将到港的远洋大船，其中四桅船是当时最先进的船只，可张12张风帆，载重约300吨，配备水手两百余人。

元贞元年（1295年），温州人周达观奉命作为元政府派遣的友好使团随员，从温州出使真腊（今柬埔寨）访问，于次年抵达该国，居住一年后返国。元政府友好使团之所以从温州出发，主要原因是为了便于装运大批作为赠送真腊国王礼品的龙泉青瓷，当时正是吴哥王朝国势兴盛、文化灿烂的黄金时代。周达观在真腊遇到一位温州同乡薛氏，已"居番三十年矣"，在当地娶有家室，以经营对外贸易为主。周达观把自己的所见所闻撰成《真腊风土记》，在国内外享有盛誉。

瓯江口有辽阔的淤泥质滩涂。淤积的泥沙少部分来自瓯江，大部分来自长江。从卫星图上观察，长江江水激荡而下的泥沙注入东海后，随着海潮（水动力）先到台湾岛附近，再回旋到温州海域沉降滞留下来，日复一日、年复一年，形成了一望无际的滩涂。人们为了获取土地，把滩涂进行围垦，深挖沟渠，培高田地，成为温州的"大粮仓"。

瓯江口一带鱼类资源丰富，其中华鲟、鲥鱼、花鳗鲡最为珍贵，凤尾鱼、香鱼、鲈鱼最受温州人欢迎。人们在滩涂或近海进行挖蟹捕鱼，淳朴的劳作场景如诗如画，是瓯江口最常见的人文景观。明代官员王瓒、蔡芳编撰的《弘治温州府志》，论及永嘉场盐场，有这样的文字："沿海皆沙涂，亭民取咸潮溉沙晒卤煮盐，鱼虾百利亦在焉。其取鱼也，有簋有籍，有网有缗"。温州沿海居民不仅对"鱼虾百利"认识深刻，而且有多种捕捞手段，比如"有簋有籍，有网有缗。"

温州周边沿海流动的渔船，也时不时迎潮逆流来到瓯江口捕鱼。清朝到民国，许多来自福建的"公婆船"进入瓯江口作业，有着闽人特有的习惯与风俗。清朝诗人戴文俊在《瓯江竹枝词》里写道："公婆船小惯迎潮，相守孤篷暮复朝。喜煞龙头鱼罢贡，海天如镜种蚶苗。"公婆船，也叫连家船，船长10余米，宽约5米，多为一船一户，夫妻俩依靠船只默契地在江中撒网捕鱼，用捕获的渔鲜换取粮食和生活必需品。还有竹枝词这样写道："公婆船，公婆掌，一公一婆渔以养。"

新中国建立之初，瓯江口东门埠还有公婆船一百多艘，他们在舢板船中间搭上篷盖，把柴米油盐及生活用具备在船上，夫妻俩吃住在船中，每天出江，渔夫站在船头展开双桨"咿呀、咿呀"地划到江中，选好捕捞点，手一挥，把一张渔网抛成圆弧形状,"唰唰"有声撒入江中。以前温州城内城外河道纵横,公婆船也进入小河,渔公上岸喝点小酒,渔婆上岸购买东西。也有个别渔公渔婆赚了一些钱,不再捕鱼,在东门开店铺,在温州落户籍。

我对瓯江口最初的记忆是关于滩涂,我家离瓯江口不到一公里,我小时候时常到滩涂上捕捉鱼虾蟹贝。瓯江口滩涂层次分明,潮上带长着许多碧绿的蒲草,有人会来割过去做草鞋。潮间带时而被潮水淹没,时而又暴露出来,水动力强,植物难以生长,却是为数众多的水生生物的栖息地和一些洄游鱼类的繁殖地,有各种蟹、螺、蛤、蛏子、弹涂鱼等。我用细长的拉线去套巧圆儿(招潮蟹),我在滩涂上做洞穴,引诱蟳蠓(也叫蟳蜅,锯缘青蟹)进洞便于我捕捉,我还用小铁锹挖弹涂鱼。潮下带总是波涛滚滚,虽是喜光性藻类生长的乐园,但我不敢涉足。

参加了工作后,我一次次地在瓯江口游走,在南岸经过东门、朔门、龙湾、灵昆等港口作业区,在北岸多去瓯北、清水埠、七里港、黄龙等港口作业区。码头前停泊着大大小小的轮船,桥吊威武地矗立着,集装箱堆积成山,许多堆场、仓库的面积都有数十万立方米,装卸货物的工人忙忙碌碌。岸边的岩石、柱桩、台阶上,有藤壶生长,<u>一丛丛、一片片</u>,有的被铲掉了,露出石灰质的底座,有的伸出蔓脚捕食,温州人叫它"触嘴"。江风吹拂,海鸟时而在高空,时而贴着水面轻快地飞翔,轮船鸣着汽笛,终日进进出出。

近十年来,温州的瓯飞工程引人瞩目,它是一个宏大的工程,与民生息息相关。它是从瓯江口到飞云江口的围垦工程,是目前国内规模最大的单体围垦项目,共计49万亩,相当于温州建成区面积的1.64倍,总体规划分两期进行。我多次从滨海大道转入瓯飞园区,看到道路密集如网,各种车辆呼啸而过,一栋栋竣工不久的企业办公大楼、厂房和颇有规模的商品住宅区、公寓群楼别具一格,在广阔的景观带和无边的海风中伫立。当然,如何解决围海工程与海洋保护之间的矛盾与问题,需要慎之又慎的研究和论证,需要进一步观察和认识,不能鲁莽行事。

杨蟠是章安(今属浙江临海)人,在温州任知州不到三年,用诗歌盛赞温州风光。温州是我的家乡,我生长的地方,它赋予我充沛的生活资源,成为我文学创作的母体。对于温州,自然比杨蟠更充满情感。

东瓯五题

林新荣

晨雾中的江心屿（苏巧将 摄）

一片繁华海上头

自西汉封驺摇为东海王，都东瓯，世称"东瓯王"，驺摇就成为温州历史上第一位被朝廷封王的首领。虽然东瓯国的范围包括现在的丽水、台州一带，但一点都不妨碍温州人自称为东瓯的自豪感。作为长于斯，工作于斯的一个土著，常以游山水为乐。

江心屿

江心屿大概有三十年未去了，这是一座诗之岛。

自南北朝的谢灵运写下，"乱流趋正绝，孤屿媚中川。云日相辉映，空水共澄鲜。"无数的诗人涌向江心屿，并留下了他们的佳作。一座"谢公亭"，虽屡有兴废，迄今还立在江畔上。

从渡轮下来，往西，即到江心寺，据明进士周洪谟《江心寺记》载："江心寺在温州府城北，江中盘磈之上，广三百余丈，轮九十寻，南距岸一里许，北距岸则倍之；旧离为二，其间有龙潭，相去百尺，贯以飞梁。上各有寺：东曰普寂，又名龙翔；西曰净信，又名兴庆。东西两端有石山，山对峙，两山之前各有石，盘踞水中如狻猊状，与山相去盖皆一引许。"这是数百年前江心屿的地貌，沧海桑田，如今山间龙潭已经被时光所抹平。北宋温州知州杨蟠，是个多产诗人，著有《永嘉百咏》与《后永嘉百咏》，其诗云："孤屿今才见，元来却两峰。塔灯相对影，夜夜照蛟龙。"既写出了地貌，又写出了双塔的作用。历史上的江心屿有三座寺院，普寂禅院、净信讲院、中川寺，现唯有江心寺（中川寺）。南宋状元王十朋曾隐居于此，留下一副楹联："云朝朝朝朝朝朝朝散，潮长长长长长长长消。"此联巧妙地利用汉字一字多音而一音多义的特点，刻画出了周遭潮起潮落，云飞云散的空灵境界。是副奇联、妙联。上岛的另一个状元是文天祥，七百多年了，江心屿也没有忘记他们。现岛上还有"梅溪读书处"石碑，宋文信国公祠，记载着他们辉煌的人生。

西塔脚下还有卓公亭，原为卓忠毅公祠，可惜1938年被日寇飞机所炸毁，亭是在原址上修建的，纪念的是明代著名才子卓敬。卓敬（约1348—1402），瑞安人。字惟恭，少时聪颖绝伦，博学多才，大节经天，明洪武二十一年(1388年)进士，廷对第二，即我们所说的榜眼。他曾密疏建文帝朱允炆，徙封燕王朱棣于南昌，可惜未被采纳。"靖难之役"后，为朱棣所杀，诛三族。这是个傲骨崚崚的人物，有生的机会时，却宁愿选择死。晚明时浙南白头军首领林梦龙有一首《过江心卓忠贞祠》："兵入金川事已非，孤臣殉国泪沾衣。攀龙何取从鱼服，逐燕空令上帝畿。湛族甘心全劲节，徒留遗疏识先机。荒祠寂寂扃江浒，古树离迷黯夕辉。"林梦龙是温州人，抗清名将，他诗里有"泪"，不独有卓公，也有自己的一滴，这是他心目中的英雄。

江心屿的诗中，我个人尤喜清岁贡翁应春的《江心寺》。翁是温州本土诗人，字克生，号益斋，博学能文："问渡中川寺，山间亦水间。云来双塔动，潮落一舟还。别浦青灯杳，孤城画角闲。林深藏小刹，尽日掩松关。"别浦，指的是河流入江海之处。青灯，即指油灯，以其光青莹色，得名。画角，一种古乐器，出自西羌，形如竹筒，以发声哀厉高亢，为古时军中用以警昏晓。松关，犹柴门。此诗有象外之意，画外之音，读之回味悠长。

东塔下，建有英国领事馆。1876年，《中英烟台条约》签订后，温州被辟为通商口岸。次年4月，英国领事进驻温州。领事馆未建成时，领事就住在孟楼里。孟楼，又名浩然楼。据说取的是文天祥的"于人曰浩然，沛乎塞苍冥"，又说纪念的是唐朝诗人孟浩然。其实二者皆有历史意义。1794年，温处分巡道秦瀛以先贤之名不宜命楼，改"浩然楼"为"孟楼"。清光绪元年（1875年）重修，又复名"浩然楼"。乾隆学使李宗昉曾撰一联："青山横郭，白水绕城，孤屿大江双塔院；初日芙蓉，晓风杨柳，一楼千古两诗人。"他的意思是二者皆有也。

清末著名才子宋恕（1862—1910），字平子，号六斋，曾作《孤屿怀古》诗讽刺："题诗对酒忆唐贤，海宇清平韵事传。凭吊江潮夷犬吠，大英领事孟楼眠。"唐贤，指的即是孟浩然。海宇，此处作海内解。夷犬，作卖国者释。这位瑞安女婿，在诗里表达了自己对《中英烟台条约》的愤慨之情。

现在的英国领事馆旧址，被辟为展览馆，充分展示了百年前的这一段历史，既然是历史就谁也回避不了。西洋风格的领事馆，初看，觉得和周围的景观格格不入，其实，江心屿早就是一座具有国际视野的岛屿，自千年建屿以来就成了一座国际交流之所。"永嘉四灵"徐照有一首《题江心寺》诗："两寺今为一，僧多外国人。流来天际

一片繁华海上头

水，截断世间尘。鸦宿腥林径，龙归损塔轮。却疑成片石，曾坐谢公身。"有时我想，温州人血脉里的"恋乡不恋土，走南闯北打天下"的精神，是不是也有历史交流的缘故？！这些遗传基因里，除了"永嘉学派"亘古的滋养外，是不是还有其他？

玉甑峰

乐清的中雁荡山一直想去，却抓不住时机，好在诗人鱼观调任该镇，才让我有了借口。

坐早班动车，到乐清站才八点钟。抬头一顶巨大的道士帽，悬浮在高空，周边烟岚蒸腾，渺渺如仙。

据《白石山志》载："其峰踞万山之巅，下上两截，下周围十里，上半之。壁立千仞，纯石无土，叠巘端耸，圆象削成，俨如负甑。而质润色白，莹洁如玉。"故名玉甑峰。可惜千百年过去，如玉的山体已经蜕变，但这一点也不妨碍人们对玉虹洞的追慕。

我和鱼观、艺宝二兄会合后，就开始攀爬。一路涧水清澈，溪流曲折多姿，行至龙游瀑下，只见一道激流翻岩而下，白练垂空，屑玉四溅，更妙的是，那座高桥凌空跨越，桥虽小巧，但造型优美，为山增色，让人倾心。细看，瀑为八折瀑里的第六折，美其名曰龙游瀑，瀑高12米，这是八折里最壮观、也是水流量最大的一条。唯见瀑水从桥洞下倾泻而出，曲经五、四、三折，构成一条优美的"龙身"。蓦地，一行诗句跳了出来：一任蛟龙下翠微，这是诗人的做作。历史上还真有诗人在此留下诗的："一径寒松老，因来采茯苓。水禽鸣杞涧，野鹿卧棕亭。瀑近云根湿，仙遗石井灵。守庐清道者，不厌客频经。"这是南宋名臣刘黻的《西漈》诗。《淮南子·说山训》曰："千年之松，下有茯苓。"诗中的"寒松老"，表示茯苓的成熟。云根，在此可释作深山云起之处。全诗意境高古、幽绝，尤其是"水禽鸣杞涧，野鹿卧棕亭"之句，令人着迷。

当代诗人，北大教授钱志熙也写了诗："云外飞桥一洞烟，清溪白石色苍然。雁声半带涛声去，潭影全空日影悬。洗过青山春自好，袖归玉汉我疑仙。何当携得横江鹤，来写清游第二篇。"钱教授为乐清白石人，白石既是他的梦中景，也

雁荡山主峰玉甑峰下的白石湖（黄慧丽 摄）

是他的仙中诗。

等我们费力，终于攀爬到玉虹洞，发现整整一墙的摩崖石刻，其中最醒目的是"第一山"三字，字被描金，显得金碧辉煌，细看，笔画圆润、端庄，如鸾飘凤泊。据说这是宋太宗当年赐予玉甑峰开山鼻祖李少和的。这字具皇家气象，更兼宋词韵味。开山鼻祖李少和（930—1021），名士扬，字性柔，宋代进士，永嘉鲤溪大骆山人，人称"少和仙"。"第一山"三字，可惜被新立的诗碑和门台所攒挤，这是一处败笔。第二处比较醒目的，是刻于光绪年间的"目空一切"，从右至左，正楷，字径达50厘米。彼时，我伫人站立崖壁，一峰挺拔，众峰俯首，恰若万国来朝，使登临者有了睥睨一切的感慨。唉，大山之上，且让我伸个懒腰吧，或来个长啸，吾等小民，也就想活的随意一些，做不到目空一切，也就感受一下道法自然的妙处与理念吧。

新建的门台上，挂着一长联，细看，依然是钱教授手笔："紫府真人探玄天地三千界；碧城仙吏问道东南第一山。"紫府、碧城皆喻仙人之所居。据《白石山志》载，宋太宗、真宗时期，曾派臣子向李少和问道。上联应指李少和，下联则隐指宋朝二帝子。此联精湛。

一片繁华海上头

迈进大门，木构大殿就建在洞窟里，一点也不逼仄。有好古者曾量过尺寸，洞高41米，东、西深分别为34米、41米，前、后宽41米、36米。全洞面积约1500平方米，分东西二石室。

有意思的是，二石室，各塑有一尊李真人。正疑惑间，道长告诉我，这是因为石室分属两个村落，于是各供奉一尊。

环顾一周，我发现西面石室里有一座坟墓，虽不大，也能看出一点古意来。鱼观兄告诉我，这就是李真人的墓穴，已经有一千余年了，碑文刻的是小篆：开山李君先生遗蜕之野（可惜墓碑被碎成五块）。在昏暗的光线下，我们还发现墓穴后的石壁上，嵌着一块石匾，辨认半天，才看清"藏真坞，光绪辛巳十一月"几个字，但字迹浑厚、遒劲、灵动，疑为名家所书。想看看，又觉得在如此圣地，随意去攀爬，是对先贤的大不敬，只好作罢。回来后，却后悔不迭。好在加了道长的微信，才有了一张清晰的照片："藏真坞，光绪辛巳十一月江都郭钟岳，枝江张盛藻仝子克萃来游囙题。""仝"字，同"同"。"囙"字，同"因"。原来是张盛藻携子张克萃与郭钟岳同游时所题。郭钟岳，这个光绪十九年（1893年）的乐清代理知县，在温州期间，写了大量的竹枝词。张盛藻，我查了一下，才知道他为丁酉科拔贡，曾官至温州知府。后来写了《中雁山纪游》，其中有："北雁荡如波斯胡贾，奇珍异宝，层出不穷。南雁荡如后宫佳丽，竞美争妍。中雁荡如蓬莱楼阁，缥缈云际。"评价得相当中肯。

"永嘉四灵"的主将赵师秀，为赵匡胤的八世孙，也曾游此，留下一诗："谁炷清香礼少君，数声清磬梦中闻。起来闲把青衣袖，裹得阑干一片云。"（《白石洞忆李少和》）诗里又是清香，又是清磬的，诗意飘逸，写的极具仙气。赵师秀为赵匡胤八世孙，李少和为唐宗室李集之后，两人皆为皇室后裔，可说是惺惺相惜。

回程，去诗人翁卷的纪念馆。有趣的是公路竟然是沿着玉甑峰迂回。随着车程，玉甑峰角度各不相同，有时它像一口钟，有时它像一只甑，有时它像一顶道士冠。这时，远处的日头辉光褪尽，慢慢地露出了真容，就像一个金盘一样，只听咣当地一声，碰在了山头上。

场面极其壮观，散发出漫天的金黄。

化成洞

　　我特意选了个茶花盛开的季节，去大罗山化成洞。

　　洞中有一株唐茶，据说已经有 1200 年的树龄了。树茎粗壮，高达 10 余米，一千多年过去了，每年还照常开花，算不算是个奇迹？！

　　金河水库旁有个停车场，我们停车下来，沿着石板路，拾级而上。

　　据清嘉庆《瑞安县志》卷一载："宝岩洞，一名化城（成）洞，怪石玲珑，秀夺天巧。康熙间，仙岩僧天目开辟。"

　　沿着山道，磐石裸露，岩崖满目。一个个极力从绿丛间挣脱出来，有的欹斜错叠，有的单岩孤立，有的左右纵横，它们散布在野草与绿树间。天空湛蓝湛蓝的，飘荡着一些白云，自然有一种天然妙趣。

　　终于到达化成洞，我们沿着岩壁攀爬，不由在心里想，如此简陋的洞壁，古人是如何在此生活与修行的？

　　山洞呈螺纹状盘旋，上下联通，有时左右相连，洞穴套着洞穴，明暗相交，唯见窄处极窄，宽处极宽，有时需要低头，有时需要弯腰。正当我转来转去，被转得头晕脑涨之时，出来，竟是两个石砌的洞门。左洞上书"宰相洞府"四字，右洞上书"中岩"二字。民间传说，宋代的化宰相看破红尘，于此出家。然而，这位化宰相又是谁呢？谁也没有答案。倒是"中岩"两字，透着一股古雅之气。（后来我又在上面看到"尚岩"二字，落款为康熙甲子）绝对的古人所书，虽然没有落款，也没有年代。我猜想：这该是天目和尚所书，不然怎么会没有落款呢？这给山洞增添了一丝神秘。

　　那株名扬中外的千年茶花，就在这些岩石的缝隙间。我俯下身，只见一株树干，竟只剩下半边，还被涂上了白灰。抬头，在树的中段，有一些钢管，还有一根水泥横梁。经过 1200 年的雷电与风雨，这树只能靠外力支撑了，所以能够存活下来，已是个奇迹。令我奇怪的是，树的中段（横梁处）又堆积着泥土，难道中段，另长了根须？我有些不解。登上观赏台，虽然下面的根株伤痕累累，遍体鳞伤，但顶上却枝叶青青，长满了大大小小的花蕾，有的已开，有的凋落，有的半开。容颜通红，且红中透亮，极为明艳，有的瓣上朝露竟还未落，露着金色的花蕊，在风中娇艳欲滴。

　　我站在花前，仿佛是跟生命中的精灵在说话。哦，多少代，多少目光掠过她的叶，她的花，她的根。这历经岁月的容颜，千年前是由谁人手植，千年后又将面对着谁？朋友告诉我，这是目前世界上发现的树龄最长、树干最高，也是树种最原始的古茶花树。我不由有些痴了。

清朝诗人潘耒，写有一首《云端化成》诗："一片亭亭秀，分来千叶花。八风吹不坠，长傍法王家。"八风为佛教语，意为利、衰、毁、誉、称、讥、苦、乐世间八法，大概意思是说一个人，无论顺境、逆境，旁人赞他，谤他，都能泰然处之，安然不动。法王家，则指寺庙。这是我目前找到的古人唯一写此花的诗。

——这是少有的佳作。

我们站立在观景台上闲聊。有人说，险要之地，常有别样风景。此话不假。但我想的是，古人行走的难度比我们高，却常能一路出游，一路诗，现在交通发达了，我等却宅在家里，不想出来，真是不应该。

黄云岫，字逸青，清代平阳县名士："玲珑三洞万峰巅，引得游踪俨若仙。路拟羊肠多曲折，天开鹿苑巧钩连。山深灵运应穿屐，石巨秦皇未著鞭。登眺却疑霄汉近，氤氲衣袂绕云烟。"他的《登化成洞》，正面描写了这种乐趣。颔联的灵运，则是大名鼎鼎的谢灵运，他曾出任温州太守。秦皇，即秦朝的始皇帝，嬴政。据《太平寰宇记》载，秦始皇出巡至东海边，欲到蓬莱仙山上观日出，便命人修筑石桥，但移山填海，谈何容易，于是，秦始皇便求天神挥鞭驱石，结果路两旁的岩石，血迹斑斑。这既是史料，也是民间传说，写在诗里，却体现了诗人的精妙巧思，又展现了一种历史感。很是不错。

我上洞、中洞、下洞地穿梭。静下心来，竟隐约地听到一份流水声。四下寻找，又觅不到流泉。等再静下心，似乎又消失了。这给我们增加了一丝神秘感——与十余年前，真的不同了，那时的这株茶树株根很是完整，枝繁叶茂。导游告诉我，李唐宗室李集曾于此避难，此树即他所植。记得我还曾写下一首诗："李唐宗室植云烟，万壑溪声桂魄圆。劫难一生终过往，岩中修炼已千年。"（《五月初六化成洞参拜千年茶神》）

沿阶而下，山道蜿蜒，随群山起伏——我听着橐橐橐的回响，和着呼吸声。蓦地，身心（天地）空灵起来，一句话蹦了出来：春山在望，人生可期。于是一路愉悦着下山。

实际寺

步大罗山坳头岭而上，不一会便到实际寺。

这是一座精致、清幽又肃穆的寺院，始建于元，明洪武初年（1368年）由高僧逆川重建，历史上曾屡毁屡建，近几年重修才成现在规模。迈进寺门，看到一小石碑，才知道逆川大师的墓地就在寺后。于是先去拜谒。他的墓地有些普通，就一不起眼的坟圈，如果不小心说不定就错过了，墓碑上用楷体刻着"明洪武乙丑建，清顺治辛丑修，八世徒孙实相记"。就这样，这不由使人有些怅惘。关于逆川禅师，民间是有许多传说的，神乎其神。瑞安市佛协会长了证法师，就曾经托我整理一份传说如下：

"陈氏世居瑞安潮漈，其母陈氏年及笄，尚未婚配……陈家视这个男孩为累赘，更惹得长舌妇、闲事婆们的指指点点。陈姑娘只好忍痛割爱，把小男孩放在木脚盂里，放在溪中任其漂流，并发誓终生不嫁，吃素念经。可能是苍天不灭小男孩，这个装着小男孩的木脚盂竟然逆流而上，说也凑巧，刚好流到新垟化早斋回来的河山宝胜寺文一师父面前……"

后来我才知道，这些传说早在清代时就已经被记载了。清雍正年间庠生陈士锦在《逆川祖师圣传》序里云："阅中叶大元，有志戒公举太姑母，年方笄，犹未议佳婿，忽夜寐，梦一僧逆流而来，愿为之子，朝起若有蝇飞入口，遂孕，弥月诞逆川圣祖，志戒公素刚正，欲置太姑母于死，将圣祖付之急流，至今所名落水潭者是。讵天之所生，人不能杀，圣祖在急湍中，如席安枕，逆流而上，至近传其潭曰掳儿潭，喷喷人口也，何峰宝胜寺老僧收而育之……"

此之外，还有颇多神奇传说，据说他在京城的九丈高台上求雨，一弯腰就拿到了台下的梵铃，被众人奉为神僧。据说，后来还真大雨滂沱。于是明太祖朱元璋就赐他为"佛性园辩禅师"，等等。

拜谒了逆川禅师墓后，我们开始观赏那棵具有四百多年树龄的银杏树。这棵银杏枝干粗壮，树形优美，就栽种在大雄宝殿后山，紧靠着大雄宝殿。待我们来时，黄黄的杏叶早就铺满了台阶，厚厚的一层，一些靓女或坐在石阶或靠着栏杆，摆着各种pose，在忙碌着拍照。抬头仰望，大殿的瓦槽里也积满了杏叶，只衬得周遭黄的更黄，暗的闪亮。在冬阳的衬托下，空气中似乎泛着满地金黄的淡淡的光芒，这难道就是禅的一部分？缥缥缈缈的。更妙的是，在枝头还时不时地有两三金黄的杏叶，和着鸟声飘落，引起四周一片惊叹。我和卫东也禁不住掏出手机拍了起来。

逛了一圈，我有些喜欢上了实际寺。寺虽不大，梵宇却极精巧，风景宜人，可以说是既精致，又具山野气息。细观柱上的槛联，皆名家之作。犹喜其中的一联："尘飞不到，心见如来。"落款为清道人。我有些奇怪，实际寺为东瓯名寺，怎么会有道者题联？寺右有一间清雅的茶室，出茶室，是一座小巧的石拱桥，块石精磨，筑得严丝合缝，一股山泉依山而下，叮咚有声，坡上则是一片的梅林。怪不得明朝诗人何白，持续为它写了九首诗。想来古时环境更美。其中有《罗峰寺晚坐》诗："日沉西崦紫烟重，散步虚廊过暝钟。扫石更看明月上，半潭寒影浸疏松。"读之意境幽寂，山水清凉，诗中还隐隐有个小沙弥，在月下一下一下地扫地，静谧中传出的是禅意。

《忆罗峰寺莲上人》则写出了自己与上人的一段深情厚谊："罗峰峰下古招提，曾记寻僧竹院西。黄叶舞空山路寂，日斜相送出前溪。"用了竹院、山径、黄叶、斜阳、前溪等意象，又用寻、舞、送等几个动词，在山水间、尘缘外，拨人心弦。

《舟中梦罗峰寺》诗："古寺翻经忆去年，林僧寒夜对床眠。短蓬残梦潇潇雨，误作罗峰石上泉。"依然动人。

据《大罗山志》载，何白（1562—1642），字无咎。乐清城西人，明末学者，一生以诗书自娱，所写的罗峰寺即实际寺。

除了何白，历史上还有不少名流，也曾在实际寺留诗。如七次进京才考中进士的张璁："我有山东一亩宅，还忆山西五美园。落日放舟循橘浦，轻霞入路是桃源。不嫌老大无诗律，但得亲朋有酒樽。信是欲行天下独，只因旧日卧云根。"（《游五美园》）张璁后来成了嘉靖年间的内阁首辅，权倾一时。清朝瑞安名仕孙衣言，两度来此，他的《重至五美园》云："旧事浑如梦，幽寻此再经。佛犹迎客笑，山竟为谁青？有路堪逃世，无师学炼形。邻随残照下，林杪已疏星。"

实际寺四周还有顾公洞、莲花岩、观音洞、镬丝潭、金锁岭等五大美景，故又称五美院。寺名来源于佛经："实者，法之境界，际者，境界边缘也。"

回程，我也手痒，写了一首诗："罗峰侧畔不胜情，一派飞霞寺宇明。车马辚

鳞俱至此，只应叶落有莺声。"（《仲冬与卫东兄实际寺赏银杏》）

以诗纪游。

护国寺

了证法师和我说，温州景山上的护国寺里有几块千年前的佛塔构件，夜晚常会发光，为镇寺之宝。让我心生好奇。

查看一些古籍，竟真有此事记载。清代名士陈遇春曾作《重建护国寺碑记》，其中有："去年三门外光焰烛天，越三日，近寺居民异而掘之，得方石一，石玦二，俱镌佛相。"

趁余闲，开车奔赴，果然见几块残件，组成一座小塔，石色呈锈红色，古朴庄严，有异于其他。细察之，镌刻精细，造型独特，特别是持杵金刚像，具有极强的动感，望之心生敬意。此塔名曰毗卢塔，又名七佛塔，原为五代后梁乾化间吴越王钱镠为祝其母寿，所捐的（据说共108座，或许其他的107座都已被时光所湮没了，而此处的也仅为当年从莲花池里挖出的几块构件），这就越发显得它们的珍贵了。

也就是这个陈遇春，心情比谁都激动，他不仅亲自出面募捐，还召集了江浙一带的名士二十七人共咏之："无端光焰起苍厓，五百年前事已排，勒石分明苔不蚀，未知当日为谁埋。盛衰递嬗数禅关，香火因缘讵等闲，谁是如来今再世，黄金布地笑开颜。""五百年前事已排"，指的是石上有摹刻"一万人同造，后五百年有福慧者重兴"等十五个字。

永嘉的有任一桂："古来神物难湮没，不遇其人不肯出。异哉护国寺门前，谁为空王埋石骨；无端光焰现土中，掘地不见佛火红；但见一石镌佛像，四面摹刻兼磨礲，下有石牌旁注字，五百年前暗留志。不知福慧属何人，镜帆先生似好事。"

瑞安有方成珪："夜半深山发光焰，非人非月亦非电。千魔百怪争遁逃，坎地丈余佛像见。十五字中寓真旨，五百岁后得瑞验，要俟福慧两足尊，重新庄严八宝殿。"诵咏的皆奇异之事。

算起来，寺院至今也有一千二百余年了，除了他所组织的这次诗会外，古人留存的诗文不多，我目前能够找到的，还有宋代许景衡的《护国寺》："小诗聊记凤山游，仿佛东林水石幽。已愧高僧与摹刻，更烦诸老数赓酬。簿书底事长遮眼？

林壑何曾肯转头。会待从公白莲社,杖藜来往亦风流。"许景衡因何来到护国寺,历史似乎没有记载,这位宋代名臣,曾官至尚书右丞,属温州历史上高官之一,又是温州元丰太学九先生之一,是个非常有影响力的人物。

千余年间,护国寺屡毁屡建,历代皆有高僧大德驻寺。如广钦、鸿楚、处严、希妙、全真、钦云等等。民国十八年,万定、芝峰二法师在护国寺还创办了浙南第一座佛学院"山家讲舍"。步过西山别院门台,我看到一块碑:"永嘉首刹",题词的是浙江省原书协主席鲍贤伦。了证法师告诉我,这是圆瑛大师在民国十四年写的《温州西山护国寺建修藏经阁疏》中的话,因为护国寺一向享有"内有嘉福、天宁,外有护国、太平"之美誉,显示了它在民间或者说宗教界的地位。

现在的护国寺,建于2003年,仿的是唐代建筑,分为宗教活动、生活、塔院与广场四大功能区。漫步其间,让人心生欢喜意。这里有小桥、流水、虬松、山径、浮屠、碑石,像一座精美的花园,特别是建筑的细微处,极为精巧,精致又大气。

令我想不到的是,寺里竟然还修了一座弘一法师的纪念堂。了证法师告诉我,二十五岁时,他曾到泉州开元寺,随妙莲法师参学三年,这三年让他领悟甚多。妙莲法师是弘一大师的侍者,也是他遗嘱的托付人,自己也算是弘一大师的再传弟子吧。正因为这美丽的因缘,造就了这座纪念堂。

纪念堂由弘一法师孙女李莉娟女士题写堂名,这七个字具有浓郁的"弘体"味,也算是相得益彰。迈进大堂,这天竟然有两个团队在参观。弘一法师曾在温州庆福寺、宝严寺、伏虎寺等寺院清修,前后时间达十二年,这是因为温州有他的不少朋友。所以民间现在还藏有不少大师的书作,我就亲见瑞安本寂寺里藏有他的一幅长卷。我尤其欣赏展厅里采用雕像、光影、壁画、书法、电影等相结合的布展方式。他的护生画集,采用的就是这种方式。在电脑前,手一挥,一张画,手一挥,一张画,极其的方便又新颖。护生画集,成于1927年,由丰子恺先生所绘,集子里的大部分文字由弘一法师所撰写。这是一套曾在佛教界、文艺界广泛流传的画集。纪念堂里特意设定了以这种方式传播,我觉得非常好。

这个纪念堂不容易。

参观出来,走在前面的游客突然说,山河忽晚,时节已是秋,说得文绉绉的。我听了不由莞尔。这话反过来就是,秋高气爽、杏叶飘飘、色彩绚丽,众生在风中迎着落叶,这是个多么美好的季节哦!

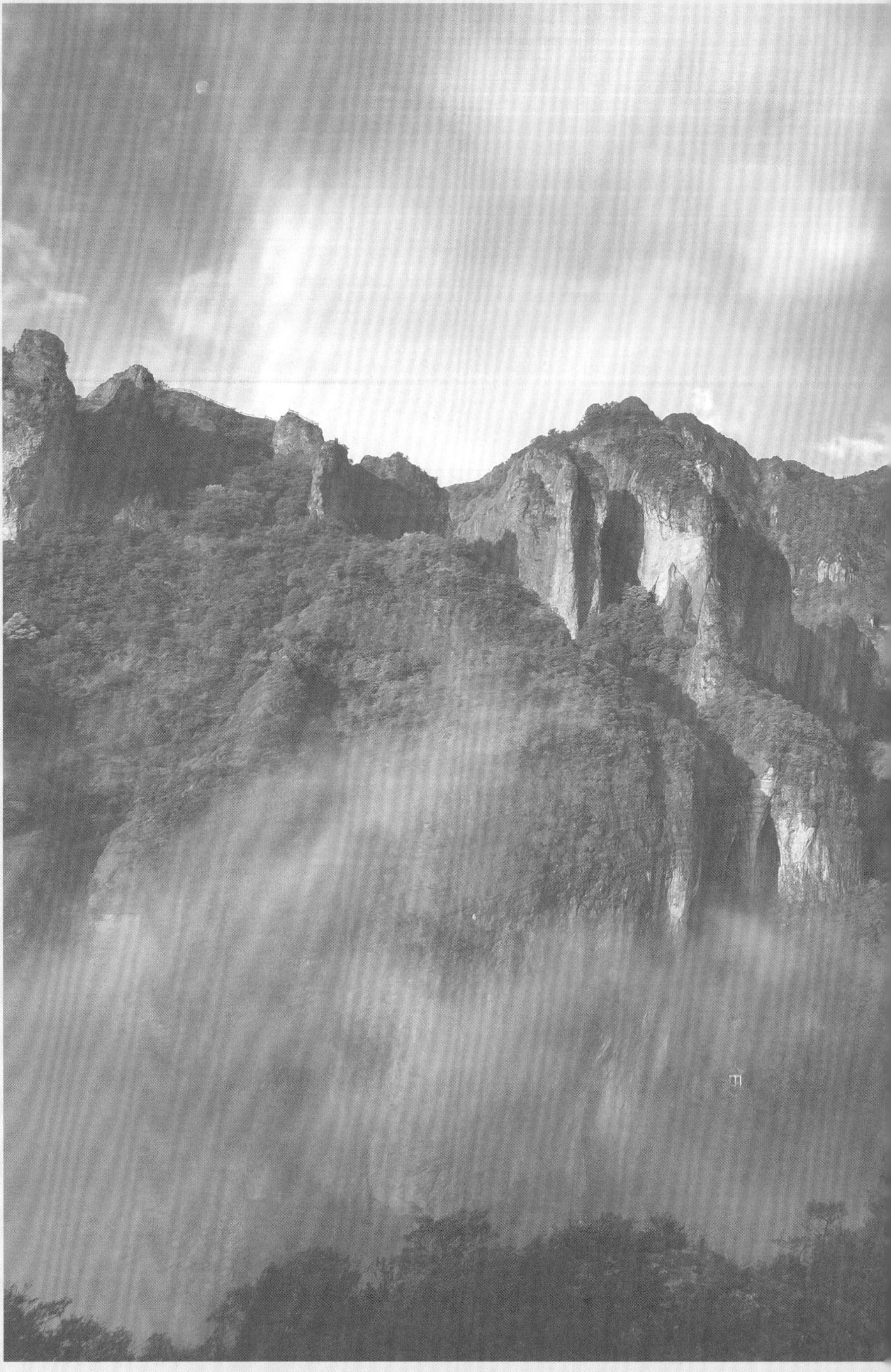

江与湖与海与温州

哲贵

一

从地理位置看，温州南接福建省福鼎市，北连台州黄岩。徐霞客四进雁荡山，都是从台州跋山涉水而来。当然，也可以换一种说法，温州最北面是永嘉县，跨过括苍山，就是金华仙居，而温州最南面是泰顺县，再过去是福建省福安市。

有一点是肯定的，无论南北，进出温州，都是山峦叠嶂，山高路远。好像温州被群山围困了。山，当然是温州的一个面相。温州确实多山，而且是大有来头的名山。海，是温州的另一个面相。《山海经》有载，"瓯居海中"。瓯是温州的古称，是一座被海洋围抱的城市，《山海经》是先秦古籍，严格说起来，那时温州称不上城市，但至少是个山海相拥的种族聚居地。有史书记载，温州市区东边的杨府山，在元代，四周是汪洋大海，山上有绿林好汉啸聚。温州总面积20759平方公里，其中陆地面积12110平方公里，海域面积8649平方公里，差不多是三比二的比例。这个比例让我吃惊，在我印象中，温州陆地和海域面积比例是反过来的，至少是一半对一半。可见，印象有时靠不住。

温州是个"水多"的城市，这大约跟每年都要刮几次台风有关，台风一来，风雨交加，堤坝被冲垮，陆地成汪洋。另一个原因是，温州境内水网密布，在公路不发达的年代，水路是温州人选择最多的出行方式。从某种程度上说，温州人就是从各条密布的水网出发，行驶到江上，由江进入大海，再由大海通往世界。这条水路，温州人已经行走了几千年。

二

从南往北，首先是横阳支江。

横阳支江属于浙江省八大水系之一，源头出自泰顺县九峰山，流经苍南和龙港，总长约60.5公里，是平阳县鳌江的最大支流，再由鳌江汇入东海。也就是说，横阳支江流经温州三个县一个市，几乎滋润了温州南部所有地区。这么说不一定准确，横阳支江不可能流经所有地域，至少不可能无所不至。这一点，和水流相似的文化却可以做到，文化是无形的，却能够有形地体现出来，第一载体当然是人。纵观温州的历史和文化，泰顺库村是不能忽视的，而提起库村，吴畦又是不能不提的人。如果从科举历史的角度追溯，就我所见，吴畦大约可以算温州第一个进士。吴畦生于840年，卒于923年，原籍山阴（今绍兴），他是唐咸通元年（860年）进士，唐乾宁三年（896年）为了躲避董昌挟持他攻击钱镠举家南逃，来到温州。当年四月迁居安固（今瑞安市），三年后，迁居至更加隐蔽的泰顺，也就是今天的库村。传说，后来诗人罗隐奉吴越王钱镠之命，想请吴畦"出山"，最终无功而返。吴畦隐居在库村之后，筑城而居，耕读传家。吴氏一脉此后开枝散叶，子孙遍布世界各地。时至今日，库村的石头城犹在，依稀还能看见当年的风雅。

九峰山的水流入苍南境内，先经过莒溪，汇入现在的玉龙湖水库。这里是横阳支江上游，一路山高峰险。出水库便算进入平原，滋养的人更多，他们有宋理宗淳祐元年（1241年）的状元徐俨夫，有诗人林景熙、林升，以及后来的棋王谢侠逊、数学家苏步青等等。

横阳支江是一条江，却又不只是一条江。不同之处在于她的交融，她流经的土地介于浙闽交界，这就注定了，这条江水孵育出来的人，是多姿多彩的，甚至是千奇百怪的。事实也是如此，历史已经证明，这块水土上已经创造和正在创造的奇迹，包括文化上的，也包括经济上的。横阳支江是一条江，却承载着比一条江更加丰富的使命。

三

飞云江古代称安固江，也是浙江省八大水系之一。源头是台州景宁畲族自治县的洞宫山白云尖，自西向东流经泰顺县、文成县，在瑞安市上望镇新村汇入东海。飞云江流经泰顺县，我有点意外，其实也不意外，在明朝之前，泰顺隶属于瑞安，吴畦举家隐居库村时，库村就在瑞安辖下。

飞云江流经的文成县，山水俱佳，有铜铃山，有百丈漈，更主要的是，有一个叫刘伯温的人。在刘伯温成长和读书的时代，他出生的南田隶属台州路青田县，公元1946年才从瑞安、青田和泰顺三县边区析置而成。这个"析置"用得好，很上台面，很尊重人。文成是刘伯温的谥号，从这一点，可以看出他对这个县的重要性和影响力。刘伯温大概不会想到，几百年后，文成会成为著名侨乡，一个人口不到40万的小县，居然有近一半的人分布在世界各地。

瑞安更加神奇。永嘉学派几位主将，大多是瑞安人。到了晚清，瑞安的孙家、黄家、项家，人才辈出，他们和东瓯三先生一起，将永嘉学派推向了新高潮。永嘉学派是温州文化的底色，也是温州人的精神底色。往大一点说，永嘉学派是中国传统文化一个极具个性的组成部分，非常坚实，非常明亮。更主要的是，以孙诒让为代表的那一批瑞安人，开风气之先，办学堂，兴实业，无论在思想上，还是行动上，都走在时代前列。孙家的玉海楼，至今屹立。其实，那已经不是一座藏书楼了，而是一座文化标杆。这个标杆一直激励着后人，一代又一代瑞安人，无论是坚守本土，还是走向世界，心中都有一座自己的玉海楼。

瑞安是飞云江的入海口，是江海交汇之处。纵观中国的历史和地理，凡是这种"交汇"的地方，必定是风起云涌之地，也必定是卧虎藏龙之地。

四

我无法想象，没有瓯江的温州会是什么样子。当然，这种假设是不成立的，是无理取闹，是瞎胡闹，甚至是耍赖皮。瓯江对温州的重要性怎么说都不会过分。有一点大约可以肯定，温州人性格的形成，跟这条江是有必然关系的。

瓯江源头在浙江庆元和龙泉交界的百山祖，百山祖和洞宫山紧紧相连，这股水流，从龙泉流经云和、莲都、青田、永嘉、瓯海、鹿城、龙湾，然后汇入东海。从地理位置看，温州和丽水是由瓯江勾连在一起的，感情上也是如此，温州人和丽水人有天然的亲近感。不同的是，瓯江水到了温州之后，变得更加开阔，更加汹涌，这可能是地理原因，也可能是更接近入海口，这种变化也呈现在温州人的性格上，也呈现于温州人的做事方式中。瓯江的潮起潮落，温州人是最先体会到的，奔向大海的决绝，以及回潮的义无反顾，这是自然现象，却又似有深意。我举一个例子，永嘉四灵能够引起当时南宋文坛的关注，并最终在文学史上占有一席之地，跟当时叶适两次隐退回温州的经历是分不开的，跟叶适人力的推荐是分不开的，他不止一次写评论文章，向当时的南宋诗坛推介"四灵"。我再举一个例子，当下的温州，能够涌现那么多作家和诗人，和林斤澜和唐湜他们的示范和提携是有极大关系的。而这种关系，大约也能够在瓯江的潮汐中得到印证。

这是水与人的关系，也是人和这片土地的关系。

五

楠溪江是一条江，也不是一条江。雁荡山是一座山，又不是一座山。绕口了。其实，有趣的地方正在这里。楠溪江的美在水，发源于温州永嘉县和台州仙居县交接处的黄里坑，在括苍山和雁荡山之间千回百转，最后汇入瓯江，再由瓯江送至东海。那是来自括苍山和雁荡山的精灵啊，到了楠溪江，江水和永嘉当地的人文和风俗有效地结合在一起。永嘉有许多保存完整的古村落，古村落是建筑，却又不只是建筑，而是一种生活方式，一种晴耕雨读的生活形态，楠溪江的水和这种生活姿态有机而完美地结合在一起，所以，楠溪江的美，看得见，却又看不见。这种美是外在的，却又是内在的。无法言说，无法描述。但是，楠溪江的美是安然的，是实在的，那种安然和实在，就是我们的过去、现在和未来。说到底，那就是我们自己。雁荡山是另一种风格的美。沈括在《梦溪笔谈》里，有一篇写《雁荡山》，起笔第一句便是：温州雁荡山，天下奇秀。沈括是科学家，他从科学家的角度，对雁荡山做出了文学概括：奇秀。一千多年过去了，我觉得沈括的归纳依然精准，现在，我们知道，雁荡山是由多次海底火山喷发而成的，后又经过雨水冲刷，泥沙褪去，留下各种"陡峭挺拔、险峻怪异"的山峰，这些山峰既是自然的，又是非自然的，既在想象之中，又在意料之外。雁荡山的奇，在于像与不像之间，在于想得到和想不到之间，说得玄一点，在于自我和非我之间。这可能正是雁荡山最神奇的地方，她是超凡脱俗的，又充满了人间烟火。每个人都可以在这里看到自己，却最终又无法完全看清。或者，可以换一种说法，每个人都可以在雁荡的山水之中找到自己的影子，是理想的，是现实的，同时又是超现实的。

六

  温州没有严格意义上的湖，这么说有点"欠揍"，温州有飞云湖，有玉龙湖，有九山湖，有金海湖，等等。在温州话里，"湖"和"河"发音相近，有时候干脆"湖""河"不分。但是，温州确切是有海的，而且，有一个被海洋包围住的县——洞头，是全国12个海岛县之一，由103个大小岛屿和259座礁石组成，号称百岛之县。2015年撤县设区。

  所有的独特都是在对比中显现出来的。在温州辖下的四个区、三个代管县级市和五个县中，只有洞头是被海洋围抱的，她才是"瓯居海中"，才是"孤悬海外"，才是"海的女儿"。

  我一直有一个疑问，也算不上疑问，只是好奇，包围洞头的海，是温州四条江水汇入的那个海吗？没错，地理学知识告诉我，这里都属于东海龙王敖广管辖的地盘。对于东海，温州人是很有感情的，也是很骄傲的。不仅仅瓯江是注入东海的最大水系之一，更主要的是，温州人认为，东海的海鲜比其他海域的海鲜好太多了，品种丰富，肉质细腻，回味甘甜。温州人就好这一口哇。这当然有感情因素，生活在其他海域的人，也不会承认自己的海域比别人的差。这是人类的基本感情。感情有时是蛮不讲理的，这正是人类的可爱之处，也是可贵之处。事实确实如此，因为有包括长江、钱塘江等四十多条河流注入，东海形成了一支巨大的低盐水系，形成一支营养丰富的水域，再加上东海位于亚热带，年平均水温在20℃—24℃。这里是海洋生物的乐园啊。谁不愿意生活在舒适的环境里呢？可是，这些又有什么关系？人对居住地的爱和赞美，是不需要用科学作为依据和论证的。这种爱是天然的，是不屈不挠的，是奋不顾身的，甚至是永恒的。

温州（陈辉 摄）

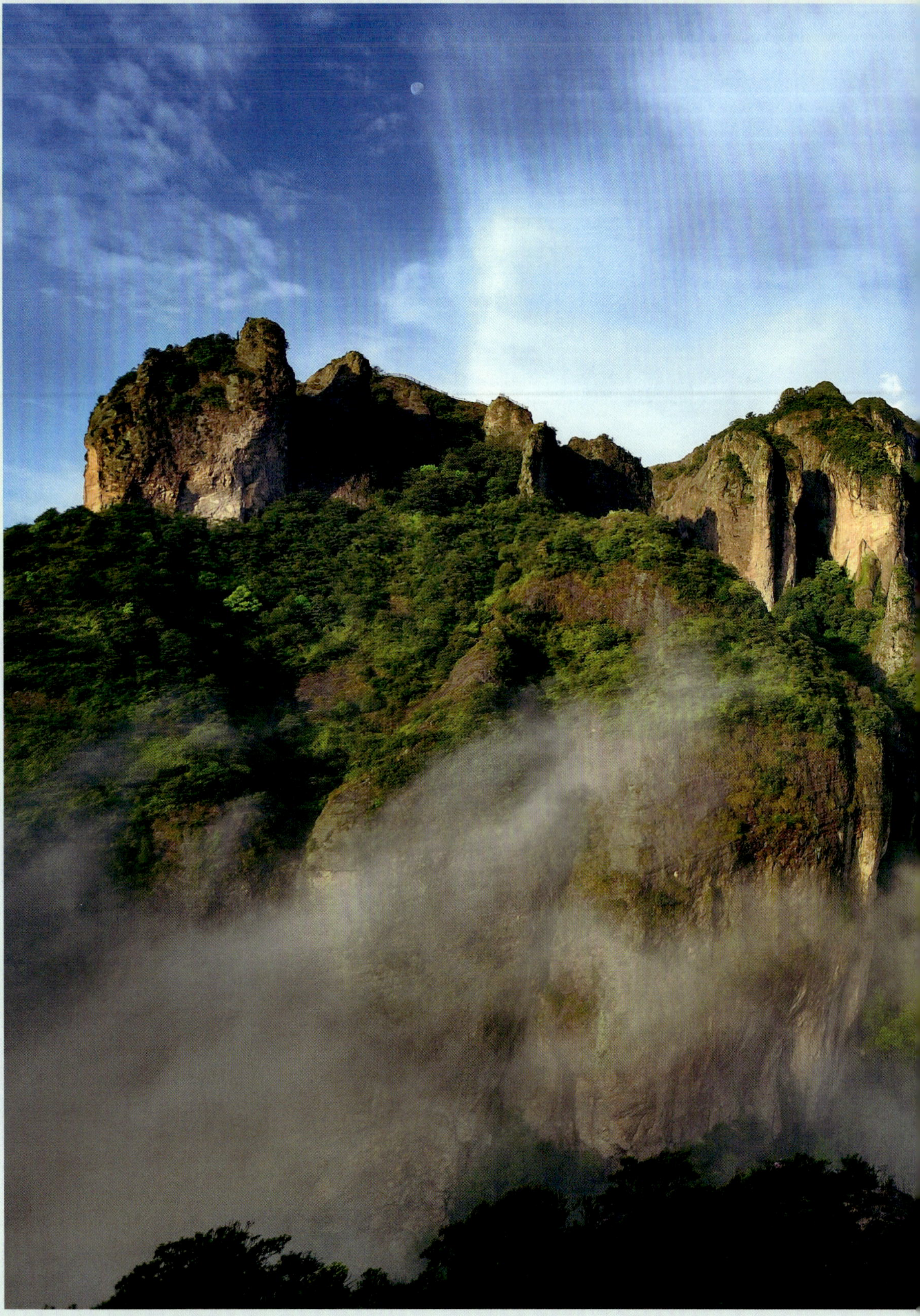

雁荡灵峰晨韵（林茂招 摄）

山水精神，
流通世界（代后记）

郑周明

2022年,在温州朔门发掘出的宋元时期古港遗址惊艳了世界,温州朔门古港遗址入选了"2022年度全国十大考古新发现"。此次发掘揭露了古城朔门瓮城、奉恩水门河、宋代码头八座、沉船两艘、木栈道及干栏式建筑等一系列与古城、古港密切相关的重要遗迹,还出土了大量宋元时期瓷片及漆木器等文物,证明温州是"海上丝绸之路"的重要节点,成为"海上丝绸之路"的申遗提供重大实证。

在2023年4月举办的"全国文学名家温州采风行"活动中,作家们走进朔门古港遗址,见证了温州深厚的文化历史底蕴。著名诗人、中国作协原副主席吉狄马加表示:"随着对这个地方的人文历史、过往岁月的更多了解,我发现这片土地还创造了古老的文明,更丰满的温州正呈现在我面前。"

这是一场"文气"十足的笔会,吉狄马加、冯秋子、范稳、张锐锋、高兴、石厉、沈苇、胡弦、黑陶、庞余亮、计文君、萧耳等,诗人、散文家、小说家踏上温州的山水,将过去对温州文化零散的认识串联成一种惊叹与推崇。

巧合的是,温州今年迎来了建城2215年、建郡1700年的特别之年。这座东南一隅的小城,缘何活力无限?是什么样的文化品格,在支撑着温州的高速发展?温州人"敢为人先"的精神血脉中,流淌着怎样的文化基因?作家们带着这些思索一路观澜一路热议。

"走进楠溪江,有一种身处天地之间的震撼,萦绕周围的是自然的淳朴香气,让人身心放松。"《世界文学》杂志原主编高兴坦言,"温州之美与他的家乡苏州大有不同,得益于一种'天然去雕饰'的自然馈赠,还融入王羲之、颜延之、谢灵运等文化星宿的手迹,怎不令人艳羡?这样的地方,让人来了还想再来,来了就想留下。"

永嘉之美,在好山好水,更在烟火人文。踩着青石板路,徜徉在八百多岁高龄的苍坡古村,作家和诗人与宋代建筑的寨墙、路道、住宅、亭榭、祠庙、水池、古柏相遇,沉浸在岁月发酵的香甜中。

"路边摆摊的阿婆向我兜售自晒笋干。四十元一斤,一共就只有六两的货物,问我要不要全部带走。"简单的小事,给小说家计文君留下深深地触动,"正是这些细节提示我:脚下这个古村不同于工业化的文旅产品。此刻的我,正在与一个活着的古村、与原生态的生活真实相遇!"

一场东瓯笔会，屡屡山水邂逅。乐清雁荡山的奇秀山岩、文成百丈漈的凌空飞丝、温瑞塘河的静水流深……个个都是惊叹号。正如他们对雁荡山发出感慨："这片秘境自有一种东方的神秘氛围，为'讲故事'留下了大量空白，是对所有艺术家的厚赠。"

　　历史文化名城的深厚底蕴，不仅彰显在"南戏故里""百工之乡""中国山水诗发祥地""数学家之乡"等名片上，更彰显于历风雨而犹存的历史文化古迹之中。

　　乘渡轮横跨瓯江，登上谢公诗文中的江心屿，作家诗人们漫步于宋高宗驻跸的江心寺、王十朋读书处、文信公祠、浩然楼；抬头仰望作为世界古航标的江心东西塔；走进英领事馆旧址聆听温州开埠故事，在宋园春光中品读西风东渐的历史，在江风中感受这座城市的海洋气息。

　　"历史留给温州丰厚的财富，海洋打开了温州人的视野。"在作家范稳看来，独特的文化性格，引领温州人不断争取更加美好的生活，而多彩的生活又赋予他们丰富的创作题材。文学的温州现象，正是得益于此。

　　一路发现文化与岁月的痕迹，吉狄马加更不吝赞美，在江心屿，他点赞"温州这个地方的诗歌文化传统，非常悠久，也非常深厚"；参观苍坡村时，他不仅欣慰于古村的"活态保护"，更惊喜于"中国古代建筑的哲学思想蕴藏于一座古村建筑格局之中"。在"九山书会"，作家们观看了国家级非物质文化遗产瓯剧演出，吉狄马加说："戏曲的诞生是文化发展的标志性事件，体现一个地方文化发展的高度。温州是南戏的故乡，是中国戏曲诞生地，如今又拥有诸多优秀编剧和瓯剧表演人才，应该为我国戏曲事业的繁荣做出更大贡献。"

　　"温州人之所以'敢为天下先'，之所以善于'小题大做''举轻若重''无中生有'，均是得益于历史文化潜移默化形成的求知求学传统，叠加开阔视野后得到的一种'远见'。"散文家张锐锋深信，温州社会经济的高速发展，与独特的瓯越文化有着深刻的内在联系。"可贵的是，当下温州人对自己的文化遗产也十分重视。"

　　"温州多元的文化、天然的美景、开放的气质，无不激发着人们与之交流对话的欲望"。高兴建议放大温州故事的声量，"以一种创新而有效的方式扩大温州文化的影响，这次采风也是'文化温州'的体现。"

　　这场东瓯笔会，让与会作家、诗人们深度浸润在瓯越文化的魅力之中，发现温州犹如一部精彩的书，每次翻开都能收获新的认知，每一个角度都值得用心品读。

一片繁华海上头
YIPIAN FANHUA HAISHANG TOU

图书在版编目（CIP）数据

一片繁华海上头 / 吉狄马加主编. --桂林：广西师范大学出版社，2023.12

（华夏之旅丛书）

ISBN 978-7-5598-6564-9

Ⅰ. ①一… Ⅱ. ①吉… Ⅲ. ①散文集—中国—当代 Ⅳ. ①I267

中国国家版本馆 CIP 数据核字（2023）第 210343 号

广西师范大学出版社出版发行

广西桂林市五里店路 9 号　邮政编码：541004

网址：http://www.bbtpress.com

出版人：黄轩庄

全国新华书店经销

天津图文方嘉印刷有限公司印刷

天津宝坻经济开发区宝中道 30 号　邮政编码：301800

开本：720 mm × 1 030 mm　1/16

印张：20　　　字数：210 千

2023 年 12 月第 1 版　2023 年 12 月第 1 次印刷

印数：0 001~5 000 册　定价：128.00 元

如发现印装质量问题，影响阅读，请与出版社发行部门联系调换。